랜드 오브 스토리 1

소원을 들어주는 마법 상

THE LAND OF STORIES: THE WISHING SPELL by Chris Colfer
Copyright ⓒ 2012 by Christopher Colfer
Jacket and interior art copyright ⓒ 2012 by Brandon Dorman
All rights reserved.
This Korean edition was published by Ggumgyeol in 2017 by arrangement with Little, Brown, and Company Books for Young Readers, New York, NY USA. through KCC(Korea Copyright Center Inc.), Seoul.

이 책은 (주)한국저작권센터(KCC)를 통한 저작권자와의 독점 계약으로
주식회사 꿈결에서 출간되었습니다. 저작권법에 의해 한국 내에서 보호를 받는 저작물이므로
무단 전재와 복제를 금합니다.

랜드 오브 스토리 1

소원을 들어주는 마법 상

크리스 콜퍼 지음

김아림 옮김

랜드 오브 스토리 1
소원을 들어주는 마법 상

초판 1쇄 찍은 날 2017년 5월 1일
초판 1쇄 펴낸 날 2017년 5월 8일

지은이　크리스 콜퍼
그린이　브랜던 도르먼
옮긴이　김아림

펴낸이　백종민
주 간　정인회
편 집　최새미나·정아름·박보영·김지현·원미연
외서기획　강형은
디자인　강찬숙·임진형
마케팅　서동진·박진용·오창희
관 리　장희정·임수정

펴낸곳　주식회사 꿈결
등 록　2016년 1월 21일(제2016-000015호)
주 소　서울시 영등포구 당산로 50길 3 꿈을담는빌딩 6층
대표전화　1544-6533
팩 스　02) 749-4151
홈페이지　dreamybook.co.kr
이메일　ggumgyeol@naver.com
블로그　blog.naver.com/ggumgyeol
트위터　twitter.com/ggumgyeol
페이스북　facebook.com/ggumgyeol
에듀카페　cafe.naver.com/ggumgyeoledu

ISBN 979-11-959700-8-7　04840
　　　979-11-959700-5-6　(세트)

이 도서의 국립중앙도서관 출판예정도서목록(CIP)은 서지정보유통지원시스템 홈페이지
(http://seoji.nl.go.kr)와 국가자료공동목록시스템(http://www.nl.go.kr/kolisnet)에서
이용하실 수 있습니다.(CIP제어번호: CIP2017008675)

이 책은 저작권법에 따라 보호받는 저작물이므로,
저작자와 출판사 양측의 허락 없이는 일부 혹은 전체를 인용하거나 옮겨 실을 수 없습니다.

책값은 뒤표지에 있습니다.
주식회사 꿈결은 (주)꿈을담는틀의 자매회사입니다.

여태까지 들은 조언 가운데
최고의 조언을 해 주셨던 할머니께 이 책을 바친다.
"크리스, 네가 실패한 작가인지 아닌지 알려면
적어도 초등학교는 졸업해야 하지 않겠니."

"언젠가 여러분이 나이가 들면
동화를 다시 꺼내 읽게 될 것이다."

-《나니아 연대기》의 작가, C. S. 루이스

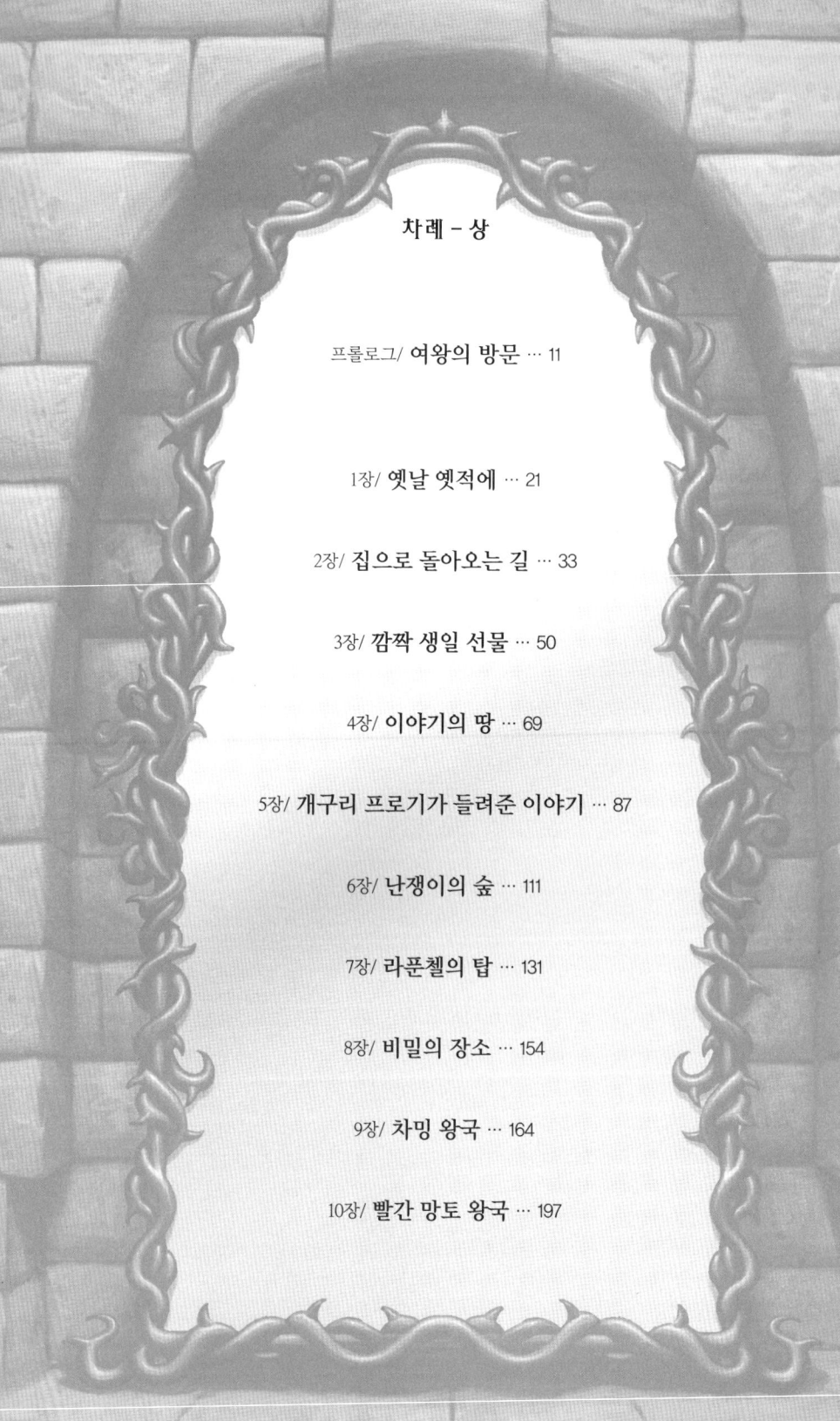

차례 - 상

프롤로그/ 여왕의 방문 … 11

1장/ 옛날 옛적에 … 21

2장/ 집으로 돌아오는 길 … 33

3장/ 깜짝 생일 선물 … 50

4장/ 이야기의 땅 … 69

5장/ 개구리 프로기가 들려준 이야기 … 87

6장/ 난쟁이의 숲 … 111

7장/ 라푼첼의 탑 … 131

8장/ 비밀의 장소 … 154

9장/ 차밍 왕국 … 164

10장/ 빨간 망토 왕국 … 197

차례 – 하

11장/ 트롤과 고블린 구역 … 11

12장/ 요정 왕국 … 35

13장/ 늑대 악당 패거리 … 50

14장/ 잠자는 숲속의 왕국 … 54

15장/ 북쪽 왕국 … 70

16장/ 광산 터널을 따라 … 88

17장/ 쫓기는 자, 골디락스 … 102

18장/ 인어가 전하는 말 … 108

19장/ 가시덤불 구덩이 … 117

20장/ 돌심장 … 134

21장/ 거울 … 151

22장/ 백설 여왕의 비밀 … 168

23장/ 왕궁에서 온 초대장 … 181

24장/ 동화 속 세상 … 194

프롤로그

여왕의 방문

지하 감옥은 정말이지 지독한 곳이었다. 햇빛이라고는 전혀 들지 않았고 횃불이 돌벽에 부딪혀 희미한 불빛만이 번쩍일 뿐이었다. 감옥 바로 위, 성을 빙 둘러 깊숙이 판 해자 안에는 고약한 냄새를 풍기는 물이 고여 있었고, 덩치 큰 쥐들은 먹이를 찾아 감옥 바닥을 가로지르며 자기들끼리 추격전을 벌였다. 확실히 여왕이 살 만한 장소는 아니었다.

자정을 막 넘긴 시각, 가끔 쇠사슬이 잘그랑대는 소리만 빼면 사방이 고요했다. 그때 무거운 침묵을 뚫고 감옥 복도를 따라 발걸음 소리가 울려 퍼졌다. 누군가 지하 감옥으로 통하는 나선형 계단을 내려오고 있었다.

머리부터 발끝까지 에메랄드색 망토를 휘감은 한 젊은 여성이 계단을 내려와 모습을 드러냈다. 줄지어 늘어선 감방을 조심스레 지나치는 그녀의 모습에 죄수들은 신경을 곤두세웠다. 한 걸음씩 내디딜 때마다 그녀의 걸음걸이는 조금씩 느려졌고, 심장은 조금씩 빨라졌다.

죄수들은 그들이 저지른 죄에 따라 분류되어 있었다. 무슨 말이냐하면, 지하 감옥 깊숙이 들어가면 갈수록 더욱 난폭하고 위험한 범죄자들이 갇혀 있다는 뜻이다. 이윽고 젊은 여성의 시선은 복도 맨 끄트머리에 있는 감방에 머물렀다. 이 지하 감옥에서 특별히 감시하는 죄수가 갇힌 곳인데, 여러 간수가 그 죄수만을 집중적으로 감시했다.

젊은 여성이 여기 온 것은 한 가지 질문을 하기 위해서였다. 간단한 질문이었지만 한시도 머릿속을 떠나지 않아 매일같이 그녀를 괴롭히며 밤잠까지 설치게 했다. 잠시라도 편히 잘 수 있었으면 하고 바랄 정도였다.

오직 한 명만이 그 질문에 대답을 해 줄 수 있었다. 그 사람이 바로 저 너머 감방 안에 갇혀 있는 것이다.

"그 죄수를 만나고 싶군요." 망토를 쓴 여성이 간수에게 말했다.

이 말을 들은 간수는 조금은 재미있다는 듯이 말했다. "어느 누구도 그를 만날 수 없습니다. 왕실의 지엄한 명령입니다."

그러자 젊은 여성이 머리에 쓰고 있던 두건을 내리며 얼굴을 드러냈다. 그녀의 피부는 눈처럼 희었고, 머리카락은 석탄처럼 검었으며, 눈은 숲처럼 초록색으로 빛났다. 이 나라 방방곡곡 그 아름다움을 모르는 이가 없었으며, 그동안 그녀가 어떤 일을 겪었는지는 더욱더 잘 알려져 있었다.

"마마, 용서하시옵소서!" 그녀를 본 간수가 깜짝 놀라 외쳤다. 그러고는 머리가 땅에 닿을 듯 조아렸다. "이런 곳까지 친히 납시실 줄 몰랐사옵니다."

"용서를 구할 필요까지는 없소." 그녀가 말했다. "대신 오늘 밤 내가 여기 들렀다는 것은 비밀로 해 주시오."

"물론입니다." 간수가 고개를 끄덕이며 말했다.

젊은 여성은 맨 끝에 있는 감방 앞에 서더니 창살을 올리라고 명령했다. 하지만 간수는 주저하는 눈치였다.

"정말로 이 안으로 들어가시려는 것이옵니까, 마마? 이 죄수가 무슨 짓을 할지 모릅니다."

"그를 만나야만 하오." 젊은 여성이 말했다. "무슨 일이 있더라도 꼭."

간수가 커다란 둥근 지렛대를 당기자 창살이 올라가기 시작했다. 젊은 여성은 숨을 깊이 들이마신 뒤 안으로 들어갔다.

창살과 벽이 연이어 열렸고, 그녀가 길고 어두운 통로를 따라 들어가자 창살과 벽은 다시 내려갔다. 마침내 그녀는 복도 맨 끝에 이르렀다. 그녀는 마지막 창살이 올라가자 문제의 감방 안으로 걸어 들어갔다.

그 죄수는 여성이었다. 감방 한가운데 놓인 의자에 앉아 조그만 창문을 바라보고 있었다.

손님이 찾아와 뒤에 섰다는 사실을 알아차리기까지는 얼마간의 시간이 필요했다. 이곳에 갇힌 이래 처음으로 맞이하는 손님이었지만, 그녀는 얼굴을 보기도 전에 그가 누구인지 알고 있었다. 여기까지 올 만한 방문객은 단 한 사람뿐이기 때문이었다.

"잘 지냈니, 백설 공주야." 죄수가 부드러운 목소리로 말했다.

"잘 지내셨나요, 새어머니." 백설 공주가 긴장한 듯 떨리는 목소리로 대답했다. "건강은 어떠신가요?"

할 말을 미리 생각해 온 백설 공주였지만, 생각했던 대로 말이 나오지 않았다.

"지금은 네가 여왕이라고 들었다." 새어머니가 말했다.

"네. 아버지의 뜻을 받들어 왕위를 이어받았죠." 백설 공주가 대답했다.

"여기는 어쩐 일로 왔니? 나를 말려 죽이려고?" 새어머니가 말했다. 그녀의 목소리에서는 위엄과 힘이 느껴졌다. 아무리 용맹한 사람이라 해도 얼음으로 만들어 꼼짝 못 하게 할 것 같은 음성이었다.

"절대 그렇지 않아요. 그보다는 무언가를 알고 싶어서 왔죠." 백설 공주가 대답했다.

"무엇을?" 새어머니가 날카로운 목소리로 물었다.

"어째서……." 백설 공주는 주저했다. "그런 짓을 하셨나요."

마침내 이 말을 내뱉고 나니 백설 공주는 어깨에서 무거운 짐을 벗어 놓은 듯한 느낌이 들었다. 그동안 마음을 짓눌렀던 질문을 입 밖으로 내놓았으니, 어려운 일의 절반은 끝낸 셈이었다.

"네가 모르는 것이 세상에는 아주 많단다." 새어머니는 이렇게 말하고는 고개를 돌려 의붓딸인 백설 공주를 바라보았다.

백설 공주가 새어머니의 얼굴을 이처럼 오랫동안 마주 본 것은 처음이었다. 한때는 어디 하나 나무랄 데 없이 아름다웠던 얼굴이자, 여왕이었던 사람의 얼굴이었다. 하지만 지금 백설 공주 앞에 앉아 있는 그녀의 얼굴에는 지워지지 않는 분노의 그림자가 드리워져 있었다.

"그럴 수도 있겠죠." 백설 공주가 입을 뗐다. "하지만 새어머니께서 그런 일을 벌인 이유가 저 때문 아닌가요?"

백설 공주가 겪었던 일은 최근 몇 년 동안 이 나라의 왕가 역사상 가장 많이 사람들 입에 오르내렸다. 모든 사람이 질투심 많은 새어머니에게 쫓겨 일곱 난쟁이의 집으로 피신한 아름다운 공주에 대해 알고 있었다. 그 악명 높은 독사과를 먹고 거의 죽을 뻔한 백설 공주를 근사한 왕자가 구해 주었다는 사실도 말이다.

이야기는 단순했지만 파장은 컸다. 결혼해서 왕위를 잇는 동안에도 백설 공주는 새어머니의 자만과 허영이 어쩌면 진실된 감정이었을지도 모른다는 의문이 들었다. 어떻게 그렇게 악의에 찰 수 있는지 마음속에서 끊임없이 묻고 또 물었다.

"바깥세상 사람들이 새어머니를 뭐라고 부르는 줄 아세요?" 백설 공주가 물었다. "여기 감방 벽 밖에 있는 사람들은 새어머니를 사악한 여왕이라고 불러요."

"세상이 나에게 그런 꼬리표를 붙였다면, 또 거기에 맞춰 살아가는 방법을 배워야겠지." 사악한 여왕이 말했다. "세상 사람들이 일단 그렇게 하기로 결정을 내렸다면, 그 마음을 좀처럼 바꿀 수는 없을 테니까 말이다."

백설 공주는 새어머니가 별로 개의치 않아 하자 깜짝 놀랐다. 하지만 곧 새어머니에게 그것이 어떤 의미인지 알려 줘야겠다고 생각했다. 그리고 새어머니의 마음속에 인간적인 부분이 조금이라도 남아 있는지도 알고 싶었다.

"사람들은 당신이 저에게 저지른 범죄를 알고는 저더러 새어머니를 처형하라고 했어요. 왕국 전체가 새어머니를 죽여 버리길 바란다고요!" 하지만 이내 격한 감정을 억누르며 백설 공주의 목소리는 희미한 속삭임으로 잦아들었다. "그래도 저는 그렇게 할 수 없었어요……."

"살려줘서 고맙다고 해야 하니?" 사악한 여왕이 물었다. "내가 네 발 앞에 머리를 조아리며 감사라도 표하길 바란다면 넌 잘못 찾아온 거야."

"당신을 위해서 그렇게 한 게 아니에요. 날 위해서 그랬던 거죠." 백설 공주가 말했다. "좋든 싫든, 당신은 제가 살아가면서 만났던 유일한 어머니니까요. 그래서 세상 사람들이 말하는 것처럼 당신이 영혼도 없는 괴물이라고 믿고 싶진 않았어요. 정말 그럴지 모르지만, 당신 마음속에도 심장은 있겠죠."

백설 공주의 창백한 얼굴 위로 눈물이 흘러내렸다. 강하게 버티자 다짐하고 또 다짐했건만, 새어머니를 직접 마주하고 나니 감정을 추스를 수가 없었다.

"미안하지만 네 생각은 틀렸단다." 사악한 여왕이 말했다. "내가 가지고 있었던 단 하나의 영혼은 이미 오래전에 죽었고, 네가 찾는 내 심장은 돌로 되어 있으니까 말이야."

사악한 여왕은 사실 돌로 된 심장을 가지고 있었는데, 그것은 몸속에 있지 않았다. 사람의 심장과 크기와 모양이 비슷한 돌덩어리가 감방 구석 작은 탁자 위에 놓여 있었다. 이것은 사악한 여왕이 감옥에 붙잡혀 들어왔을 때 유일하게 허락된 소지품이었다.

백설 공주는 어렸을 때 그 돌덩어리를 봤던 기억이 났다. 그것은 새어머니가 매우 귀하게 여겨 한시도 눈앞에서 떼어 놓지 않던 돌이었다. 백설 공주는 어릴 때 그것을 들어 올리거나 만져서는 안 된다는 명령을 결코 어긴 적이 없었다. 하지만 지금은 전혀 거리낄 게 없었다.

백설 공주는 감방을 가로질러 가 돌덩어리를 집어 들어 호기심 어린 눈으로 쳐다보았다. 이 돌은 많은 기억을 떠올리게 했다. 어린 자신이 새어머니 품에 달려들 때마다 보여 주었던 그녀의 무시와 냉대였다.

"지금껏 살아가면서 제가 바랐던 건 오직 하나였어요." 백설 공주가 말했다. "새어머니의 사랑을 받는 것이었죠. 어렸을 때 저는 궁전 깊숙한 곳에 몸을 숨기곤 했는데, 그것은 당신이 제가 사라졌다는 사실을 알아주었으면 해서였어요. 하지만 당신은 한 번도 제가 사라졌다는 걸 알아차리지 못했죠. 거울과 화장품, 그리고 이 돌이 있는 방에서만 시간을 보내셨으니까요. 어린 딸과 시간을 보내기보다는 낯선 사람들과 젊어지는 방법을 의논하느라 시간을 보내셨죠. 대체 왜 그랬던 거죠?"

사악한 여왕은 대답하지 못했다.

"당신은 저를 네 번이나 죽이려 했어요. 그중 세 번은 직접 해치우려 하셨죠." 믿을 수 없다는 듯 고개를 절레절레 흔들며 백설 공주가 말했다. "할머니로 변장하고 난쟁이들의 오두막에 왔을 때도 전 진작 당신을 알아 봤어요. 당신이 위험하다는 사실을 알았지만, 그래도 집 안으로 들였죠. 새어머니가 바뀌기만을 바랐으니까요. 그래서 저를 해치려 하는 것도 그대로 놔두었죠."

백설 공주는 이 이야기를 지금까지 아무에게도 털어놓은 적이 없었다. 이야기가 끝나자 그녀는 손으로 얼굴을 감싼 채 흐느꼈다.

"가슴이 무너질 정도로 슬프다는 게 뭔지 아니?" 사악한 여왕의 날카로운 질문에 백설 공주는 소스라치게 놀랐다. "너는 아픔에 대해 아무것도 몰라. 너는 나에게 애정을 받은 적이 한 번도 없어. 하지만 넌 태어나는 그 순간부터 왕국 전체로부터 사랑을 받았지. 하지만 그런 행운을 타고나지 않은 사람들도 있어, 백설 공주야. 때로는 자신이 알고 있는 유일한 사랑을 빼앗겨 버리는 일도 있지."

백설 공주는 할 말이 없었다. 대체 누구에 대한 사랑을 말하는 걸까?

"아버지와의 사랑을 말하는 건가요?" 백설 공주가 물었다.

사악한 여왕은 눈을 감고 고개를 가로저었다. "순진하다는 건 특권이구나." 사악한 여왕이 말했다. "네가 이해할지 모르겠지만 말이다, 궁전에 들어오기 전, 나에게도 나만의 삶이 있었단다."

백설 공주는 말수가 줄었고 조금은 부끄러운 기분이 들었다. 물론 아버지와 결혼하기 전, 새어머니에게도 그녀만의 삶이 있었을 것이다. 하지만 그 삶이 어땠을지 한 번도 생각해 본 적은 없었다. 백설 공주는 한 번도 그렇게 여긴 적은 없지만, 새어머니 역시 한 명의 개인이었다.

"내 거울은 어디 있니?" 사악한 여왕이 따지듯 물었다.

"내다 버렸어요." 백설 공주가 대답했다.

백설 공주는 갑자기 손에 든 사악한 여왕의 심장이 무겁게 느껴졌다. 하지만 실제로 무거워졌는지, 그렇게 상상한 것인지는 알 수 없었다. 팔에 힘이 빠져 돌로 된 심장을 더 이상 들고 있을 수 없자 백설 공주는 그것을 탁자 위에 내려놓았다.

"저에게 말해 주지 않은 것이 아주 많네요." 백설 공주가 말했다. "오랜 세월 동안 저에게 하지 못하게 한 것도 많고요."

사악한 여왕은 머리를 숙인 채 땅을 내려다볼 뿐 아무 말도 하지 않았다.

"당신을 조금이라도 불쌍하게 여기는 사람은 이 세상에 오직 저 하나뿐일 거예요. 그러니 부디 그 감정을 헛되게 하지 말아 주세요." 백설 공주가 애원했다. "최근 당신이 내린 결정에 영향을 끼쳤던 사건이 있었다면 제발 저에게 이야기해 주세요."

사악한 여왕은 여전히 아무런 대답도 하지 않았다.

"말씀하실 때까지 여기서 한 발자국도 움직이지 않겠어요!" 백설 공주가 외쳤다. 사악한 여왕 앞에서 이토록 큰 소리를 낸 것은 태어나서 처음이었다.

"좋아." 드디어 사악한 여왕이 입을 뗐다.

백설 공주는 감방의 작은 의자에 앉았다. 사악한 여왕이 이야기를 시작하기 전 잠시 숨을 골랐고, 백설 공주는 한껏 기대하며 여왕의 이야기를 기다렸다.

"네 이야기는 근사하게 꾸며져 영원히 사람들에게 전해질 거야." 사악한 여왕이 말했다. "하지만 내 이야기는 아무도 들어주지 않겠지.

이 세상이 끝날 때까지 추악한 악당으로 남을 게 분명해. 그렇지만 세상 사람들이 깨닫지 못한 게 하나 있어. 악당은 자기 이야기를 제대로 전하지 못한 희생자일 뿐이라는 사실 말이다. 내가 평생 해 왔던 모든 일들, 너에게 저지른 못된 짓은 모두 그 사람을 위한 거였어."

백설 공주의 심장도 무겁게 내려앉는 기분이었다. 머리가 빙글빙글 돌며 호기심이 온몸을 에워쌌다.

"그 사람이 누구인가요?" 백설 공주는 숨 쉴 틈도 없이 필사적으로 물었다.

사악한 여왕은 눈을 감고 옛 기억을 떠올렸다. 과거에 만났던 사람들, 지나왔던 장소들이 동굴 속 반딧불이처럼 기억 저편에서 떠올랐다. 어릴 적 보았던 것들, 기억하고 싶거나 잊고 싶은 것들이 아주 많았다.

"내 과거에 대해 이야기해 주마. 한때 내가 어떤 사람이었는지 말이야." 사악한 여왕이 말했다. "하지만 이것만은 미리 경고해 두지. 내 이야기는 '영원히 행복하게 살았습니다'로 끝나는 이야기가 아니란다."

1장

옛날 옛적에

"옛날 옛적에……." 피터스 선생님이 6학년인 자기 반 학생들에게 이야기를 해 주고 있었다. "세상에 알려진 것 중에 가장 신비한 단어들과 지금껏 존재했던 것 가운데 가장 대단한 이야기로 통하는 문이 있단다. 그 단어를 들은 사람은 누구나 그 즉시 초대를 받지. 누구든 환영받고 어떤 일이든 일어날 수 있는 세계로 말이다. 생쥐가 사람이 되고, 하녀가 공주가 되며, 훌륭한 교훈을 전해 주는 세계로 말이야."

알렉스 베일리는 의자에 몸을 꼿꼿이 세운 채 이야기에 귀를 기울였다. 피터스 선생님의 수업은 대부분 재미있었지만 이 이야기는 특히 관심이 갔다.

"동화는 잠자기 전 아이들에게 들려주는 바보 같은 이야기가 아니란다." 선생님은 계속해서 말했다. "세상에서 상상할 수 있는 모든 문제의 해결법은 동화 속에 있거든. 동화 속 이야기는 수많은 등장인물과 상황으로 모습을 바꾸며 우리에게 삶의 교훈을 주지."

"〈양치기 소년〉 이야기는 훌륭한 평판을 쌓는 것과 정직이 중요하다는 사실을 가르쳐 주고, 〈신데렐라〉 이야기는 착한 마음씨를 가지면 상을 받는다는 사실을 보여 주지. 또 〈미운 오리 새끼〉 이야기는 우리에게 내면의 아름다움이 무엇인지 알려 준단다."

알렉스는 눈을 크게 뜨고 선생님 말씀에 동의한다는 듯 고개를 끄덕였다. 알렉스는 밝은 푸른색 눈과 딸기색이 도는 짧은 금발을 한 예쁜 여자아이였다. 머리카락이 얼굴에 흘러내리지 않게 언제나 머리끈으로 깔끔하게 머리를 동여맸다.

피터스 선생님은 학생들이 마치 외국어로 수업을 듣는 것처럼 자기를 쳐다보는 것에 좀처럼 익숙해지지 않았다. 그래서 수업 시간 내내 알렉스가 앉아 있는 맨 앞줄만 쳐다보며 이야기하는 경우가 많았다.

피터스 선생님은 키가 크고 날씬한 여성으로 언제나 낡은 소파 천 같은 무늬의 드레스를 입고 있었고, 짙은 색 곱슬머리는 마치 모자를 쓴 것처럼(학생들은 종종 그렇게 착각하기도 했다) 머리 꼭대기에 완벽하게 얹혀 있었다. 여러 해 동안 학생들에게 지었던 삐딱한 표정 때문에 두꺼운 안경 속 눈은 항상 찡그리고 있었다.

"하지만 슬프게도, 세월이 흘러도 변하지 않을 것 같았던 이 이야기들은 지금 우리 사회에는 더 이상 들어맞지 않아." 피터스 선생님이 말했다. "우리는 이 빛나는 동화의 가르침들을 텔레비전이나 비디오 게임 같은 돈벌이 수단인 오락 산업과 맞바꾸었지. 부모들은 아이들이 불쾌한 만화와 폭력적인 영화로부터 영향을 받도록 내버려두고 있거든."

"아이들이 동화를 알게 되는 유일한 통로는 영화 회사들이 형편없이 바꾼 판본뿐이야. 동화를 '빌려 왔다'는 건 대개 그 이야기가 원래 가르치고자 했던 도덕적 교훈은 모조리 벗겨 내고, 그 자리에 춤추고 노래하는 숲속의 동물들을 채워 넣은 것에 불과하지. 내가 최근에 어디서 읽은 바에 따르면, 어떤 영화에서는 신데렐라를 생활이 힘든 힙합 가수로, 잠자는 숲속의 공주를 좀비와 맞서 싸우는 전사로 그렸다는구나!"

"멋지다!" 알렉스 뒤에 앉은 한 학생이 혼잣말을 했다.

하지만 알렉스는 고개를 가로저었다. 그런 이야기를 들으니 마음이 아팠다. 알렉스는 이 실망감을 반 친구들과 나누고 싶었지만, 안타깝게도 제대로 대꾸해 줄 만한 아이는 단 한 명도 없었다.

"나는 모든 사람이 그림 형제와 한스 안데르센이 처음 썼던 동화 그대로를 읽는다면 세상이 지금과는 많이 달라졌을 거라고 생각해." 피터스 선생님이 말했다. "만약 사람들이 원작 그대로 목숨을 잃었던 인어 공주의 슬픔을 안다면 어떻겠니? 아이들이 빨간 망토가 마주했던 진정한 위험을 깨우쳤다면 오늘날 이렇게 많은 납치 사건이 벌어졌을까? 골디락스가 자기가 저지른 행동이 곰 세 마리와 자기 자신에게 끼친 결과를 아이들이 안다면, 문제아들이 그토록 많은 잘못을 저지를까?"

"눈을 크게 뜨고 과거의 가르침을 받아들인다면 우린 동화에서 너무나 많은 것을 배우고 미래를 준비할 수 있을 거야. 만약 우리가 팔을 벌려 동화를 가능한 한 많이 받아들인다면 우리의 행복을 훨씬 쉽게 찾을 수 있겠지."

알렉스는 마음 같아서는 피터스 선생님이 수업하실 때마다 우렁찬 박수를 보내드리고 싶었다. 하지만 불행히도 다른 친구들은 수업이 끝났다고 안도의 한숨을 쉴 뿐이었다.

"너희가 동화에 대해 얼마나 아는지 볼까?" 선생님은 입가에 미소를 지으며 교실을 왔다 갔다 했다. "동화 〈룸펠슈틸츠헨〉에서 젊은 하녀의 아버지는 왕에게 자기 딸이 건초를 물레에 돌려 무엇으로 만들 수 있다고 했을까? 아는 사람?"

피터스 선생님은 다친 물고기를 찾는 상어처럼 반 전체를 둘러보며 물었다. 하지만 단 한 명만이 손을 들었다.

"그래, 알렉스가 말해 보렴."

"아버지는 딸이 건초를 황금으로 만들 수 있다고 했어요." 알렉스가 말했다.

"아주 좋아." 피터스 선생님이 말했다. 학생을 편애하면 안 되지만, 피터스 선생님에게 굳이 제일 예뻐하는 학생을 한 명만 꼽으라면 알렉스일 것이다.

알렉스는 언제나 선생님을 기쁘게 하려고 노력했다. 확실히 알렉스는 책벌레였다. 학교 가기 전에, 학교에서, 학교 끝나고, 잠들기 전에도 알렉스는 시도 때도 없이 책을 읽어 댔다. 알렉스는 하나라도 더 알고 싶어 했고 아는 것도 많아 언제나 피터스 선생님의 질문에 가장 먼저 대답했다.

알렉스는 기회가 있을 때마다 반 친구들에게 깊은 인상을 남기려 노력했고, 독후감도 열심히 쓰고, 발표도 잘하려 했다. 하지만 같은 반 학생들은 이런 알렉스를 눈엣가시처럼 여겼고, 그래서 알렉스는 놀림당하기 일쑤였다.

같은 반 여학생들은 언제나 알렉스 뒤에서 쑥덕거리곤 했다. 알렉스는 점심시간에도 나무 아래서 책을 펼쳐 놓고 혼자 점심을 먹을 때가 많았다. 아무에게도 말은 안 했지만, 알렉스는 무척 외로웠고 그 때문에 가끔 마음이 아팠다.

"그럼 하녀는 룸펠슈틸츠헨과 무엇을 타협했지?"

알렉스는 선생님 말씀을 잘 듣는 애완동물처럼 보이기 싫었기 때문에 잠깐 기다렸다가 손을 들었다.

"알렉스?"

"건초를 황금으로 바꾸는 대신 하녀는 룸펠슈틸츠헨에게 자기가 여왕이 되었을 때 첫 번째로 낳은 자식을 주겠다고 약속했습니다." 알렉스가 설명했다.

"터무니없는 거래인걸." 알렉스 뒷자리에 앉은 남학생이 중얼댔다.

"그 징그럽게 생긴 작은 남자가 아기는 왜 가지려고 했던 거야?" 남학생 옆에 앉은 여학생이 질문을 던졌다.

"룸펠슈틸츠헨같이 성을 발음하기 어려워서 누굴 입양할 수 없었던 게 분명해." 다른 학생이 덧붙였다.

"그 남자가 아기를 잡아먹으려고 한 게 아닐까?" 누군가 겁먹은 목소리로 말했다.

알렉스는 이야기의 맥락을 잡지 못하는 반 친구들을 둘러보았다.

"너희 모두 이야기의 요점을 놓치고 있어." 알렉스가 말했다.

"하녀는 그만큼 절박했기 때문에 룸펠슈틸츠헨이 그런 유리한 거래를 할 수 있었던 거야. 이 이야기는 협상을 잘못하면 값비싼 대가를 치를 수 있다는 교훈을 주지. 지금 당장 뭔가를 가질 수 있다고 해서 앞으로 다가올 미래에 손해 볼 수는 없는 거잖아. 다들 알겠어?"

피터스 선생님의 표정을 알 수는 없었지만, 아마 몹시 자랑스러워했을 게 분명하다. "아주 좋은 의견이야, 알렉스." 선생님이 말했다. "교사 생활을 하는 동안 이렇게 깊고 풍부한 지식을 가진 학생을 만난 건 처음이구나······."

그때 교실 뒤편에서 요란하게 코 고는 소리가 들렸다. 뒷자리의 한 남학생이 의자에 구부정하게 걸터앉은 채 입가에 침을 흘리고 있었다.

곤하게 잠을 자고 있는 게 분명했다.

　알렉스에게는 쌍둥이 남자 형제가 한 명 있었다. 하지만 지금 이 순간만큼은 그 사실이 쥐구멍에라도 들어가고 싶을 만큼 창피했다.

　피터스 선생님은 자석에 끌리는 클립처럼 코를 고는 남학생에게 주의를 돌렸다.

　"코너?" 선생님이 남학생의 이름을 불렀다.

　하지만 코 고는 소리는 그치지 않았다.

　"코너?" 피터스 선생님이 남학생에게 가까이 다가가 무릎을 꿇고 이름을 다시 불렀다.

　남학생은 다시 한번 엄청 크게 코를 골았다. 몇몇 아이들은 그렇게 큰 소리로 코를 골 수 있다는 것에 놀라 웅성거렸다.

　"코너!" 선생님이 남학생 귀에 대고 외쳤다.

　그러자 의자 밑에서 불꽃이라도 쏘아 올린 것처럼 코너가 벌떡 일어나 책상이 거의 뒤집힐 뻔했다.

　"여기가 어디야? 무슨 일이지?" 코너가 혼란에 빠진 채 자기 자신에게 되물었다. 눈으로는 교실 여기저기를 빠르게 훑었지만 정신은 아직 꿈속을 헤매는 듯했다.

　쌍둥이인 알렉스처럼 코너 역시 눈은 옅은 파란색이었고 머리카락은 딸기색을 띤 금발이었다. 주근깨가 난 둥근 얼굴이었지만 지금은 막 낮잠에서 깬 사냥개 바셋 하운드처럼 얼굴이 살짝 한쪽으로 찌그러져 있었다.

　알렉스는 지금처럼 코너가 부끄러운 적이 없었다. 생김새가 비슷하고 생일이 같다는 점만 빼고는 알렉스와 코너는 모든 점에서 달랐다. 코너는 친구가 무척 많았지만 알렉스와 달리 학교에서 말썽만 부렸다. 물론 자지 않고 깨어 있을 때 말이지만.

"내 수업에 다시 돌아와서 기쁘구나." 피터스 선생님이 엄한 얼굴로 말했다. "푹 잤니?"

코너는 얼굴이 새빨개졌다.

"정말 죄송해요, 선생님." 코너는 최대한 진심을 담아 말했다. "가끔가다 선생님 말씀이 길어지면 너무 졸려요. 기분 나빠하지 않으셨으면 좋겠네요. 저도 어쩔 수 없었어요."

"일주일에 적어도 두 번은 잠들잖니." 피터스 선생님이 지적했다.

"그게, 그러니까 선생님은 말씀이 너무 많으세요." 코너는 아차 하는 순간에 이야기가 이상한 방향으로 흘러갔다는 사실을 깨달았다. 몇몇 학생들이 웃음을 참느라 손을 깨물고 있었다.

"내 수업 중에는 깨어 있기를 바란다." 피터스 선생님이 경고했다. 코너는 이렇게 누군가가 눈을 가늘게 뜨고 자기를 노려보는 것은 처음이었다. "너 자신에게 교훈을 줄 동화에 대해 많이 알고 있는 게 아니라면 말이다." 선생님이 덧붙였다.

"동화라면 잘 알아요." 코너가 말했다. 또 생각 없이 말을 뱉고 말았다. "제 말은 이 주제에 대해서만큼은 꽤 알고 있다는 거예요."

"아, 그러니?" 피터스 선생님은 누군가의 도전에 결코 물러서는 사람이 아니었다. 감히 피터스 선생님에게 도전하는 학생은 험한 꼴을 당하곤 했다. "좋아, 동화에 대해 그렇게나 많이 안다면, 어디 내 질문에 대답해 보렴."

코너가 침을 꿀꺽 삼켰다.

"〈잠자는 숲속의 공주〉에서 공주가 진정한 연인의 첫 번째 입맞춤을 받고 잠에서 깨어나기까지 잠들어 있었던 기간은 얼마나 되지?" 피터스 선생님이 코너의 얼굴을 유심히 살피며 물었다.

모든 눈이 코너에게로 몰렸다. 다들 코너가 정답을 모를 것이라고 생각하고 낌새를 살폈다. 하지만 다행히 코너는 답을 알고 있었다.

"백 년이요." 코너가 대답했다. "잠자는 숲속의 공주는 백 년 동안 잠들어 있었어요. 그래서 성 안이 온통 가시덤불로 뒤덮였던 거죠. 왕국의 모든 사람에게도 저주가 내려 정원 일을 할 사람조차 없었으니까요."

피터스 선생님은 뭐라고 말해야 할지, 어떤 행동을 해야 할지 몰랐다. 선생님은 얼굴을 찌푸린 채 코너를 내려다보았는데, 굉장히 놀란 눈치였다. 코너에게 즉석에서 질문해 정답을 맞힌 것은 처음 있는 일이었고, 또 그가 대답할 것이라고는 전혀 예상하지 못했다.

"수업 시간에 졸지 마라. 운 좋게도 이번에는 방과 후에 남으라고 하지 않겠지만 언제든 어려운 질문을 할 거니까." 피터스 선생님은 이렇게 말하고는 빠르게 교실 앞으로 걸어가 계속해서 수업을 진행했다.

코너는 안도의 한숨을 내쉬었다. 붉어졌던 얼굴도 평소대로 돌아왔다. 그러다가 코너는 알렉스와 눈이 마주쳤다. 코너가 정답을 맞혔다는 사실에 알렉스도 놀란 것 같았다. 코너가 동화를 조금이라도 알고 있으리라고는 생각지도 못한 것 같았다.

"자, 이제 모두 국어 교과서를 꺼내 170쪽을 펴세요. 그리고 〈빨간 망토〉이야기를 속으로 조용히 읽어 봅시다." 선생님이 지시했다.

학생들은 모두 선생님 말씀에 따랐다. 코너도 책상에 편안하게 앉아 책을 읽기 시작했다. 줄거리와 그림, 주인공 모두 굉장히 익숙했다.

알렉스와 코너가 지금보다 어렸을 때 가장 손꼽아 기다렸던 일은 할머니네 집으로 여행 가는 것이었다. 할머니는 산속 숲 한가운데에 작은 집을 짓고 사셨는데, 기껏해야 오두막이라고 부를 수 있을 만한 조그만 집이었다. 아직도 그런 게 있다면 말이다.

할머니 댁에 가려면 자동차로 몇 시간이나 장거리 여행을 해야 했지만, 쌍둥이는 전혀 지루해하지 않고 여행을 즐겼다. 바람 부는 도로를 따라 나무가 끝없이 이어지는 길에 다다르면 기대감은 점점 커졌다. 그리고 마침내 노란색 다리를 건널 때면 쌍둥이는 흥분해서 이렇게 소리쳤다. "거의 다 왔다! 거의 다 왔어!"

일단 도착하면 할머니는 현관까지 나와 팔을 벌려 쌍둥이를 안아 주었는데 너무 꽉 안는 바람에 몸이 터질 것만 같았다.

"우리 손주들 왔구나! 저번에 봤을 때보다 한 뼘은 더 자랐는걸!" 실제로 키가 그만큼 자라지 않았어도 할머니는 그렇게 말해 주었다. 그러고는 두 아이를 갓 구운 쿠키가 기다리고 있는 집 안으로 데리고 들어갔다.

아빠는 어렸을 때 숲속에서 자랐는데, 그때 겪었던 모험담을 매일 쌍둥이에게 들려주었다. 나무를 기어오른 이야기, 시냇물에서 헤엄치다 사나운 야생 동물을 만나 겨우겨우 도망쳤던 이야기 등 대부분이 뻥 튀기하듯 과장된 이야기였지만 쌍둥이는 아빠의 모험담을 듣는 시간이 세상에서 제일 좋았다.

"언젠가 너희가 조금 더 크면 내가 어릴 적 놀았던 비밀 장소에 데려가 주마." 아빠는 이렇게 쌍둥이를 애태웠다. 아빠는 키가 크고 눈매가 부드러웠으며 웃을 때마다 눈가에 주름이 졌다. 아빠는 쌍둥이를 애태울 때면 이렇게 살짝 미소를 짓곤 했다.

밤이 되면 쌍둥이의 엄마는 할머니를 도와 저녁밥을 지었고, 식사가 끝나고 설거지까지 마치면 온 가족이 난롯가에 빙 둘러앉았다. 할머니는 큼직한 이야기책을 펼쳐 아빠와 번갈아 가며 아이들이 잠들 때까지 동화를 읽어 주었다. 가끔은 밤을 꼬박 새우기도 했다.

할머니와 아빠는 이야기의 세밀한 부분까지 아주 자세하게 묘사해 주었는데 같은 이야기라도 몇 번이고 되풀이해서 읽어 주었다. 이것이 쌍둥이의 어릴 적 가장 멋진 기억이다.

하지만 불행히도 쌍둥이가 할머니의 오두막에 들른 것도 아주 오래전 일이 되어 버렸다.

"코너 베일리!" 피터스 선생님이 소리쳤다. 코너는 깜박 졸다가 퍼뜩 깼다.

"죄송해요, 선생님!" 코너는 보초를 서는 군인처럼 의자에 꼿꼿이 앉아 큰 소리로 대답했다. 만약 사람이 표정만으로 사람을 죽일 수 있다면, 코너는 피터스 선생님이 쏘아보는 눈빛에 이미 죽은 목숨이었을 것이다.

"〈빨간 망토〉 원작을 읽어 보니 소감이 어떠니?" 선생님이 반 학생들에게 물었다.

곱슬머리에 두꺼운 치아 교정기를 한 여자아이가 손을 들었다.

"피터스 선생님, 저는 어딘지 혼란스러웠어요."

"왜 그렇지?" 피터스 선생님이 그 여자아이에게 질문을 던졌는데 마치 이렇게 말하는 것 같았다. "도대체 이 이야기를 읽고 어느 부분에서 혼란스럽다는 거야, 이 멍청아!"

"왜냐하면 사냥꾼이 커다란 못된 늑대를 죽인다고 해서요." 곱슬머리 여자아이가 대답했다. "저는 지금껏 그 늑대가 무리의 다른 늑대들에게 주둥이 때문에 놀림을 당해 속이 상했을 뿐이고, 결국 빨간 모자와 친구가 되면서 이야기가 끝나는 걸로 알고 있었거든요. 제가 어렸을 때 본 만화에서는 그랬어요."

피터스 선생님은 기가 차다는 듯이 눈을 치켜떴다. 마치 머리 뒤에 무엇이 있나 보려는 것 같았다.

"바로 그게 이 수업을 하는 이유란다." 선생님이 입을 앙다물며 말했다.

곱슬머리 여자아이는 눈을 크게 뜨고는 슬픈 표정을 지었다. 이제껏 소중하게 여겼던 무언가가 틀린 것이었다니!

"숙제를 내주겠다." 선생님 말씀이 떨어지자마자 반 학생 모두 너나 할 것 없이 의자에 푹 주저앉았다. "좋아하는 동화를 한 편 골라 내일까지 감상문을 써 와라. 그 동화가 우리에게 가르쳐 주는 진짜 교훈에 대해서 말이야."

피터스 선생님은 자기 책상으로 돌아가 앉았고, 학생들은 남은 수업 시간 동안 숙제를 하기 시작했다.

"코너?" 피터스 선생님이 책상에 앉아 코너를 불렀다. "잠깐만 보자."

코너는 이제 큰일 났다고 생각했다. 하지만 어쩔 수 없이 조심스레 자리에서 일어나 선생님 책상 앞으로 걸어갔다. 주변 아이들이 안됐다는 듯이 쳐다보았다. 마치 처형장에 끌려가는 죄수 보듯이.

"선생님, 부르셨어요?" 코너가 말했다.

"코너, 너의 집안 사정에 대해서는 최대한 이해해 주려 애쓰고 있단다." 피터스 선생님이 안경 너머로 코너를 바라보았다.

집안 사정. 코너가 작년에 너무나 여러 번 들었던 단어였다.

"하지만 말이다." 선생님이 말을 이었다. "내가 학생들에게 절대 용납할 수 없는 행동이 몇 가지 있어. 너는 내 수업 시간에 계속해서 졸고 집중하지도 않아. 쪽지 시험이나 다른 시험 성적이 엉망인 건 물론이고 말이다. 알렉스는 저렇게 잘하고 있는데, 좀 본받는 게 어떻겠니?"
 코너는 누군가가 자기를 알렉스와 비교할 때마다 배를 걷어차이는 듯한 기분이 들었다. 아무리 쌍둥이라 해도 모든 게 같을 수는 없는데 알렉스와 똑같지 않다고 항상 이렇게 혼이 나니 말이다.
 "계속 이런 식이라면 어머니를 모시고 오라고 할 수밖에 없어. 알아듣겠니?" 선생님이 경고했다.
 "네, 어르신. 아니, 선생님! 말이 잘못 나왔어요, 죄송합니다." 오늘은 지독히도 운이 없는 날인 듯했다.
 "좋아. 그럼 자리에 가서 앉아라."
 코너는 천천히 자기 자리로 돌아갔다. 고개를 살짝 아래로 떨군 채였다. 무엇보다도 코너는 자기가 실패자라는 느낌이 싫었다.
 알렉스는 선생님과 코너가 이야기 나누는 모습을 전부 지켜봤다. 코너가 부끄럽기도 했지만 하나밖에 없는 남매 사이라 각별한 감정도 있었다.
 알렉스는 국어책을 휙휙 넘기면서 어떤 이야기를 읽고 숙제를 할지 살폈다. 할머니의 책에 비하면 교과서에 실린 그림은 색이 화려하지 않아 심심했다. 하지만 어렸을 때 읽었던 동화 속 주인공들을 다시 보고 있자니 집에 온 듯 편안한 기분이 들었다. 최근에는 거의 느껴 보지 못했던 기분이었다.
 '만약 동화가 현실 세계에서 펼쳐진다면, 누군가가 마법 지팡이를 흔들어 모든 것을 예전 그대로 돌려놓을 수 있지 않을까.' 알렉스는 이런 생각을 했다.

2장

집으로 돌아오는 길

"오늘 수업 정말 재미있었어!" 하굣길에 알렉스가 코너에게 말했다. 코너는 평소에도 자주 듣던 말이라서 그 말만 나오면 아예 귀를 닫아 버렸다.

"피터스 선생님이 아주 중요한 사실을 지적해 주셨어." 알렉스는 신이 나서 쉴 새 없이 지껄여 댔다. "제대로 된 동화를 만나지 못하고 자란 아이들은 얼마나 많은 것을 놓치며 살게 될까! 생각만 해도 끔찍하지 않아? 그런 애들이 정말 안쓰러워. 코너, 내 말 듣고 있어?"

"응." 코너는 건성건성 대답했다. 길가에 버려진 달팽이 껍질을 톡톡 차면서 걷는 데 온통 정신이 팔린 채였다.

"동화 속 주인공들이나 멋진 장소들을 모르고 지내는 어린 시절이라니, 상상도 할 수 없어!" 알렉스가 계속해서 얘기했다. "어렸을 때 아빠랑 할머니께서 동화책을 많이 읽어 주셔서 우리는 정말 운이 좋았던 거야."

"응, 아주 운이 좋았지······." 코너는 알렉스의 말에 고개를 끄덕였지만 자기가 무슨 말에 동의하는지 확실히 몰랐다.

학교가 끝나면 쌍둥이는 집까지 함께 걸어왔다. 그들은 멋진 동네에 살았는데 이 동네는 더욱 멋진 다른 동네에 둘러싸여 있었고, 그 동네에 가려면 역시 멋진 동네를 여러 곳 지나쳐야 했다. 교외 주택이 마치 드넓은 바다처럼 펼쳐져 있었는데 그 집들은 이웃집들과 비슷하면서도 각각 독특한 특색이 있었다.

집으로 돌아오는 동안 지루함을 덜기 위해 알렉스는 머릿속에서 떠오르는 것들을 코너에게 이야기했다. 최근에 했던 생각이며 관심사, 그날 배웠던 것들을 간추린 이야기, 집에 가서 해야 할 일에 대해서도 말이다. 이 따분한 일과가 성가시기는 했지만 그래도 코너는 나름대로 최선을 다해 들어주려 했다. 이 세상에 알렉스의 대화 상대라고는 자기뿐이었으니까 말이다. 하지만 남의 말을 잘 들어주는 게 코너의 특기는 아니었다.

"이야기를 하나만 골라야 하다니, 대체 어떤 걸 고르지?" 알렉스가 신이 나서 손뼉을 치며 말했다. "넌 어떤 이야기로 숙제할 거야?"

"음······." 땅바닥을 바라보고 있던 코너가 고개를 들었다. 질문이 무슨 뜻인지 몰라 대화를 머릿속으로 되짚어 봐야 했다.

"〈양치기 소년〉을 읽을 거야." 코너가 아무렇게나 머릿속에 떠오르는 동화를 말했다.

"그건 안 돼." 알렉스가 고개를 저었다. "너무 뻔하잖아! 피터스 선생님에게 좋은 인상을 주려면 좀 더 어려운 이야기를 고르는 게 좋아.

교훈이 이야기 속에 곧장 드러나지 않고 깊숙한 곳에 숨겨진 그런 동화를 골라 봐."

코너는 한숨을 쉬었다. 알렉스와 잠자코 걸어가고 싶었지만, 가끔은 이렇게 논쟁이 벌어졌다.

"좋아. 그럼 〈잠자는 숲속의 공주〉를 고를게." 코너가 말했다.

"재미있는 선택이네." 알렉스가 흥미롭다는 듯 말했다. "그 동화 속에 담긴 교훈은 뭐라고 생각해?"

"아마도…… 이웃을 화나게 하지 마라?"

알렉스는 못마땅한 듯 끙 소리를 냈다.

"좀 진지해져 봐, 코너! 그건 〈잠자는 숲속의 공주〉의 교훈이 아니야." 알렉스가 꾸짖었다.

"난 그렇게 생각해." 코너가 설명했다. "만약 왕과 왕비가 처음부터 딸의 생일 파티에 그 미친 마녀를 초대하기만 했어도 그 모든 일이 벌어지지 않았을 테니까."

"그건 불가피한 일이었어." 알렉스가 말했다. "그 마녀는 사악하기 때문에 어떤 핑계를 대서라도 어린 공주에게 저주를 내렸을 거야. 〈잠자는 숲속의 공주〉는 피할 수 없는 일을 막아 보려고 한 이야기지. 공주의 부모님은 공주를 보호하려 애썼고 그래서 왕국의 모든 물레를 불태웠어. 공주는 안전하게 보호받아 왔기 때문에 무엇이 위험한지도 모를 정도였지. 하지만 난생처음으로 본 물레에 결국 손가락을 찔리고 말았어."

코너는 알렉스의 얘기가 맞는지 생각해 보다가 고개를 저었다. 자기의 생각이 훨씬 나았다.

"난 네 의견에 동의하지 않아." 코너가 말했다. "친구들이 자기 집에 너를 초대하지 않으면 너도 무척 화내잖아. 그땐 너도 마치 아기에게 저주를 내릴 것 같은 표정이라고."

알렉스는 코너를 향해 피터스 선생님의 전매특허인 경멸하는 표정을 지어 보였다.

"작품의 해석에는 맞고 틀린 게 없다지만, 네 말은 확실히 틀린 것 같아." 알렉스가 말했다.

"난 네가 못 보고 넘어간 걸 지적하는 거야." 코너가 분명히 말했다. "난 언제나 잠자는 숲속의 공주 부모님이 그 모든 일을 자초했다고 생각했어."

"아 그래?" 알렉스가 말했다. "그럼 〈헨젤과 그레텔〉도 걔네들이 일을 자초한 거네?"

"응." 코너가 말했다. 왠지 똑똑해진 기분이 들었다. "그리고 마녀도 마찬가지야!"

"무슨 뜻이야?" 알렉스가 물었다.

"왜냐하면……." 코너는 히죽 웃으며 말을 이었다. "과자로 만든 집에 살고 싶다면 옆집에 뚱뚱한 어린애들을 두지 말았어야지. 그런 등장인물이 실종되는 건 당연한 일이야."

알렉스는 코너의 말에 동의할 수 없어 또 한 번 끙 소리를 냈다. 코너 때문에 집에 도착할 때까지 이런 반응을 적어도 50번은 보여야 할 것 같았다.

"마녀는 옆집에 살지 않았어! 숲속 깊은 곳에 살았다고! 헨젤과 그레텔이 돌아오는 길을 찾으려고 빵 조각을 떨어뜨려야 할 정도였어. 그리고 과자로 집을 지은 이유는 아이들을 꾀기 위해서야. 아이들은 배가 고팠다고!" 알렉스가 코너가 잘못 알고 있는 것을 지적했다. "비판하려면 제대로 알고 말해."

"만약 남매가 배가 고팠다면 왜 빵 조각을 길바닥에 버렸겠어?" 코너가 물었다. "일부러 곤경에 빠지려는 것도 아니고 말이야."

알렉스가 다시 끙 소리를 냈다.

"이야기를 비비 꼬는 재주가 있네. 그러면 〈골디락스와 곰 세 마리〉의 교훈은 뭐라고 생각해?" 알렉스가 도전해 왔다.

"그거야 쉽지!" 코너가 말했다. "문단속을 잘하라는 거야! 생김새만 보고는 누가 강도인지 알 수 없으니까. 곱슬머리 조그만 여자애라도 믿어서는 안 되는 거지."

알렉스는 다시 끙 소리를 내고는 팔짱을 꼈다. 피식 웃지 않으려고 애를 써야 했다. 코너의 의견을 제대로 반박해야 했다.

"골디락스 이야기는 결과에 대한 거야. 피터스 선생님이 그렇게 말씀하셨어." 알렉스가 말했다. 절대 인정하고 싶지 않았지만 알렉스는 코너와 논쟁하는 것이 즐거웠다. "그럼 〈잭과 콩나무〉는 어떤 이야기라고 생각해?"

코너는 잠깐 생각에 빠졌다가 실실 바보 같은 웃음을 흘리며 말했다. "수상쩍은 콩은 소화불량 이상의 대사건을 일으킨다." 그러고는 크게 웃음을 터뜨렸다.

알렉스도 웃음이 났지만 안 그런 척 입술을 꽉 깨물었다.

"그럼 〈빨간 모자〉는?" 알렉스가 묻고 대답했다. "빨간 모자가 할머니에게 선물 바구니를 직접 가져다주는 대신 택배로 보냈으면 아무 문제도 없었을 것이다?"

"너도 이제 좀 머리가 돌아가는구나." 코너가 말했다. "하지만 빨간 모자는 늘 불쌍한 아이라는 생각이 들었어. 부모님의 사랑을 받지 못하는 것 같아서."

"왜 그렇게 생각해?" 이번에는 코너가 그 동화를 어떻게 풀지 궁금해하며 알렉스가 물었다.

"어떤 부모가 어린 딸을 그렇게 밝은색 옷을 입힌 채 어두컴컴하고 늑대도 많은 숲속에 갓 만든 음식을 배달하라고 보내겠어?" 코너가 얘기했다. "늑대에게 잡아먹히게 내버려 둔 거나 마찬가지야! 빨간 망토도 그런 부모님이 짜증 났을걸!"

알렉스는 온 힘을 다해 웃음을 꾹 참았지만 결국 키득 소리를 내고 말았다. 코너는 알렉스의 웃음소리에 기뻐했다.

"속으로는 내 말에 공감하고 있지?" 코너가 알렉스의 어깨를 자기 어깨로 툭 부딪히며 말했다.

"코너, 너 같은 사람이 세상 사람들에게 망친 동화를 내놓는 거야." 알렉스는 입가에 떠오른 미소를 지우려 애쓰며 말했다. "그러면 사람들은 동화에 대해 농담을 하게 되고, 어느 순간 전체 주제가…… 사…… 사라질……."

알렉스는 갑자기 걸음을 멈추었다. 얼굴에 핏기가 가시며 창백해졌다. 길 건너편에서 아주 실망스러운 무언가를 보았던 것이다.

"왜 그래?" 코너가 알렉스 쪽을 돌아보며 말했다.

알렉스는 커다란 집 한 채를 바라보고 있었다. 파란색 바탕에 모서리를 흰색으로 마감하고, 창문이 여러 개 달린 아름다운 집이었다. 앞마당도 완벽했다. 잔디는 길이가 적당했고 화려한 색의 화단과 기어 올라가기 좋은 큼지막한 떡갈나무도 한 그루 있었다.

만약 집이 미소를 지을 수 있다면 이 집은 입꼬리가 귀에 걸릴 정도로 환하게 웃는 집이었다.

"저길 봐." 알렉스가 떡갈나무 옆에 '집 팝니다'라고 쓰인 간판을 가리켰다. 최근에 덧붙인 듯 '팔렸음'이라는 글자와 함께 선명하게 붉은 줄이 그어져 있었다.

"팔렸어." 알렉스가 믿기지 않는다는 듯 고개를 천천히 가로저으며 말했다. "팔렸어." 알렉스는 사실이 아니기를 바라는 듯 거듭 중얼거렸다.

코너의 둥그스름한 얼굴에도 핏기가 조금 사라졌다. 쌍둥이는 무슨 말을 해야 할지 모른 채 한동안 그 집을 바라보았다.

"언젠가는 이렇게 될 줄 알았잖아." 코너가 말했다.

"응. 그런데 왜 이렇게 놀랍지?" 알렉스가 힘 빠진 목소리로 말했다. "나는 이 집이 오랫동안 팔리지 않을 거라고 생각했어. 아마도 우리를 기다리고 있을 거라고 생각했나 봐."

알렉스의 눈에 눈물이 맺히는 것을 본 코너의 눈가도 촉촉해졌다.

"이리 와, 알렉스. 집에 가자." 코너가 이렇게 말하고 다시 걷기 시작했다.

알렉스는 그 집을 잠깐 더 바라보다가 코너의 뒤를 따라갔다. 이 집은 베일리 가족이 최근에 잃은 많은 것 가운데 하나에 불과했다.

1년 전, 쌍둥이의 열한 살 생일을 며칠 앞두고 알렉스와 코너의 아빠가 퇴근길에 교통사고로 돌아가셨다. 베일리 씨는 집에서 조금 떨어진 곳에서 '베일리 책방'이라는 서점을 운영했는데 이제는 큰 교통사고가 났던 작은 골목만이 남아 있을 뿐이었다.

쌍둥이와 엄마는 저녁 식탁에서 이제나저제나 아빠가 오길 기다리던 중이었다. 그러다가 아빠가 오늘 밤 저녁 식사를 같이하지 못할 것이라는, 그리고 앞으로도 계속 그럴 것이라는 전화가 걸려 왔다. 아빠는 지금껏 단 한 번도 저녁 식사에 늦은 적이 없었기에 전화가 울리자마자 가족들은 무언가 잘못되었음을 직감했다.

알렉스와 코너는 전화를 받던 엄마의 표정을 절대 잊지 못할 것 같았다. 그 표정은 그들의 삶이 이전과 절대 같지 않을 것임을 말해 주었다. 그날 밤 엄마는 이제껏 한 번도 본 적 없었던 울음을 터뜨렸다.

그 뒤로는 쌍둥이가 순서를 다 기억하기 힘들 정도로 너무 많은 것들이 순식간에 진행되었다. 엄청나게 많은 전화를 하고, 아주 많은 서류를 만들던 엄마의 모습, 또 엄마가 장례식 절차를 모두 처리하는 동안 할머니가 집에 와서 쌍둥이를 돌봐 주던 일이 겨우 기억날 뿐이었다.

장례식 때 엄마의 손을 잡고 교회 복도를 걷던 일도 기억났다. 하얀색 꽃과 양초, 온통 슬픈 표정을 한 사람들을 지나가야 했던 일도 기억났다. 사람들이 보내 준 음식들, 정말 안됐다고 말하던 사람들도 기억났다.

쌍둥이는 열한 번째 생일을 기억할 수 없었다. 아무도 신경 써 주지 않았기 때문이다.

쌍둥이는 그 뒤 몇 달 동안 엄마와 할머니가 얼마나 든든하게 그들 곁에 있어 주었는지 기억했다. 또 엄마가 서점을 팔아야 하는 이유에 대해 설명해 주던 일, 그리고 예쁜 파란색 집을 더는 감당할 수 없어 거리에서 조금 떨어진 셋집을 구해 이사했던 일도 기억했다.

쌍둥이는 작은 집으로 이사 가면서 할머니가 그들 곁을 떠났던 일도 기억했다. 또 학교로 돌아가자 모든 것이 아무렇지도 않다는 듯 돌아가던 모습도. 하지만 무엇보다도 쌍둥이는 그 모든 일이 어째서, 왜 일어나야 했는지 이해할 수 없었다.

1년이 지났지만 쌍둥이는 여전히 이해할 수 없었다. 사람들은 시간이 지나면 괜찮아질 것이라 했지만, 대체 얼마나 많은 시간이 흘러야 괜찮아지는 걸까? 아빠가 없는 하루하루를 보낼 때마다 상실감은 더욱 깊어만 갔다. 아빠를 너무 그리워한 나머지 가끔은 슬픔이 불쑥 몸 밖으로 빠져나와 없어졌으면 하고 바란 적도 있었다.

쌍둥이는 아빠의 미소와 웃음, 그리고 아빠가 읽어 주던 동화가 못 견디게 그리웠다.

알렉스는 특히 학교에서 우울한 일이 있을 때마다 집에 와서 제일 먼저 하던 일이 자전거에 올라타 아빠의 가게로 가는 것이었다. 알렉스는 서점 현관으로 달려 들어가 아빠를 찾으며 이렇게 외쳤다. "아빠, 들어줬으면 하는 말이 있어요."

그러면 손님을 상대하고 있거나 새 책을 선반에 진열하던 중이라도 아빠는 하던 일을 모두 멈추고 딸을 서점 뒷방으로 데리고 들어가 무슨 일인지 귀 기울여 들어주었다.

"무슨 일이니?" 아빠는 걱정스러운 눈빛으로 눈을 커다랗게 뜨고 물어보았다.

"오늘은 정말 힘든 날이었어요, 아빠." 한번은 알렉스가 이렇게 말했다.

"아직도 다른 아이들이 놀리니?" 아빠가 물었다. "학교에 전화해서 선생님께 그 아이들을 혼내 달라고 할까?"

"그래도 소용없을 걸요." 알렉스가 훌쩍이며 말했다. "그 애들은 사회와 가정에서 무시 받아 생긴 불안정한 공허함을 채우기 위해 저를 대놓고 괴롭히는 거예요."

아빠는 머리를 긁적였다. "그러니까 네 말은 그 애들이 질투심에 너를 못살게 군다는 거니?"

"바로 그거예요." 알렉스가 말했다. "오늘 점심시간에 학교 도서관에서 심리학에 관한 책을 읽었거든요."

아빠는 큰 소리로 웃었다. 똑똑한 딸은 언제 봐도 놀라웠다. "내 생각에 넌 필요 이상으로 너무 많은 것을 아는 것 같구나." 아빠가 말했다.

"가끔은 저도 제가 다른 애들과 비슷했으면 좋겠어요." 알렉스가 자기 기분을 털어놓았다. "혼자인 게 힘들어요, 아빠. 똑똑하고 모범생이라 친구를 사귈 수 없는 거라면 차라리 코너 같은 애가 되고 싶어요."

"알렉스, 내가 '구부러진 나무'에 대해 이야기해 준 적 있니?"

"아뇨." 알렉스가 대답했다.

아빠의 눈이 반짝하고 빛났다. 아빠는 이야기를 들려주기 전에는 항상 이런 눈이 되었다.

"옛날, 내가 아주 어렸을 때 숲속을 거닐다가 아주 특별한 무언가를 본 적이 있단다. 일 년 내내 푸른, 상록수라 불리는 나무였는데 이제껏 봤던 나무와는 전혀 달랐지. 나무가 땅에서 곧게 자라지 않고 줄기가 커다란 덩굴처럼 둥글게 휘어져 있었단다."

"어떻게 그럴 수 있죠?" 이야기에 빠져든 알렉스가 질문했다. "그럴 수 없어요. 상록수는 줄기가 그렇게 자라지 않거든요."

"어쩌면 누군가 그 사실을 그 나무에게 깜박하고 말해 주지 않았을지도 모르지." 아빠가 말했다. "어쨌든, 어느 날 나무꾼들이 와서 그 지역의 나무를 모조리 베어 갔는데 베지 않은 나무가 딱 한 그루 있었지. 바로 그 구부러진 나무였단다."

"왜죠?" 알렉스가 물었다.

"쓸모 없다고 생각했겠지." 아빠가 대답했다. "그런 나무로는 탁자나 의자, 서랍장 같은 걸 만들 수 없으니까. 구부러진 나무는 자기가 다른 나무와 다르다고 느꼈을지 모르지만, 그 독특함 덕에 목숨을 구할 수 있었던 거야."

"그 구부러진 나무는 어떻게 되었어요?" 알렉스가 물었다. "그 나무는 아직도 그 자리에 있단다." 아빠가 미소를 띤 채 말했다. "날이 갈수록 키도 쑥쑥 크고 줄기도 점점 더 휘어지면서 말이지."

알렉스의 얼굴에 조그만 미소가 싹텄다. "아빠가 왜 이 이야기를 들려주셨는지 알 것 같아요."

"기쁘구나." 아빠가 말했다. "이제 네가 할 일은 나무꾼들이 와서 주변 나무들을 베어 가는 걸 그저 구경하는 거야."

알렉스는 그날 처음으로 소리 내어 웃었다. 아빠는 언제나 알렉스의 기운을 북돋우는 방법을 알고 있었다.

셋집으로 이사 온 후 쌍둥이의 하교 시간은 두 배로 길어졌다. 갈색 벽에 지붕이 편평한 따분하게 생긴 집이었다. 창문도 몇 개 없고 앞마당에 있는 스프링클러가 고장 나는 바람에 시들시들 죽어 가는 잔디가 고작이었다.

집은 안락했지만 어수선했다. 방은 많지 않은데 가구는 많았고, 그나마도 원래 이 집에 맞춘 가구가 아니어서 어울리지도 않았다. 벌써 반년 이상을 여기시 지냈지만 아직 풀지 않은 짐이 벽을 따라 길게 늘어서 있었다.

아무도 그 짐을 풀려고 하지 않았다. 실제로 살고 있는데도 이곳에 머무르고 있다는 사실을 아무도 인정하고 싶지 않았다.

쌍둥이는 집에 도착하자마자 계단을 올라가 각자의 침실로 들어갔다. 알렉스는 책상 앞에 앉아 숙제를 시작했고, 코너는 침대에 누워 한숨 자기 시작했다.

알렉스의 침실은 거의 도서관을 보는 듯했다. 구석에 밝은 노란색 침대가 있는 것을 빼면 말이다. 폭과 높이가 다양한 책장이 방에 죽 늘어서 있었는데 그림책에서부터 백과사전까지 없는 책이 없었다.

하지만 코너의 침실은 마치 동굴처럼 겨울잠 자기에 딱 좋게 되어 있었다. 방은 어두침침한 데다 엉망진창이었다. 더러운 옷가지 더미 사이로 카펫 자락이 살짝 보였고, 반쯤 먹다 만 꽤 오래된 그릴 치즈 샌드위치가 바닥에 나뒹굴고 있었다. 그걸 보면 누구든 신경이 거슬릴 법했다.

1시간 남짓 지났을까, 쌍둥이는 엄마가 집에 온 기척을 느꼈다. 둘이 계단을 내려가니 엄마가 부엌에 있었다. 엄마는 식탁에 앉아 막 우편함에서 꺼내 온 봉투들을 휙휙 넘기며 통화 중이었다.

두 아이의 엄마 샬럿 베일리는 아주 아름다운 여성으로 머리카락이 빨갛고 얼굴에 주근깨가 있었다. 쌍둥이의 머리카락과 주근깨도 엄마에게 물려받은 게 확실했다. 엄마는 마음이 넓고 남을 잘 보살폈으며 아이들을 이 세상 누구보다도 사랑했다. 비록 쌍둥이가 엄마를 볼 수 있는 시간이 거의 없었지만 말이다.

엄마는 이 지역 아동병원에서 간호사로 일했는데, 남편이 세상을 떠난 이후 가족의 생계를 책임지기 위해 2교대 근무를 쉬지 않고 해야 했다. 아침에 쌍둥이가 눈을 뜨면 엄마는 이미 출근한 뒤였고, 엄마가 퇴근해 집에 돌아오면 쌍둥이는 이미 잠든 후였다. 그러니 아이들과 얼굴을 마주할 시간은 점심 식사와 저녁 식사 시간에 잠깐 집에 들를 때뿐이었다.

엄마는 병원에서 아이들을 돌보는 일을 좋아해 간호사 일이 적성에 맞았지만, 그래도 개인 시간이 지나치게 줄어드는 건 싫었다. 하지만 어쩔 수 없는 일이었다. 아빠가 돌아가신 이후로 쌍둥이는 마치 양쪽 부모 모두를 잃은 듯한 기분이 들었다.

"애들아." 엄마는 전화기 한쪽 끝을 손으로 막고 쌍둥이에게 말을 걸었다. "오늘 학교 재미있었니?"

알렉스는 긍정의 의미로 고개를 끄덕였다. 코너도 열성적으로 엄지손가락을 치켜세웠다.

"네, 이번 월요일에도 주간, 야간 근무 가능합니다." 엄마가 전화기 너머 병원 관계자에게 말했다. "문제없어요." 이건 거짓말이었다.

엄마가 훑어 보는 봉투 대부분에는 빨간색으로 '결제 기한', '최후 공지' 같은 경고 스티커가 붙어 있었다. 직장에서 밤낮으로 일을 하긴 했지만 엄마는 부족한 돈을 구할 다른 방법을 찾아야 할 때가 많았다. 엄마는 봉투를 쌍둥이에게 숨기려고 얼른 식탁에 엎어 놓았다.

"네, 감사합니다." 엄마는 이렇게 말하고는 달칵, 전화를 끊었다. 그리고 아이들 쪽을 돌아보며 물었다. "오늘은 어땠니?"

"좋았어요." 두 아이 모두 조금 시무룩해 보였다.

베일리 부인에게 '엄마의 직감'이 발동했다. 아이들에게 어딘가 문제가 생긴 것이 분명했다.

"무슨 일 있었니? 너희 축 처진 것 같구나." 엄마는 이렇게 말하며 아이들의 안색을 살폈다.

알렉스와 코너는 뭐라고 해야 할지 몰라 서로 눈치만 보았다. 엄마는 옛집이 어떻게 되었는지 알고 있을까? 지금 말해도 될까?

"어서, 무슨 일이니? 엄마한텐 뭐든지 말해도 된단다."

"저희는 실망하지 않았어요. 언젠가 이렇게 될 줄 알았으니까요." 코너가 말했다.

"그게 무슨 말이야?" 엄마가 물었다.

"집 팔린 거요. 오늘 학교 끝나고 오다가 봤어요." 알렉스가 대답했다.

한동안 침묵이 흘렀다. 엄마는 벌써 알고 있었지만, 쌍둥이들이 실망할 거라는 걸 알고 차라리 몰랐으면 하고 바랐다.

"아, 그것." 엄마는 별일 아니라는 듯 손사래를 쳤다. "응, 나도 알고 있었지. 그렇게 슬퍼하지 않아도 돼. 일이 정리되는 대로 더 크고 좋은 집으로 이사 갈 거니까."

그리고 세 사람은 더는 할 말이 없었다. 엄마는 거짓말을 잘하는 사람이 아니었고 그것은 쌍둥이도 마찬가지였다. 하지만 알렉스와 코너는 언제나 그랬듯 엄마 앞에서 미소를 지으며 고개를 끄덕였다.

"오늘은 학교에서 뭘 배웠니?" 엄마가 물었다.

"아주 많은 걸 배웠어요." 알렉스가 함박웃음을 지으며 자신 있게 말했다.

"별로 배운 게 없어요." 코너가 얼굴을 찡그린 채 중얼댔다.

"그건 네가 수업 시간에 졸아서 그런 거잖아!" 알렉스가 고자질했다.

코너가 알렉스를 벌레 씹은 표정을 하고 바라보았다.

"아이고, 코너야 아직도 그러니." 엄마가 고개를 절레절레 흔들며 말했다. "알렉스와 내가 뭘 도와줄까?"

"제 잘못이 아니에요!" 코너가 외쳤다. "피터스 선생님 수업만 들으면 잠이 와요. 어쩔 수가 없다고요! 마치 머릿속 스위치가 닫히는 것 같아요. 가끔은 제 고무줄 기술도 안 통한다니까요."

"고무줄 기술이라니?" 엄마가 물었다.

"팔목에 고무줄을 끼우고 졸릴 때마다 튕기는 거예요." 코너가 설명했다. "아주 쉬워서 실패할 리가 없다고 생각했어요!"

엄마는 머리를 가로저었지만 꽤 재미있어 하는 것 같았다.

"그렇게 교실에서 공부할 수 있다는 게 얼마나 운이 좋은 건지 너희는 모를 거야." 베일리 부인이 아이들에게 죄책감이 들게 하는 '엄마 표정'을 지으면서 말했다. "내가 병원에서 돌보는 아이들은 너희처럼 매일 학교에 가고 싶어 할걸."

"그 애들도 피터스 선생님 수업을 듣는다면 생각이 바뀔걸요." 코너가 작은 소리로 말했다.

그 말을 들은 엄마가 막 아들을 혼내려는 순간 따르릉 하고 전화벨 소리가 울렸다.

"여보세요?" 엄마가 전화를 받았다. 눈썹 사이에 주름이 뚜렷하게 잡혔다. "내일요? 아닌데, 뭔가 착오가 있었던 게 분명해요. 제가 내일은 일을 할 수 없다고 말씀드렸어요. 제 쌍둥이 아이들의 열두 번째 생일이라서 저녁 시간을 같이 보낼 예정이거든요."

알렉스와 코너는 둘 다 깜짝 놀라 서로를 쳐다보았다. 내일이 자기들의 열두 번째 생일인지도 잊고 있었던 것이다.

"저를 대신해 줄 다른 사람 없을까요?" 엄마가 물었다. 스스로 내고자 했던 목소리보다 더 절박한 목소리가 나왔다. "네, 그렇군요……. 이해해요. 물론이죠……. 직원 수가 줄어들어 어쩔 수 없다는 거죠. 알겠습니다. 내일 뵙도록 하죠."

엄마는 전화를 끊고는 눈을 질끈 감았다. 그리고 실망스러운 듯 깊은 한숨을 내쉬었다

"나쁜 소식이 있단다, 애들아." 엄마가 말했다. "내일 밤에 엄마가 일하러 나가야 해서 너희 생일인데 같이 있어 주지 못하게 됐구나. 생일 파티를 그 다음 날로 미뤄도 될까?"

"괜찮아요, 엄마." 알렉스가 엄마의 기운을 북돋우려고 짐짓 아무렇지도 않은 듯 말했다. "우린 다 이해해요."

"저도 괜찮아요." 코너가 덧붙였다. "사실 그렇게 특별한 걸 기대하지도 않았으니까요."

베일리 부인은 이런 상황이 되자 세상에서 제일 나쁜 엄마가 된 듯한 기분이 들었고, 아이들이 이해해 준다는 사실에 더욱 슬펐다. 차라

리 아이들이 자기들 나이에 맞게 화를 내거나 바닥에 데굴데굴 구르며 응석을 부리기라도 하면 기분이 훨씬 나았을 것이다. 쌍둥이는 실망이란 감정에 익숙해지기에는 아직 너무 어렸다.

"아, 그러니." 엄마는 마음속에서 차오르는 슬픔과 싸우면서 가까스로 말했다. "좋아. 그럼 우리 내일모레 저녁을 먹고, 생일 케이크를 자르자. 그리고 멋진 저녁 시간을 보내는 거야……. 자, 이제 엄마는 위층에 잠깐 올라갔다가 다시 일하러 병원으로 가야겠다."

엄마는 부엌에서 나가 서둘러 계단을 올라 침실로 들어갔다.

쌍둥이는 잠깐 기다렸다가 엄마를 살펴보려고 몰래 계단을 올라갔다.

두 아이는 엄마의 침실을 들여다보았다. 엄마는 침대에 앉아 양손에 휴지를 든 채 엉엉 울면서 죽은 아빠의 사진에 대고 이야기를 하고 있었다.

"여보, 나는 강인한 마음으로 우리 아이들을 키우려 해요. 하지만 당신 없이는 너무 힘드네요. 우리 아이들은 너무나 착한데. 이런 대접을 받을 아이들이 아닌데."

엄마는 쌍둥이가 자기를 지켜본다는 사실을 깨닫자 얼른 눈물을 닦았다. 알렉스와 코너는 천천히 방으로 들어가 엄마 양옆에 앉았다.

"얘들아, 엄마가 정말 미안해." 엄마가 아이들에게 말했다. "어린 나이에 이런 힘든 일을 겪어야 하다니 말도 안 돼."

"괜찮아질 거예요, 엄마." 알렉스가 말했다. "생일이라고 해서 뭔가 특별한 걸 바라지는 않아요."

"생일이 뭐 별건가요." 코너가 말했다. "전 지금 이대로도 좋은 걸요."

엄마가 아이들을 부둥켜안았다. "어쩌면, 언제 이렇게 다 컸니!"

엄마는 눈에 눈물이 그렁그렁한 채 말했다. "나는 세상에서 제일 운 좋은 엄마구나!"

어느덧 세 사람의 눈은 아빠 사진에 머물렀다.

"아빠가 여기 계셨다면 너희에게 뭐라고 말씀하셨을까?" 엄마가 쌍둥이에게 물었다. "아마 이렇게 말씀하셨을 거야. '바로 지금이 우리 인생에서 제일 최악의 장이야. 하지만 이야기는 언제나 더 좋게 풀리기 마련이지!'"

쌍둥이는 엄마에게 미소를 지어 보였다. 그리고 그 말이 사실이기를 바랐다.

3장

깜짝 생일 선물

"이제 연필을 책상에 내려놓도록." 피터스 선생님이 교실 앞쪽에서 지시했다. 학생들은 수학 시험을 치르는 중이었는데, 선생님은 시험 시간 내내 아이들을 죄수 감독하듯 지켜보았다. "시험지 맨 앞으로 전달해."

코너는 시험 문제가 마치 고대의 신성 문자 암호처럼 보였다. 그래서 문제 대부분은 못 풀고 그냥 비워 두었고, 그나마 노력한 티를 내려고 몇몇 문제에만 뭐라고 끄적이다가 그만두었다. 시험이 끝나자 코너는 자신을 위해 짧게 기도하고는 다른 아이들처럼 문제지를 앞으로 넘겼다.

반 아이들의 시험지는 모두 알렉스에게 전달되었다. 알렉스는 시험지를 파일에 깔끔하게 정리해 선생님께 가져다 드렸다. 알렉스는 시험이 끝나면 언제나 개운한 기분이 들었는데 오늘처럼 문제가 쉬우면 특히 더 그랬다.

　아이들의 시험지를 훑어 보니 유독 풀지 못한 문제가 많은 코너의 시험지가 눈에 띄었다. 알렉스는 코너가 최선을 다했다는 사실을 알고 있었지만, 아직 한참 부족해 보였다. 알렉스는 뭐라도 도와주고 싶은 마음에 코너를 돌아보다가 문득 한 가지를 생각해 냈다. 도와줄 수 있을 것 같았다.

　알렉스는 피터스 선생님을 흘긋 쳐다보았다. 선생님은 다음번 수업안을 적느라 바빠 보였다. 코너의 시험지에 정답 몇 개를 적어 넣어도 선생님은 모르지 않을까? 하지만 지금껏 이렇게 뻔뻔스러운 짓을 해 본 적이 없는데!

　다른 학생의 시험지에 부정행위를 한 셈이 되는 것일까? 의도가 아무리 좋다 해도 결국 교활한 못된 짓에 불과한 건 아닐까?

　알렉스는 모든 것을 지나치게 깊이 생각하는 편이었지만, 결국 일을 저지르고 말았다. 코너의 시험지에 얼른 정답 몇 개를 쓱쓱 적어 넣은 것이다. 원래 자기 글씨보다 살짝 흘려서 쓴 다음, 다른 시험지 사이에 넣어 선생님께 가져다 드렸다.

　지금껏 살아오면서 알렉스가 했던 일 가운데 가장 즉흥적인 행동이었다.

　"고맙구나, 알렉스." 피터스 선생님이 알렉스의 눈을 마주 보며 말했다. 알렉스는 가슴이 철렁 내려앉는 듯했다. 충동적인 행동으로 인해 느꼈던 흥분이 이젠 죄책감으로 어둡게 빛을 잃었다.

　피터스 선생님은 언제나 알렉스를 믿었다. 알렉스가 어린애 같은 짓을 했으리라고는 상상도 못 할 것이다. 알렉스는 고민했다. 죄를 고백해야 할까? 그러면 어떤 벌을 받게 될까? 평생 죄책감을 안고 살아야 할까?

알렉스는 뒤돌아 코너를 바라봤다. 코너는 길게 한숨을 내쉬고 있었고, 코너가 슬퍼하는 것을 보니 알렉스도 마음이 편치 않았다. 속상해하는 코너의 마음이 마치 자기에게까지 전달되는 것 같았다.

알렉스는 양심의 가책을 느꼈다. 하지만 학생으로서는 나쁜 짓이지만 가족으로서 옳은 일을 했다고 생각했다.

"이제 다들 어제 한 숙제를 내놓으렴." 피터스 선생님이 지시했다. "누가 앞에 나와서 발표해 볼까?"

즉석에서 발표를 시키면 아이들이 어찌나 긴장하는지, 선생님은 때때로 깜짝 놀랐다. 피터스 선생님은 교실 뒤에 의자를 가져다 놓고 앉았다. 의자를 놓은 자리가 코너 자리와 가까워서 코너가 조는지 안 조는지 지켜볼 수 있었다.

아이들이 한 명씩 앞으로 나와 숙제를 발표했다. 〈잭과 콩나무〉가 외계인 납치에 대한 이야기라고 한 남자아이와 〈장화 신은 고양이〉가 동물 학대의 옛날식 사례라고 한 여자아이를 빼놓고는 모든 학생이 자기가 고른 이야기를 제대로 해석해 왔다.

"저는 동화를 하나만 고르는 게 너무 어려웠어요." 알렉스가 아이들 앞에서 일곱 장짜리 숙제를 활기차게 펼치며 말했다. "그래서 저는 사실상 모든 동화 속 주제와 지금껏 세상에 나온 모든 이야기를 품고 있는 〈신데렐라〉를 골랐습니다!"

하지만 알렉스의 흥분된 마음은 반 친구들에게까지는 전달되지 않는 듯했다.

"많은 사람이 〈신데렐라〉에 여성을 소중하게 여기지 않는 여성혐오적 요소가 있다고 문제를 제기했죠." 알렉스는 계속해서 이야기했다. "하지만 제 생각엔 그건 완전히 헛소리예요! 〈신데렐라〉는 한 남성이 여성을 구하는 이야기가 아니라 운명 내지는 업보에 대한 이야기니까요."

반 아이들 대부분은 딴생각을 하기 시작했다. 알렉스가 하는 말에 조금이라도 귀를 기울이는 사람은 오직 피터스 선생님 한 명뿐이었다.

"생각해 봐요." 알렉스가 말을 이었다. "새어머니한테 오랜 세월 지속적으로 학대를 받았는데도 신데렐라는 긍정적이고 착한 마음을 잃지 않았어요. 자기 자신을 믿었고 언제나 세상이 선하다고 생각했죠. 결국 나중에 왕자와 결혼했지만, 신데렐라는 늘 마음속 행복을 잃지 않았어요. 〈신데렐라〉 이야기를 보면 아무리 최악의 상황이라 해도, 세상에서 아무도 나를 알아주지 않는다 해도 희망을 잃지 않으면 모든 것이 좋아질 거라는 사실을 알 수 있어요……."

알렉스는 자기가 발표한 내용을 마음속으로 되새겼다. 마지막 문장은 아직 의문이었다. 〈신데렐라〉가 정말 그런 이야기일까, 아니면 내가 〈신데렐라〉가 그런 이야기이기를 바라는 것일까?

"좋아. 알렉스, 좋은 발표였어요." 피터스 선생님은 자신이 지을 수 있는 표정 중 가장 미소에 가까운 표정을 지으며 말했다.

"들어줘서 고맙습니다." 알렉스가 반 아이들을 향해 고개를 살짝 숙였다.

"이제 네 차례다, 코너." 선생님이 말했다. 선생님은 따뜻한 콧김이 등 뒤에 닿을 정도로 코너와 가까운 곳에 앉아 있었다.

코너는 콘크리트로 굳힌 것처럼 무거운 다리를 질질 끌면서 교실 앞으로 나갔다. 반 아이들 앞에서 말하는 건 괜찮았지만 선생님 앞에서 발표하는 건 힘들었다.

"저는 〈양치기 소년〉을 골랐어요." 코너가 말했다. 어제 알렉스가 해 준 충고를 따르지 않은 것이다.

알렉스의 어깨는 축 처졌고 피터스 선생님은 눈을 살짝 뒤집었다.

실망스러운 눈치였다.

"모두 제가 너무 단순하고 쉬운 이야기를 골랐다고 생각할 거예요." 코너가 말했다. "하지만 다시 읽어 보니, 저는 이 이야기가 정직의 중요성에 대해 말하는 게 아니라는 것을 깨달았어요. 오히려 높은 기대치에 대한 이야기죠."

알렉스와 피터스 선생님은 동시에 눈썹을 치켜들었다. 무슨 말을 하려고 저러지?

"물론 그 남자애는 나쁜 녀석이에요. 그걸 부정하려는 것은 아닙니다." 코너는 자기가 써 온 반쪽짜리 보고서를 가리키며 말했다.

"하지만 조금 장난을 쳤다는 이유로 그 애를 탓하는 건 너무하지 않아요? 확실히 그 마을은 늑대 때문에 문제를 겪고 있었고, 모두가 스트레스를 받고 있었어요. 그리고 소년은 아직 어린애에 불과했죠. 사람들이 과연 그 애에게 항상 완벽하기만을 기대했을까요?"

코너의 발표는 최고는 아니었지만, 확실히 반 아이들의 시선을 끌었다.

"그리고 제가 궁금했던 점은 왜 아무도 그 어린아이를 지켜보지 않았느냐는 거였어요." 코너가 덧붙였다. "만약 부모님이 그 아이를 지켜보고 있었다면, 그 아이는 절대로 늑대에게 잡아먹히지 않았을 거예요. 저는 이 동화가 사람들이 어린아이에게 관심을 갖고 지켜봐야 한다는 교훈을 주는 이야기라고 생각해요. 아이가 병적으로 거짓말을 잘한다면 특히 더요. 감사합니다."

코너는 웃기려고 발표한 것이 아니었다. 자기 의견과 생각을 극도로 솔직하게 드러냈다. 그 솔직함이 항상 아이들을 즐겁게 했지만, 선생님은 그렇지 않았다.

"좋아, 코너." 피터스 선생님이 날카로운 목소리로 말했다. "와서 자리에 앉아도 좋다."

코너는 자기가 또 망쳤다는 것을 알았다. 코너가 자리에 앉자 선생님의 차가운 시선과 뜨거운 입김이 느껴졌다. 왜 뭔가를 더 해 보지 않았을까?

코너는 자기가 완전히 쓸모없다는 기분을 느끼기 전까지는 수업이 끝나지 않을 것만 같았다. 이럴 때 기분을 나아지게 해 주는 건 한 사람뿐이었다. 코너는 마음이 가라앉기만을 바랐다.

아빠는 아들이 자기와 대화하고 싶을 때가 언제인지를 잘 알고 있었다. 관찰력이나 직관력이 뛰어나서라기보다는 아들이 가 있는 장소만 잘 보면 되었다. 아빠가 직장에서 돌아올 무렵 가끔 코너가 집 앞마당의 떡갈나무 위에 올라가 깊은 생각에 빠져 있을 때가 있었다.

"코너?" 아빠는 나무 가까이 다가가며 물었다. "괜찮니, 아들?"

"응, 네." 코너가 우물거리며 대답했다.

"정말이야?" 아빠가 다시 물었다.

"네." 코너는 확실하지 않다는 듯 말했다. 코너는 알렉스처럼 자신의 힘든 점을 털어놓는 성격이 아니었지만, 힘들어하는 마음이 얼굴에 뻔히 드러났다. 아빠는 나무에 올라가 아들이 앉은 가지 옆에 앉아 무엇이 문제인지 물어보았다.

"말하기 싫은 거니?" 아빠가 말을 이었다. "학교에서 무슨 일 있었니?"

코너는 고개를 끄덕였다.

"시험을 봤는데 성적이 엉망이에요." 코너가 결국 고민을 털어놨다.

"공부는 했니?" 아빠가 물었다.

"네." 코너가 대답했다. "정말로 열심히 했어요. 하지만 소용없었죠. 저는 알렉스만큼 똑똑하지 않아요." 코너가 부끄러워서 뺨이 새빨갛게 변했다.

"코너야, 내가 그동안 오랜 세월에 걸쳐 배운 것을 하나 알려 주마." 아빠가 말했다. "알렉스는 항상 너보다 똑똑했잖니. 그냥 그런 거야. 나는 네 엄마와 결혼한 지 13년이나 되었는데 아직도 잘 모르는 부분이 있어. 다른 사람이랑 비교해 자기를 탓하면 안 된단다."

"하지만 전 멍청하다고요, 아빠." 코너가 눈물이 그렁그렁해져서 말했다.

"나는 잘 모르겠구나." 아빠가 말했다. "재미있는 농담을 해서 사람을 웃기려면 똑똑하지 않으면 안 돼. 너는 내가 아는 아이 가운데 제일 재미있단다."

"하지만 재미있다고 해서 수학이나 역사 점수가 좋아지는 건 아니잖아요." 코너가 말했다. "저는 아무리 열심히 해도 인정받을 수 없어요. 반에서 제일 멍청한 아이라고요……."

코너는 아무런 표정 없이 하얗게 질려 있었다. 부끄럽고 상처를 받아 멍한 얼굴이었다. 다행히 아빠는 어떤 상황에서든 격려해 줄 이야기를 알고 있었다.

"코너, 내가 걸어 다니는 물고기 이야기를 해 준 적 있니?" 아빠가 물었다.

코너가 아빠를 올려다보았다. "걸어 다니는 물고기요? 아빠, 죄송하지만 지금은 어떤 이야기를 들어도 기분이 나아질 것 같지 않아요."

"좋아. 그럼 좋을 대로 하렴." 아빠가 말했다.

하지만 몇 분 지나자 코너는 호기심을 이길 수 없었다.

"좋아요, 걸어 다니는 물고기 얘기해 주세요." 코너가 말했다.

아빠는 이야기를 들려주기 전이면 항상 눈이 반짝 하고 빛났다. 코너는 재미있는 이야기를 들을 수 있을 거라는 예감이 들었다.

"옛날 옛적에, 커다란 물고기가 호수에 혼자 살고 있었단다." 아빠가 이야기를 풀어 놓았다. "이 물고기는 근처 마을에 사는 남자아이가 매일 땅 위의 말이며 개, 다람쥐와 노는 모습을 부럽다는 듯 바라보았어."

"이 이야기에서 개가 죽나요?" 코너가 끼어들었다. "아빠도 아시겠지만 전 개가 죽는 이야기는 싫거든요……."

"일단 끝까지 들어보렴." 아빠가 이야기를 계속했다. "어느 날 요정이 호수에 와서 물고기에게 소원을 하나 들어주겠다고 했어."

"말도 안 돼요." 코너가 불평을 했다. "왜 동화에서는 언제나 요정들이 갑자기 짠 하고 나타나서 사람들에게 생각지도 못했던 좋은 일을 해 주는 거죠?"

"등장인물이니까 제 역할을 해야 하지 않겠니?" 아빠가 어깨를 으쓱했다. "하지만 좀 개연성 있게 말하자면, 이 요정은 호수에 떨어뜨린 자신의 마법 지팡이를 그 물고기가 되찾아 주자 고맙다는 의미로 소원을 들어주기로 한 거야. 이제 됐니?"

"그게 더 낫네요." 코너가 말했다. "계속해 주세요."

"그 물고기는 예상한 대로 다리를 갖고 싶었단다. 그러면 마을에 사는 소년과 놀 수 있을 테니까." 아빠가 말했다. "그래서 요정은 물고기의 지느러미를 다리로 바꿔 주었고 물고기는 걸어 다닐 수 있게 되었지."

"그거 이상해요." 코너가 말했다. "제가 추측해 볼게요. 그 물고기가 괴물같이 생겨서 소년이 같이 놀아 주지 않았겠죠?"

"아니야. 둘은 좋은 친구가 되었고 육지에 사는 다른 동물들과도 잘 어울려 놀았단다." 아빠가 말했다. "그러던 어느 날 소년이 호수에 빠졌는데 그는 헤엄칠 줄 몰랐어. 걸어 다니는 물고기는 소년을 구하려고 애썼지만 소용없었단다. 이제는 지느러미가 없었으니까! 슬프게도 소년은 물에 빠져 죽고 말았어."

코너의 입은 부서진 지구본처럼 크게 벌어졌다.

"너도 알겠지만, 만약 물고기가 호수에 머무르고 다른 누군가가 될 생각을 하지 않았다면, 아마 소년을 구할 수 있었을 거야." 아빠가 이야기를 끝냈다.

"아빠, 정말 무서운 이야기네요." 코너가 말했다. "소년은 호수 옆에 살면서 어떻게 헤엄치는 것도 안 배웠을까요? 개들도 헤엄을 치는데 말이죠! 개들이 소년을 구할 수는 없었던 거예요? 요정들은 그때 뭐 하고 있었나요?"

"내 생각엔 네가 이야기의 요점을 놓친 것 같구나." 아빠가 말했다. "우리는 가끔 우리가 가지지 못한 것에 눈을 돌리느라, 자신의 장점을 잊어버리는 경우가 있지. 다른 사람에게는 쉬운 무언가를 너는 노력해서 해낸다고 해서 너에게 너만의 재능이 없는 건 아니란다."

코너는 잠시 생각에 잠기더니 말했다. "이제 무엇을 이야기하려는 것인지 알 것 같아요."

아빠는 아들에게 미소를 지었다. "그러면 이제 나무를 내려가는 게 어떻겠니? 아빠가 다음번에는 시험공부 하는 것을 도와주마."

"제가 말씀드렸죠. 공부해도 소용없다고요." 코너가 말했다. "그동안 노력하고 또 노력했는데도 성적은 전혀 오르지 않았어요."

"그러면 우리만의 공부법을 찾아보자꾸나." 아빠가 말했다. "역사 교과서에서 여러 인물 사진을 보면서 재미있는 이야기를 지어내면 이름 외우기가 쉬울 거야. 재미있는 이야기를 만들다 보면 수학 공식을 기억하는 데도 도움이 될 거고."

코너는 동의한다는 의미로 천천히 고개를 끄덕였다.

"좋아." 아빠가 미소를 지으며 말했다. "하지만 나중을 위해 참고로 말하자면, 나는 구부러진 나무 이야기가 훨씬 좋단다."

그날 학교에서 집으로 돌아가는 길에 알렉스와 코너는 아무 말도 하지 않았다. 알렉스는 코너가 발표 때문에 아직 긴장감이 남아 있다는 사실을 알고 있었다. 그래서 알렉스는 힘을 돋우는, 또는 자기가 생각했던 몇 가지 말로 침묵을 깨려고 시도했다.

"나는 네가 좋은 점을 지적했다고 생각해." 알렉스가 열심히 말했다. "나라면 전혀 생각지도 못했을 거야."

"고마워." 코너가 대답했다. 하지만 코너에게는 전혀 도움이 되지 않는 말이었다.

"어쩌면 분석이 너무 지나쳤는지도 몰라." 알렉스가 말했다. "나는 항상 그러거든. 가끔은 작가가 의도한 방식이 아니라 내가 느낀 대로 이야기를 해석하고는 해. 그러기 위해서는 연습이 필요하지."

코너는 여전히 대답이 없었다. 역시 알렉스의 이야기는 전혀 도움이 되지 않았다.

"음, 오늘은 우리 생일이야." 알렉스가 말했다. "열두 살이 되는 게 신나지 않아?"

"별로." 코너가 대답했다. "열한 살일 때와 별반 다를 게 없어. 물론 어금니가 더 날지도 모르겠지만."

"아이고, 좀 긍정적으로 생각해 봐." 알렉스가 말했다. "생일인데도 비록 신나는 일이 없다 해도 우리는 기운을 내야 해. 앞으로 우리를 기다릴 일이 엄청나게 많잖아! 1년만 있으면 이제 어린이가 아니라 청소년이라고."

"나도 그렇게 생각해." 코너가 말했다. "4년만 지나면 운전을 할 수 있지."

"그리고 6년 뒤에는 선거를 하고 대학교에도 갈 수 있어!" 알렉스가 덧붙였다.

여기까지가 그들이 생각할 수 있는 전부였다. 그러자 두 아이는 더 우울해졌고, 둘 다 그 사실을 알게 되어 나머지 하굣길 내내 더욱 말이 없어졌다. 집에 돌아가면 세상에서 제일 화려한 파티가 기다리고 있다 해도, 생일은 언제나 버거운 법이었다.

학교는 뻔했다. 집으로 돌아오는 길도 예전과 똑같았다. 별다를 것 없는 하루였다. 생일이라고 해서 평소와 다른 특별한 기분이 들 만한 것은 전혀 없었다. 집에 도착해 산뜻한 파란 자동차가 세워져 있는 것을 보기 전까지는 말이다.

"할머니?" 쌍둥이는 누가 먼저랄 것도 없이 동시에 외쳤다.

"깜짝 놀랐지!" 할머니가 소리치며 자동차에서 내렸다. 목소리가 너무 커서 이웃 사람들한테까지 다 들릴 정도였다. 쌍둥이는 함박웃음을 지으면서 할머니에게 달려갔다. 할머니를 마지막으로 만난 것이 몇 개월 전이었으니, 이렇게 예고도 없이 찾아온 것이 놀라울 만도 했다.

할머니는 쌍둥이를 부서질 듯 세게 껴안았다. "이 녀석들! 둘 다 예전에 봤을 때보다 한 뼘은 더 컸구나!"

할머니는 회색을 띤 갈색 긴 머리를 단단하게 땋아 뒤로 늘어뜨렸다. 몸집은 작았지만 세상에서 제일 따뜻한 미소와 가장 친절한 눈을 가졌으며, 미소를 지을 때면 쌍둥이의 아빠처럼 눈가에 기쁘다는 듯 주름이 생겼다. 할머니는 즐겁고 기운 차 보였는데, 둘 다 쌍둥이에게 꼭 필요한 것이었다.

할머니는 언제나 밝은색 드레스를 입었고 흰색 끈과 갈색 굽이 달린 할머니만의 신발을 신었다. 그리고 항상 커다란 초록색 여행 가방과 파란색 지갑을 가지고 다녔다. 또 아주 오래전에 할아버지가 돌아가셨지만 언제나 결혼반지를 끼고 있었다.

"오실 거라고는 생각조차 못 했어요!" 코너가 외쳤다.

"내가 오는 걸 알면 깜짝 선물이 아니니까." 할머니가 말했다.

"여기서 뭐 하시는 거예요?" 알렉스가 물었다.

"너희 엄마가 전화해서 자기가 퇴근해서 집에 돌아올 때까지 너희와 같이 있어 달라고 부탁했거든." 할머니가 말했다. "생일을 너희끼리만 보내다니 말도 안 되지. 내가 이 나라에 있어서 다행이구나!"

할머니는 은퇴한 이후 다른 은퇴한 친구들과 함께 전 세계를 여행 중이었다. 이들은 전 세계를 거의 3분의 2나 돌아다니며 병원에서 아픈 아이들에게 책을 읽어 주고 마을에 있는 아이들에게 읽고 쓰기를 가르치기도 했다.

"먹을 것 좀 꺼내게 도와주렴." 할머니가 쌍둥이에게 말했다. 할머니는 자동차 트렁크를 열었고, 쌍둥이는 먹을 것이 가득 든 가방을 집 안으로 날랐다. 몇 주일 동안 먹을 수 있을 만큼 충분한 양이었다.

엄마는 부엌 식탁에 앉아 새로 온 빨간색 경고 딱지가 붙은 편지들을 뒤적이고 있었다. 그러다가 쌍둥이와 할머니가 먹을 것을 잔뜩 들고 부엌으로 들어오자, 엄마는 우편물 더미를 얼른 한쪽으로 밀어 두었다.

"이게 다 뭐니?" 엄마가 놀라서 말했다.

"안녕, 얘야!" 할머니가 어머니에게 말했다. "아이들에게 성대한 생일상을 차려 줄 계획인데 집에 뭐가 있는지 몰라서 슈퍼마켓 가서 이것저것 사 왔단다."

할머니는 언제나 나쁜 얘기를 좋게 돌려서 말하는 재주가 있었다.

"이렇게 일을 크게 벌이지 않으셔도 되는데요." 엄마가 고개를 절레절레 저었다. 친절한 행동에 감동받을 준비가 되지 않은 눈치였다.

"일을 벌이다니, 절대 그런 건 아니란다." 할머니는 희미하지만 안심시키려는 듯 미소를 지었다. "알렉스, 코너, 내 자동차 앞좌석에 있는 생일 선물을 가져오는 게 어떻겠니? 잠깐 너희 엄마랑 밀린 얘기를 나누게 말이다. 하지만 선물은 오늘 밤까지 열어 보면 안 된다!"

아이들은 즐거운 마음으로 할머니가 시킨 대로 했다. '선물'이란 단어는 그동안 오랫동안 들어본 적 없던 단어였다.

"거봐, 내가 뭐랬어!" 할머니의 자동차로 가는 동안 알렉스가 코너에게 말했다. "긍정적으로 생각하면 보답을 받는다고!"

"그래, 그래." 코너가 대답했다.

할머니 자동차 앞좌석에는 반짝이는 리본으로 포장된 여섯 개의 선물이 쌍둥이 각각의 이름이 적혀 그들을 기다리고 있었다.

쌍둥이는 선물을 들고 집으로 돌아왔다. 할머니와 엄마는 아직 얘기 중이었는데, 쌍둥이가 몰랐으면 하는 내용이었을 것이다.

"아직 사정이 좋지 않아요." 엄마가 말했다. "서점을 팔고 집을 압류당했지만, 장례식 이후 아직 갚지 못한 빚이 남아 있어요. 어떻게든 해 나가고는 있지만요. 몇 개월 더 지나면 회복할 수 있겠죠."

할머니는 엄마의 손을 꼭 잡아 주었다.

"필요한 게 있다면 말이다, 아가야, 무엇이든 내게 도움을 청하렴." 할머니가 말했다.

"그동안 많이 도와주셨잖아요." 엄마가 말했다. "어머니가 안 계셨다면 저희는 어떻게 되었을지 몰라요. 다른 걸 더 부탁드린다는 건 너무 죄송스러워요."

"네가 부탁하는 게 아니라, 내가 주려는 거다." 할머니는 확실하게 말했다.

쌍둥이는 조금 더 엿듣다가는 들통나고 말 거라는 걸 알았다. 그래서 선물을 들고 뒷걸음질 쳐 부엌으로 들어갔다.

"음, 저는 일하러 다시 병원에 가 봐야 해요." 엄마가 이렇게 말하고는 쌍둥이의 이마에 입을 맞추었다. "좋은 밤 되렴, 애들아! 내일 보자. 엄마와도 생일 축하할 거 남겨 두고!" 엄마는 가방을 챙긴 다음 '고마워요' 하는 입 모양을 할머니에게 지어 보낸 뒤 집을 나섰다.

할머니는 손님방 문 앞에 자기 짐을 끌어다 놓은 다음 다시 부엌으로 왔다. 식탁에는 엄마가 한쪽으로 치워 놓은 청구서 더미가 쌓여 있었다. 할머니는 청구서들을 자기 지갑에 집어넣고 미소를 지었다. 늘 이런 식이었다. 할머니는 사람들을 도와주는 걸 좋아했고 사람들이 도움을 바라지 않을 때는 몰래 돕곤 했다.

"이제 저녁 먹을까?" 할머니가 손뼉을 치며 말했다.

알렉스와 코너는 할머니가 폭풍처럼 재빨리 요리하는 동안 식탁을 차리며 할머니와 이야기를 나눴다. 할머니는 아이들에게 최근에 했던 여행에 대해 이야기해 주었다. 어떤 점이 어려웠으며 할머니와 친구들이 이곳저곳 돌아다니며 무엇을 경험했고, 그러는 동안 어떤 흥미로운 사람들을 만났는지에 대한 것들이었다.

"배울 게 없는 사람은 한 명도 없었단다!" 할머니가 말했다. "아무리 재미없게 사는 사람이라도 늘 놀랄 만한 무언가를 갖고 있지. 기억해 두렴."

할머니가 상다리가 휘어질 정도로 푸짐한 저녁상을 차리는 바람에 어느 재료가 어디에 들어갔는지조차 제대로 구분하기 힘들 정도였다. 할머니는 집에 있는 모든 프라이팬과 접시를 동원해 엄청나게 빠른 속도로 상을 차렸다. 시간이 지날수록 쌍둥이의 배에서는 꼬르륵 소리가 났고 입에서는 군침이 돌았다.

마침내 맛있는 냄새 때문에 고통스러웠던 시간이 지나가고 식사를 하기 시작했다. 알렉스와 코너는 그동안 포장 음식이나 냉동 음식에 익숙해져 있어서 이렇게 잘 차린 음식 냄새는 거의 잊고 지냈다.

이들은 으깬 감자와 맥앤치즈, 당근과 콩을 곁들여 오븐에 구운 닭고기, 갓 구운 롤빵을 먹었다. 식탁은 마치 요리책에 나온 사진처럼 근사했다.

쌍둥이가 이제 배가 불러 더는 못 먹겠다고 생각할 때쯤, 할머니는 오븐에서 커다란 생일 케이크를 꺼냈다. 이런 걸 굽고 있으리라고는 상상조차 하지 못했기에 쌍둥이는 깜짝 놀랐다. 할머니는 생일 축하 노래를 불렀고, 두 아이는 촛불을 껐다.

"자, 이제 선물을 열어 볼 시간이구나!" 할머니가 말했다. "내가 오랫동안 너희를 위해 준비한 거란다!"

두 아이가 상자를 열자 그 안에서는 할머니가 그동안 여행한 나라에서 가져온 온갖 기념품들이 쏟아져 나왔다.

알렉스는 전 세계 여러 나라의 말로 옮겨진 가장 좋아하는 동화책들을 선물로 받았다. 프랑스어로 된《이상한 나라의 앨리스》, 독일어로 된《오즈의 마법사》, 네덜란드어로 된《작은 아씨들》이었다. 코너는 사탕 더미와 함께 '정신없는 우리 할머니가 인도에 갔다가 이런 엉망진창 티셔츠만 갖다 주셨다네'라고 적힌 싸구려 티셔츠 몇 장을 받았다.

그리고 두 아이 다 에펠탑이나 피사의 사탑, 타지마할 같은 유명한 명소 모형도 받았다.

"세상에 이런 것이 진짜로 정말로 있다니 정말 신기해." 알렉스가 한 손에 에펠탑 모형을 들고 말했다.

"바깥세상에 얼마나 많은 것들이 너희를 기다리고 있는지 알면 깜짝 놀랄 거야." 할머니가 미소를 띤 채 한쪽 눈을 찡긋하면서 말했다.

쌍둥이는 별 기대도 하지 않았던 생일이었지만 지금까지 보냈던 생일 가운데 최고의 날이 되었다.

밤이 깊어 갈수록 쌍둥이와 할머니의 대화는 달콤하면서도 점점 씁쓸해져 갔다. 아빠가 돌아가신 이후 쌍둥이는 할머니와 하루 이상 시간을 보낸 적이 없었고, 한 번 만나고 나서 다시 얼굴을 보려면 몇 달은 지나야 했다. 할머니는 언제나 여행 때문에 바빴다.

"언제 떠나실 거예요?" 알렉스가 할머니에게 물었다.

"내일." 할머니가 대답했다. "너희를 학교에 데려다주고 바로 떠날 거란다."

두 아이는 조금 기운이 빠졌다.

"왜 그러니?" 아이들의 어깨가 축 처진 것을 보고 할머니가 물었다.

"할머니랑 좀 더 오래 시간을 보내고 싶어요. 그것뿐이에요." 코너가 말했다.

"할머니가 떠나시고 나면 정말 그리울 거예요." 알렉스가 덧붙였다. "아빠가 돌아가시고 그동안 많이 우울했는데, 그래도 할머니가 계시면 모든 게 괜찮아지니까요."

할머니의 얼굴에서 떠나지 않던 미소가 살짝 가시는가 싶더니, 눈길이 창문 너머 먼 곳으로 향했다. 할머니는 멍하니 밤하늘을 쳐다보면서 깊은 한숨을 내쉬었다.

"오, 얘들아. 내가 너희와 시간을 보낼 수만 있다면 그렇게 할 텐데." 할머니는 정말 깊이 낙담한 듯 말했다. "하지만 살다가 보면 무언가 책임을 져야 할 때가 있단다. 우리가 책임을 지길 원해서가 아니고 그냥 그런 상황이 오기 때문이지. 그것을 제대로 이루는 것이 우리의 의무란다. 내가 떠나 있으면서 너희 둘과 너희 아빠를 얼마나 그리워하는지 모를 거다."

알렉스와 코너가 이해하기에는 너무 어려운 이야기였다. 할머니가 하고 싶어서 하는 여행이 아니라고?

그때 할머니는 아이들을 향해 다시 돌아 앉았다. 뭔가 생각이 났는지 눈이 반짝이고 있었다.

"아이고, 잊을 뻔했네, 너희에게 줄 선물이 하나 더 있단다!" 할머니는 이렇게 말하고는 제자리에서 팔짝 뛰더니 옆방으로 갔다.

할머니가 가져온 것은 커다랗고 낡은 책이었는데, 어두운 에메랄드색 표지에 금색으로 《이야기의 땅》이라고 적혀 있었다. 알렉스와 코너는 그 책을 보자마자 그것이 무엇인지 알아차렸다. 쌍둥이가 어렸을 때 할머니가 종종 읽어 주었던 바로 그 책이었다.

"우리가 어렸을 때 읽어 주셨던 바로 그 이야기책이야!" 알렉스가 외쳤다. "정말 오랜만에 보는걸!"

할머니가 고개를 끄덕였다. "이 책은 아주 오래되었고 우리 가문에서 보관한 지도 꽤 되었지." 할머니가 쌍둥이에게 말했다. "나는 이 책을 내가 가는 곳 어디든 가지고 다니며 여러 나라 아이들에게 읽어 주었단다. 하지만 이제 이 책을 너희에게 주려고 해."

두 아이는 놀랐다는 몸짓을 지어 보였다.

"뭐라고요?" 코너가 말했다. "이 책을 우리가 가질 수는 없어요. 《이야기의 땅》이라고요. 할머니한테는 너무나 소중한 책이잖아요."

할머니가 책을 열고 책장을 휘리릭 넘기자 온 방 안이 퀴퀴한 종이 냄새로 가득 찼다.

"그건 정말 그렇단다." 할머니가 말했다. "나는 이 책과 함께 오랜 세월을 보냈지. 하지만 그중에서도 가장 좋았던 순간은 이 책을 너희에게 읽어 주었을 때란다. 그래서 이 책을 너희에게 주려는 거야. 내게는 이제 더 이상 필요 없단다. 모든 이야기를 다 외웠으니 말이다."

할머니는 책을 아이들에게 건네주었다. 알렉스는 조금 주저했지만 결국은 할머니로부터 책을 받았다. 책을 받았다고 해서 마냥 기쁘기만 한 것은 아니었다. 마치 살아 있는 친척으로부터 귀한 유산을 물려받는 듯한 기분이었다.

"기분이 우울할 때, 아빠가 그립거나 이 할머니가 필요하다고 느껴지는 날이면 이 책을 펼쳐서 소리 내 읽으렴. 그러면 우리는 모두 하나가 될 거야." 할머니가 두 아이에게 말했다. "이제 시간이 많이 늦었구나. 내일 학교에 가려면 슬슬 잘 준비를 해야지."

아이들은 할머니가 시키는 대로 했다. 아무리 나이가 들어도 할머니는 예전처럼 아이들을 일찍 재우려 했다.

알렉스는 그날 밤 《이야기의 땅》을 꼭 껴안고 잠자리에 들었다. 그리고 침대에서 찢어지지 않게 조심조심 낡은 책장을 넘겨보았.

책에 그려진 다양한 장소와 등장인물의 화려한 색감을 마주하니, 알렉스는 오래된 스크랩북을 훑어보는 듯한 기분이 들었다. 알렉스는 동화 속 등장인물들을 보며 시간을 보내는 지금이 그 어느 때보다도 좋았다. 이들은 너무 생생해서 곁에 있는 것같이 가깝게 느껴졌다. 이들은 언제나 알렉스의 가장 친한 친구였다.

"내가 어떤 세계에서 살지 고를 수 있었으면 좋겠어." 그림이 그려진 책장을 넘기면서 알렉스가 말했다. 동화 속 세상은 굉장히 매력적이었다.

책을 읽고 있으면 동화 속 세상은 지금 우리가 사는 곳과는 전혀 다를 것 같았다. 그곳은 부패한 정치인이나 잘못 사용된 과학 기술에 의해 세상이 영향을 받지도 않고, 착한 사람에게는 좋은 결과가 따르는 곳일 것 같았다. 자신의 모든 것을 바쳐 그 일부가 되고 싶은 세상이기도 했다.

알렉스는 자기가 동화 속 주인공이 되면 어떨까 상상했다. 숲을 가로질러 뛰어다니고, 성에서 살고, 여러 등장인물과 친구가 되는 것이다.

하지만 알렉스는 눈꺼풀이 점점 무거워지기 시작했고 《이야기의 땅》을 덮어 침대 옆 탁자에 올려놓은 다음 잠에 빠져들었다. 그런데 거의 잠이 들려는 순간 어렴풋하게 이상한 소리가 들렸다.

낮은 콧노래 소리가 알렉스의 방 안을 가득 채웠다.

"대체 무슨 소리지?" 알렉스는 중얼거렸고 눈을 떠 무슨 일인지 살폈다. 아무것도 보이지 않았다. "거참, 이상하네."

알렉스는 다시 눈을 감았고 잠에 빠져들었다. 하지만 콧노래 소리가 다시 방 안에 윙윙 울려 퍼지기 시작했다.

알렉스는 다시 일어나 앉아 방 안을 살피다가 마침내 소리가 나는 곳이 어디인지 깨달았다. 소리는 탁자에 올려놓은 《이야기의 땅》에서 나는 것이었다. 놀랍게도 책장 사이에서 빛을 내뿜고 있었다.

4장

이야기의 땅

알렉스는 한 주 내내 어딘가 이상하게 행동했다. 코너는 알렉스가 이상하다는 점을 곧장 알아차렸는데, 알렉스가 평소처럼 말이 많지도 활기 넘쳐 보이지도 않았기 때문이었다. 대신에 알렉스는 매우 조용했고 깊은 혼란에 빠진 것처럼 보였다.

아침을 먹을 때 알렉스는 코너가 "잘 잤어? 좋은 아침이야"라고 인사를 건네도 알아차리지 못했다. 학교에서는 손을 들어 선생님 질문에 대답하지도 않았다. 심지어 학교가 끝나고 집으로 가는 도중에 아무 말도 하지 않았다. 그리고 집에 도착하자마자 계단을 뛰어 올라가 자기 방으로 들어간 다음 온종일 처박혀 있었다.

"너 괜찮은 거야?" 결국 코너가 알렉스에게 물었다. "평소랑 많이 달라."

"응, 그냥 좀 피곤해서 그래." 알렉스가 대답했다.

코너도 알렉스가 분명 피곤할 거라고 생각했다. 전혀 잠을 자는 것 같지 않았으니 말이다. 코너가 한밤중에 목이 말라 잠깐 물을 마시러 일어나면 알렉스의 방에는 늘 불이 켜져 있었다. 부스럭 소리가 나는 것을 보니 무언가 하고 있는 게 분명했다.

코너는 그렇게 똑똑한 아이가 아니라서 알렉스가 단순한 불면증이라고만 생각했다. 코너는 학교 보건 시간에 본 건강 관련 비디오에서 알렉스 또래의 여자아이들이 기분이 이랬다저랬다 바뀔 수 있다고 배우긴 했지만, 지금 알렉스는 완전히 다른 사람이 된 것 같았다. 무언가 굉장히 신경 쓰이게 하는 것이 있지만 혼자서 비밀에 부치고 있는 것이 분명했다.

"연필 좀 빌려도 될까?" 알렉스는 지난밤에 정신이 말똥말똥한 채 눈을 크게 뜨고 이렇게 말했다. 이것은 마치 꼬리에 깃털이 많은 공작새가 다른 공작새에게 깃털을 빌려 달라는 것과 같았다. 코너는 이런 부탁을 어떻게 생각해야 할지 알 수 없었다. 밤늦게까지 숙제를 했던 것일까?

"너 연필 수백 자루는 있지 않아?" 코너가 물었다.

"응…… 그런데 다 써 버렸어." 알렉스가 대답했다.

코너는 연필을 몇 자루 빌려주었다. 그러자 알렉스는 그것을 받아 들고는 재빨리 자기 방으로 사라졌다. 끝을 잘근잘근 씹은 연필이나 지우개가 달리지 않은 연필도 있었지만 알렉스는 전혀 신경 쓰지 않았다.

다음날 밤, 코너는 알렉스의 방에서 흘러나오는 특이한 콧노래 소리를 들었다. 나직한 콧노래였지만 울림이 있어서 꽤 잘 들렸다.

"알렉스?" 코너가 알렉스의 방문을 두드리면서 말했다. "그 소리

뭐야? 자려는데 그 소리 때문에 잠을 잘 수가 없어!"

"그냥 벌이야. 창문 밖으로 내쫓았어!" 알렉스가 문 뒤에서 흥분한 목소리로 대답했다.

"벌이라고?" 혼란에 빠진 코너가 되물었다.

"응. 아주 큰 벌이었어. 너도 알겠지만 지금은 벌이 짝짓기 하는 철이라 일 년 중 제일 사나워." 알렉스가 외치듯 말했다.

"으음…… 그래." 코너는 이렇게 대답하고 다시 잠자리에 들었다.

하지만 이런 사건쯤은 다음날 학교에서 일어난 일과는 비교도 되지 않았다.

"고대 메소포타미아를 따라 흐르던 강 이름이 뭔지 아는 사람?" 피터스 선생님이 역사 시간에 학생들에게 질문했을 때였다. 언제나 그렇듯 손드는 학생은 아무도 없었다.

"아무도 모르니?" 피터스 선생님이 물었다. 모두 곧 알렉스의 손이 번개처럼 올라가리라 예상했지만, 알렉스는 고개를 숙이고 바닥만 보고 있을 뿐이었다. 알렉스는 어떤 것에도 주의를 기울이지 않고 있었다.

"티그리스 강과 유프라테스 강이란다." 피터스 선생님이 알려 주었다. "그럼 이 두 강 사이의 지역을 뭐라고 부르는지 아는 사람?" 피터스 선생님은 아예 알렉스 쪽으로 몸을 돌린 채 질문을 했지만 아무 소용이 없었다. 알렉스는 여전히 자기만의 생각에 빠져 있었다.

"알렉스, 혹시 답이 뭔지 아니?" 피터스 선생님이 애원했다.

"뭐 말이죠?" 알렉스가 반쯤 졸다 깨 멍한 상태에서 되물었다.

"지금 내가 물어본 것 말이다." 피터스 선생님이 말했다.

"아……." 알렉스가 대답했다. "모르겠네요." 알렉스는 머리를 손에 얹더니 다시 바닥만 바라보았다.

피터스 선생님과 반 아이들은 무슨 일인지 도통 이해할 수 없었다.

알렉스는 언제나 답을 아는 아이였다. 알렉스 없이는 수업이 제대로 돌아가지 않았다!

"'문명의 요람'이라고 불렸단다……." 피터스 선생님이 자신의 질문에 스스로 대답했다. "많은 사람이 인류가 그곳에서 시작되었다고 생각하지. 알렉스!"

알렉스는 졸다가 재빨리 자세를 고쳐 앉았다. 지금껏 교실에서 일어났던 일 가운데 가장 충격적인 사건이었다. 알렉스 베일리가 수업 중에 졸다니!

"죄, 죄, 죄송해요, 피터스 선생님!" 알렉스가 변명했다. "제게 무슨 일이 생긴 건지 저도 모르겠어요. 요즘 굉장히 늦게 자거든요!"

피터스 선생님은 시골에서 가축이 끔찍하게 새끼 낳는 모습을 막 목격한 듯이 알렉스를 바라보았다. "괘, 괜찮다. 양호실에 다녀올래?"

"아뇨, 괜찮아요. 그저 조금 졸릴 뿐인걸요." 알렉스가 말했다. "다시는 이런 일은 없을 거라고 약속드려요!"

코너는 기차 사고를 목격한 것처럼 이 사건을 지켜봤다. 코너가 할 수 있는 일은 고개를 절레절레 흔드는 것뿐이었다. 알렉스에게 대체 무슨 일이 일어난 것일까? 진짜 알렉스는 어디로 가 버린 걸까? 알렉스가 마치 자기로 변신한 것 같았다!

그때 갑자기 코너가 지난밤에 들었던 이상한 콧노래 소리가 교실 안에서 들렸다. 그러자 알렉스는 긴장한 듯 자리에 똑바로 앉았다. 알렉스는 지금껏 한 번도 본 적이 없는 것을 본 듯 눈을 크게 떴다. 몇몇 학생들이 소리가 어디에서 나는지 보려고 주변을 둘러보았다.

"그럼 청동기 시대에 메소포타미아에서 어떤 기술을 발전시켰는지 말해 볼 사람?" 피터스 선생님이 콧노래 소리를 알아채지 못한 채 물었다. "아무도 없니?" 선생님이 재차 물었다.

알렉스의 손이 공중으로 올라왔다.

"그래, 알렉스가 말해 보렴." 기분이 나아진 듯 선생님이 알렉스를 지목했다.

"화장실에 다녀와도 될까요?" 알렉스가 우는소리로 얘기했다.

피터스 선생님은 실망스럽다는 듯 한숨을 쉬고는 대답했다. "그래, 다녀오렴."

그러자 알렉스는 선생님의 허락이 떨어지기도 전에 이미 자리를 박차고 가방을 들고는 교실 문을 향해 달려나갔다.

코너는 알렉스가 자리를 떠나는 모습을 지켜보았다. 뭔가 의심스러워 눈을 휘둥그레 뜬 상태였다. 화장실에 가는데 왜 가방을 가져가지?

코너는 무슨 일이 일어난 건지 알아봐야겠다고 생각했다. 그리고 학교에서는 자기 방으로 도망가 문을 걸어 잠그고 틀어박힐 일이 없으니 지금 당장 쫓아가 봐야겠다고 생각했다.

"피터스 선생님?" 코너가 외쳤다.

"코너, 왜 그러니?"

"양호실에 다녀와도 될까요?" 코너가 부탁했다.

"어디 아프니?" 선생님이 물었다.

코너는 그다음 계획을 세우지 않았다. "음…… 팔꿈치가 아파요." 코너가 아무렇게나 둘러댔다.

피터스 선생님은 코너를 멍하니 쳐다봤다. 마치 공룡이 자기에게 말을 걸고 있다고 생각하는 듯했다. "팔꿈치가 아프다고?" 선생님이 되물었다.

"네. 정말 아파요. 어제 책상에 부딪혔는데 이제서야 죽을 것같이 아프네요." 코너는 완벽하게 멀쩡한 팔꿈치를 부여잡고는 말했다.

피터스 선생님은 가늘게 뜬 눈을 이리저리 굴렸는데, 골칫거리를 대할 때의 습관이었다. "좋아." 선생님이 말했다. "하지만 너에게 외출증을 끊어 줘야겠……."

그렇지만 코너는 선생님 말씀이 채 끝나기도 전에 문밖으로 달려나갔다.

그러는 동안 알렉스는 여자 화장실에 들어가 있었다. 알렉스는 화장실 안에 자기가 혼자인지 확인하려고 모든 칸을 들여다보고 발밑을 살폈다. 그러고는 가방을 열고 《이야기의 땅》을 꺼낸 다음 개수대 위에 올려놓았다. 책은 환하게 빛을 내며 콧노래 소리를 내고 있었다.

"제발 조용히 해! 조용히 하라고!" 알렉스가 외쳤다. "지금 학교란 말이야! 여기서는 너를 숨길 수 없어!"

그러자 소리와 빛이 천천히 잦아들었고, 《이야기의 땅》은 여느 책과 다름없이 변했다. 알렉스는 안도의 숨을 쉬었지만 갑자기 누가 화장실에 들어오는 바람에 기겁했다. 코너였다.

"벌은 짝짓기 철이 없더라, 알렉스." 코너가 미간을 찌푸리고 손은 엉덩이에 댄 채 말했다. "조사해 봤어. 벌은 개미와 마찬가지로 여러 마리가 모여서 집단생활을 해. 아무리 큰 벌이라도 말이야. 그래서 따로 시간표를 정해 놓고 생활하지 않아."

"코너, 대체 여긴 왜 들어온 거야? 여기는 여자 화장실이라고!" 알렉스가 소리쳤다.

"네게 무슨 일이 생긴 건지 말해 줄 때까지 나가지 않을 거야!" 코너가 강하게 말했다. "너는 일주일 내내 내게 거짓말을 했어. 무슨 일이 있는 게 분명해. '쌍둥이의 직감'을 속일 생각 말아."

"'쌍둥이의 직감'이라고?" 알렉스가 비꼬는 투로 말했다.

"내가 만든 말이야." 코너가 말했다. "너에게 무슨 일이 생기면 네가 아무리 입을 다물고 있어도 나는 알아챈다는 거지. 처음엔 그저 여자아이만의 문제라고 생각하고 넘겼는데…….."

"코너, 제발 그만해!" 알렉스가 끼어들었다.

"어젯밤에 이상한 소리를 들었을 때도, 나는 엄마한테 전화가 왔는데 굳이 내게 알리지 않은 거라고 생각했지. 넌 친구도 한 명 없는데 누가 너에게 그렇게 전화를 걸고 문자를 보냈겠어?"

알렉스는 끙 소리를 냈다. 그런 말은 공격적이고 무례했다.

"하지만 나는 너를 잘 아니까, 이런 식으로 계속 행동하다가는 더 나빠질 거라는 생각이 들었어." 코너가 말했다. "말수도 적어지고, 피터스 선생님의 질문에 대답도 안 하고, 심지어 수업 시간에 졸았잖아! 넌 나랑 똑같은 짓을 하고 있어! 대체 무슨 일이 생긴 거야?"

알렉스는 아무 말도 하지 않고 자기 발만 내려다보았다. 그동안 했던 행동을 생각하면 무척 부끄러웠지만 알렉스는 자기가 왜 그랬는지 말해도 아무도 믿어 주지 않을 거라 생각했다. 쌍둥이 남매인 코너라 해도 말이다.

코너는 여자 화장실 안을 둘러보았다. "세상에, 여기는 정말 좋구나. 남자 화장실은 바닥이 온통 휴지통같이 엉망인데……. 잠깐, 왜 여기에 할머니 책이 있지?"

"나도 뭐가 어떻게 된 건지 모르겠다고!" 알렉스는 몹시 지치고 스트레스를 받은 나머지 크고 어색하게 울부짖었다.

놀란 코너는 자기방어를 하기 위해 주춤 뒤로 물러섰다. 알렉스가 이렇게 히스테리를 부리는 모습은 처음이었다.

"처음에는 내가 환상 속에 빠진 줄 알았어!" 알렉스가 말했다. "어쩌면 할머니가 저녁을 차려 주셨기 때문에 내게 그런 일이 생긴 거라 생각했지. 바로 그날 밤 생긴 일이니까. 하지만 그게 멈추지 않는 걸 보면 일시적인 환상은 아니야!"

"알렉스, 대체 무슨 말을 하는 거야?" 코너가 물었다.

"《이야기의 땅》말이야!" 알렉스가 소리쳤다. "그 책이 반짝반짝 빛나면서 콧노래를 불러! 날마다 더 밝아지고 노랫소리도 커진다고! 어떻게, 왜 그러는지 고민하느라고 그동안 한숨도 못 잤어! 이 책이 모든 과학의 법칙을 깨뜨리고 있다고!"

"아……." 코너가 눈썹을 추켜올리며 말했다. "알렉스, 같이 양호실에 가는 게 좋겠다."

"내가 미쳤다고 생각하는구나!" 알렉스가 말했다. "직접 보지 않으면 누구나 그렇게 말하겠지. 하지만 사실이라고!"

"나는 네가 미쳤다고 생각하는 게 아니야." 코너가 말했다. 하지만 알렉스가 확실히 미쳤다고 생각했기 때문에 이 말은 거짓말이었다.

"그 현상은 하루에 한두 번씩 일어나." 알렉스가 말했다. "엄마가 눈치채면 곤란하니까, 책을 학교에 가지고 온 거야. 귀신 들린 책이 집에 있는 걸 보고 엄마가 걱정하면 안 되니까."

코너는 할 말을 잃었다. 그리고 나중에 엄마와 함께 알렉스를 동네 정신병원에 데려가야겠다는 생각과 함께 거기서 입게 될 하얀색 구속복을 알렉스에게 뭐라고 둘러대면 좋을지 고민했다.

알렉스가 정신이 이상해진 것은 사실이지만, 그들이 겪었던 일을 생각하면 알렉스만 탓할 수도 없었다. 코너는 아버지라면 이럴 때 어떻게 했을까 생각했다. 어떤 이야기를 해 주어야 알렉스가 위안을 얻을까?

"알렉스." 코너가 다 이해한다는 듯한 눈으로 알렉스를 보며 말했다. "작년에 우리 가족은 참 많은 일을 겪었지. 힘들어서 이런 반응을 보이는 것이 어쩌면 정상인지도 몰라."

그때 다시 콧노래 소리가 들렸다. 두 아이는 개수대에 있는 《이야기의 땅》을 쳐다보았다. 책은 빛을 내고 있었다. 알렉스는 한숨 돌렸지만 코너는 공포에 떨었다. 코너는 폭탄이라도 본 듯 펄쩍 뛰더니 뒤로 물러서서 벽에 붙었다.

"《이야기의 땅》이야?" 코너가 외쳤다. "책이 빛을 내며 콧노래를 부르고 있어!"

"내가 말했지!" 알렉스가 말했다.

코너는 입이 너무 크게 벌어져 거의 가슴까지 내려올 지경이었다. "저거 방사능 물질이야?" 코너가 물었다.

"확실하지 않아." 알렉스가 말했다. 그리고 책으로 손을 뻗었다.

"만지지 마, 알렉스!" 코너가 외쳤다.

"괜찮아." 알렉스가 안심시켰다. "지난 일주일 동안 이 책을 살펴봤어."

알렉스가 책을 펼치자 화장실 전체가 환하게 빛났다. 글과 그림은 모두 사라지고, 책 속에서는 빛만 흘러나왔다.

알렉스는 책 쪽으로 몸을 더 가까이 기울였다.

"들어 봐. 저 소리 들려?" 알렉스가 외쳤다. "새가 지저귀는 소리하고 나뭇잎 흔들리는 소리가 들려. 전에는 한 번도 이런 소리가 들린 적이 없었는데!"

벽에 붙어 있던 코너가 조금씩 알렉스가 있는 쪽으로 다가왔다. 새들이 지저귀는 소리와 나무가 바람에 흔들리는 소리가 화장실 타일 벽까지 울려 퍼졌다.

"어떻게 이런 일이 가능한 거지?" 코너가 물었다. "이 안에 건전지 같은 건 없는 거지?"

"지금껏 이 책에 대해 살펴본 결과, 이 모든 일이 과학이나 기술로는 설명이 안 돼. 이건 마법이야." 알렉스가 말했다. "달리 설명할 방법이 없어!"

"할머니도 이것에 대해 알고 있었을 거라고 생각해?" 코너가 물었다. "할머니는 이 책을 우리에게 물려 주기 전에 아주 오랫동안 이 책을 갖고 있었잖아. 그렇다면 전에도 이런 일이 일어났을까?"

"내 생각엔 만약 이런 일이 일어날 거라는 걸 알았더라면 할머니는 이 책을 우리에게 주지 않았을 거야." 알렉스가 말했다.

"맞아." 코너가 말했다. "할머니는 내가 칼을 잘 못 쓴다고 걱정하면서 고기까지 직접 잘라 주시는걸."

"더 놀라운 사실이 있어." 알렉스가 말했다. 알렉스는 가방에서 연필 한 자루를 꺼내 조심스레 책갈피 사이에 연필을 올려놓았다. 연필은 빛나는 책 속으로 눈 깜짝할 사이에 사라졌다.

"도, 도대체 어디로 사라진 거야?" 코너가 뒤로 자빠질 듯 놀라며 소리쳤다.

"모르겠어!" 알렉스가 말했다. "일주일 동안 여러 가지 물건들을 이 안에 넣어 보았어. 연필이며 책을 비롯해 더러운 양말같이 잃어버려도 아깝지 않은 것들 말이야. 내 생각에는 이 책이 일종의 문 역할을 하는 것 같아."

"어디로 통하는 문 말이야?" 코너가 물었다.

알렉스는 대답하지 않았다. 물론 알렉스가 그 문과 이어지기를 바라 왔던 장소가 하나 있긴 했다.

쌍둥이는 코가 맞닿을 정도로 점점 더 책 가까이 다가갔다. 책이 너무 눈부셔서 인상을 찡그려야 했다.

그런데 그때 갑자기 책에서 빨간색 새 한 마리가 날아올랐다. 쌍둥이는 놀라 소리를 지르며 화장실 안을 이리저리 뛰어다녔다. 새가 푸드덕거리며 머리 위로 날아오르자 두 아이는 서로 부딪히고 벽과 세면대에도 우당탕 쿵쾅 부딪혔다. 두 아이 못지않게 새도 깜짝 놀란 것 같았다. 마침내 코너가 화장실 문을 열었고, 새는 화장실 밖으로 날아갔다.

"저런 게 나온다고는 말해 주지 않았잖아!" 코너가 소리쳤다.

"나도 몰랐어. 저런 게 나온 건 처음이라고!" 알렉스가 맞받아쳤다.

책에서 나오던 불빛은 점차 희미해지더니 평상시의 상태로 돌아왔다. 코너는 머리가 핑핑 도는 기분이었다. 지금 목격한 모든 것이 도저히 믿기지 않았다. 알렉스가 일주일 동안 제정신이 아니었던 것도 충분히 이해가 갔다. 코너는 지금 자기가 제정신인지도 확신할 수 없었다.

"이 책을 없애 버려야 해!" 코너가 외쳤다. "학교 끝나고 나면 자전거를 타고 멀리 가서 시냇물에 던져 버리자. 아무도 못 찾게 말이야."

"버리면 안 돼!" 알렉스가 말했다. "할머니의 책이잖아! 오랫동안 전해 내려오던 책이라고!"

"하지만 새가 책 속에서 튀어나오잖아, 알렉스! 할머니도 이해해 주실 거라 생각해!" 코너가 말했다. "만약 다음번에 사자나 상어가 나오면 어떻게 해? 우리가 이해할 수 없는 물건이라 네가 지금 미칠 것 같다는 건 알겠는데, 이 책은 버려야 해. 생각보다 위험해질 수 있다고! 어떤 일이 생길지 어떻게 알아?"

알렉스는 코너의 말이 옳다는 것은 알았지만, 지금 이 상황을 자기가 이해할 수 있을 때까진 알아보고 싶었다.

"내 생각에 그건 지나친 반응인 것 같아." 알렉스가 말했다. "나는 이 책의 비밀을 풀 때까지 절대 이 책을 버리지 않을 거야." 알렉스는 책을 덮고는 가방에 집어넣은 다음 화장실에서 나갔다.

"알렉스! 그냥 가면 어떻게 해! 알렉스!" 코너가 소리를 지르며 뒤쫓아 갔다.

쌍둥이는 교실로 돌아왔다. 다른 학생들은 조용히 역사 교과서를 읽고 있었다.

"알렉스, 우리 이야기 좀 하자." 코너가 속삭였다.

"알렉스, 코너, 자리에 앉아서 메소포타미아에 대한 설명을 읽도록 해라." 피터스 선생님이 교실 앞 책상에 앉아 지시했다.

"네, 피터스 선생님." 알렉스는 대답하고 코너에게 속삭였다. "나중에 이야기해!"

코너는 곰이나 낼 것 같은 그르렁 소리를 냈다.

"코너, 양호실에 다녀오니 좀 나아졌니?" 피터스 선생님이 물었다.

"갈 필요가 없었어요. 양호실에 도착하기 바로 전에 팔꿈치가 훨씬 좋아졌거든요." 코너가 좀 전에 아프다고 호소했던 반대쪽 팔꿈치를 부여잡으며 말했다.

피터스 선생님은 눈썹을 아주 높이 추켜올렸다.

쌍둥이는 각자의 책상에 앉아 역사 교과서를 펼쳤다. 하지만 둘 중 누구도 글자가 눈에 제대로 들어올 리 없었다. 이것저것 잡생각이 너무 많아져서 어디에도 집중할 수가 없었다.

코너는 계속 알렉스를 바라보면서 혹시 알렉스가 자기 쪽으로 몸을 돌리면 지금 상황이 얼마나 심각한지 표정으로 말해 줄 생각이었다. 알렉스는 코너가 자기 등 뒤를 뚫어져라 보고 있다는 것을 느꼈지만, 무시할 생각으로 뒤돌아보는 대신 앞만 보고 있었다.

그때 최악의 일이 벌어지고 말았다. 알렉스의 가방 안에 있던 《이야기의 땅》이 조용한 교실 안에서 콧노래를 부르기 시작했던 것이다.

알렉스는 마침내 뒤돌아 코너와 눈을 마주쳤다. 이제 어떻게 해야 할까? 전에는 피터스 선생님이 수업안을 쓰느라 정신이 팔려 눈치를 못 챘지만 이번에도 그냥 넘어갈 수 있을까?

"이게 무슨 소리니?" 피터스 선생님이 물었다.

다른 학생들도 똑같은 것을 궁금해하면서 교실 안을 이리저리 살폈다. 알렉스와 코너는 겁에 질렸다. 위장이 몸 밖으로 빠져나올 것 같은 기분이 들었다.

피터스 선생님은 책상에서 일어나 코요테가 먹잇감을 노리고 쿵쿵대듯 교실 안을 살피기 시작했다. 선생님은 학생들의 책상 사이사이를 누비며 점점 알렉스에게 가까이 다가갔다.

"누가 여기에 대해 아는 사람이 있거든 내가 찾아내기 전에 말하는 게 좋을 거야." 선생님이 경고했다.

알렉스는 심장이 목구멍까지 튀어나올 것만 같았다. 만약 선생님이 책을 찾아낸다면 어떤 일이 벌어질지 알 수 없었다. 아마 학교가 한바탕 뒤집히고, 지역 방송국 뉴스 같은 곳에 불려 갈지도 모를 것이다. 어쩌면 정부 관리들이 실험용으로 책을 가져갈지도 모르고, 그동안 이 책과 가까이 지냈던 알렉스의 가족들도 불려 갈 것이다.

마침내 피터스 선생님이 알렉스의 책상 앞까지 왔다.

"알렉스, 그 가방 안에 든 게 뭐니?" 선생님이 물었다.

알렉스의 얼굴에서 핏기가 싹 가셨다. 이제 기적이 필요할 뿐이었다!

그때 갑자기 교실 뒤편에서 커다란 역사책이 날아와 피터스 선생님의 머리를 때렸다. 선생님의 곱슬머리에 커다랗게 눌린 자국이 났다. 반 아이들 모두가 교실 뒤편을 쳐다봤고, 거기에는 코너가 팔을 뻗친 채 서 있었다. 코너가 선생님에게 책을 던진 것이다!

피터스 선생님의 얼굴이 새빨갛게 변했다. 선생님이 코너를 바라보는 눈빛은 사람에게 덤벼드는 황소 저리 가라 할 정도로 살기등등했다.

"코너 베일리! 너 대체 무슨 짓이니?" 선생님이 소리쳤다. 반 아이들 전체가 숨죽인 채 선생님에게 귀를 기울였다.

코너는 그 순간 지금까지 살아온 지난 일이 눈앞을 스쳐 가는 듯했다. 진심으로 죽음이 가까워져 왔다고 느낀 코너는 얼굴이 거의 투명하게 보일 정도로 하얗게 질렸다.

"죄송해요, 피터스 선생님!" 코너가 울먹였다. "벌이 있었어요! 선생님을 물려고 하길래 그만……." 코너는 거짓말을 했다.

화가 치솟은 피터스 선생님의 귀와 콧구멍에서 그야말로 뜨거운 김이 나오고 있었다.

"끝나고 남아라, 코너! 이번 주, 다음 주, 그리고 그다음 주까지 말이다!" 선생님이 말했다. 선생님은 교실 앞 책상으로 돌아가서 그동안 잊었던 방과 후 남기 벌을 수첩에 적었다.

다행히도 반 아이들은 지금 일어난 일 때문에 너무나 긴장했는지 콧노래 소리에 대해서는 잊은 듯했다. 그리고 더욱 다행히도 콧노래 소리도 천천히 잦아들고 있었다. 코너는 임무를 완수했다. 학생으로서가 아니라 가족으로서 마땅히 해야 할 일을 한 것이다.

곧 수업 시간이 끝나는 종이 울렸고, 학생들은 모두 책상에서 일어나 교실을 나갔다. 한 아이, 코너만이 자기 자리에 남아 있었다. 알렉스가 코너에게 다가왔다.

"도와줘서 고마워." 알렉스가 말했다.

"나한테 빚진 거다." 코너가 말했다.

알렉스는 고개를 끄덕이고는 교실을 나와 혼자 집으로 향했다. 코너는 자리에 앉아 피터스 선생님이 방과 후 벌을 끝내 주실 때까지 기다렸다.

"코너, 이리 오너라." 선생님이 말했다.

코너는 마치 불 난 책상에 다가가는 것처럼 선생님 책상으로 갔다.

"수업 시간에 물건을 던지는 건 용서받지 못할 짓이야. 알겠니, 코너 베일리?" 피터스 선생님이 한 글자 한 글자 힘을 주며 말했다. "이런 일이 한 번만 더 있으면 학교에서 쫓겨날 줄 알아라!"

코너는 침을 꿀꺽 삼키고는 고개를 끄덕였다. 선생님은 코너에게 벌점 쪽지를 건넸다.

"어머니께 보여드리고 여기에 전부 서명을 받아 오너라." 피터스 선생님이 말했다.

코너는 다시 고개를 끄덕였다. "정말 죄송해요." 코너가 말했다. "선생님이 다치지 않으셨길 바라요." 코너가 진심이 우러난 말투로 얘기했기에 피터스 선생님도 어느 정도 코너의 진심을 알아차릴 수 있었다. 선생님도 마음속 깊은 곳에서는 알고 있었다. 코너는 착한 아이였다. 학생으로서는 형편없지만 그래도 마음이 착한 아이라는 걸 알고 있었다.

"괜찮다, 코너." 선생님이 말했다. "내 생각엔 너희에게 일어났던 불행 때문에 알렉스와 너 모두 힘들어하는 것 같구나. 어머니께 말씀드려 너희 둘이 함께 참가할 수 있는 방과 후 프로그램이나 도움이 될 만한 책을 소개해 주마."

코너는 동의하는 의미로 고개를 끄덕였다.

"어딘가 한동안 집중할 곳이 있다면 너희가 겪고 있는 문제를 해결하는 데 도움이 될지도 모르겠구나." 선생님이 말했다.

코너는 또 고개를 끄덕였다. 지금껏 살아오면서 현실에서 도망치고 싶었던 순간이 있다면 바로 지금일 테고, 알렉스도 여기에 동의할 것이다.

그때 번개같이 코너의 머릿속을 스치는 생각이 있었다.

'이런 세상에, 알렉스!' 코너는 생각했다. '알렉스는 책 속으로 혼자서 들어갈 작정이었던 거야! 그래서 책을 들고 간 거지! 그래서 책을 버리자고 하니까 싫다고 한 거야!'

코너는 방과 후 벌점 쪽지도 모두 떨어뜨리고는 교실 밖으로 뛰쳐나갔다.

"죄송해요, 피터스 선생님, 오늘은 방과 후 벌을 받지 못할 것 같아요. 급한 일이 생겨서요!"

"코너! 당장 돌아오지 못하겠니!" 선생님이 코너의 등 뒤에 대고 소리쳤지만 너무 늦었다. 코너는 이미 사라지고 없었다.

코너는 온 힘을 다해 집으로 달렸다. 알렉스는 한참 전에 떠났는데, 제시간에 도착해 알렉스를 막을 수 있을까? 이미 책 속으로 들어가 버렸으면 어떡하지? 다시는 알렉스를 만날 수 없다면? 발바닥이 아프고 옆구리가 쑤시는 데다 심장도 밖으로 튀어나올 것 같았지만, 코너는 뜀박질을 멈추지 않았다. 너무 늦지 않기만을 바랄 뿐이었다.

알렉스가 집에 도착한 지 채 5분도 되지 않아 《이야기의 땅》은 다시 노래를 부르기 시작했다. 알렉스는 계단을 뛰어 올라가 자기 방에 들어가더니 잽싸게 등 뒤로 문을 닫았다.

알렉스는 《이야기의 땅》을 가방에서 꺼내 바닥에 내려놓았다. 책을 펼치자 방 전체가 금빛으로 빛났다. 알렉스는 미소를 지었다. 무언가 마법 같은 일이 벌어지기를 바랐는데 마침내 그런 일이 실제로 벌어진 것이다.

알렉스는 가방에서 연필 한 자루를 꺼내 책 위에 올려놓은 다음 연필이 사라지는 모습을 지켜보았다. 그러고는 책 속에 떨어뜨려 사라지게 할 다른 물건이 또 없나 방 안을 둘러보았다. 연필은 다 떨어졌고 그동안 책도 여러 권 넣어 보았지만 지금 책장에 꽂혀 있는 책들은 버리고 싶지 않았다. 알렉스는 학교 가방을 내려다보았다. 가방이라면 또 구할 수 있다.

알렉스는 가방을 통째로 책 위에 올려놓고는 어떻게 되는지 살펴보았다. 가방은 천천히 책 속으로 빨려 들어갔다. 책 속으로 들어간 물건들은 어떻게 되는 걸까? 지구 반대편으로 이동하는 것일까? 그러면 인도나 중국에 가면 그동안 책 속으로 들어갔던 수많은 학용품을 찾을 수 있을까? 아니면 이 책이 물건들을 여기와는 전혀 다른 세상으로 보내는 것은 아닐까? 다른 세상으로 간다는 것이 가능하기는 한 걸까? 그곳은 내가 비밀스럽게 바라던 그런 세상일까?

답을 알아낼 방법은 오직 하나뿐이었다.

일주일 내내 꾹 억눌러 왔던 해결책이기도 했다. 바로 알렉스 스스로 책 속에 들어가는 것이다. 바보 같은 생각이기는 했다. 들어갔다가 빠져나오지 못하면 어떻게 하려고?

아니면 책 속에 손만 넣어 보면 어떨까? 어떤 일이 벌어질까? 아플까? 팔 전체가 사라질까? 알렉스의 호기심은 이미 조심해야 한다는 마음을 넘어서고 있었다. 알렉스는 무릎을 꿇고 조심스레 책 쪽으로 몸을 기울였다.

알렉스는 일단 손가락 끝부터 시작해 보았다. 아직은 괜찮다. 아프지도 않고, 따뜻하면서 살짝 따끔따끔한 느낌만 있을 뿐이었다. 알렉스는 좀 더 들어가 보기로 했다. 팔목을 깊숙이 넣어 보았지만 우려할 만한 일은 벌어지지 않았다. 이제 팔꿈치까지 들어갔다. 만약 여기에 책이 없었다면 알렉스의 손은 아래층 천장을 뚫고 들어간 것처럼 보였을 것이다.

알렉스는 몸을 점점 앞으로 기울였고, 거의 어깨까지 책 속으로 들어갔다. 그러고는 안쪽에 뭐라도 있다면 붙잡으려고 팔을 빙빙 돌려 보앉다.

그때 갑자기 방문이 벌컥 열리더니 코너가 방으로 들어왔다. 땀을 뻘뻘 흘리고 있었고 숨은 턱까지 차오른 상태였다. "알렉스, 그만둬!"

알렉스는 코너를 보고 기겁할 듯 깜짝 놀랐다. 그래서 그만 균형을 잃고 넘어지는 바람에 머리가 책 속으로 빨려 들어가기 시작했다!

"알-렉-스!" 코너가 울부짖었다. 코너는 펄쩍 뛰어올라 알렉스가 완전히 사라지기 전에 발목이라도 붙잡으려 했지만 이미 너무 늦었다. 알렉스는 그렇게 《이야기의 땅》 속으로 빨려 들어가고 말았다.

5장

개구리 프로기가 들려준 이야기

알렉스는 이제 자기 방 안에 있지 않았다. 빛의 세상 속으로 떨어지고 있었다.

알렉스는 점점 더 멀리, 점점 더 빠르게 떨어졌다. 머리가 빙빙 돌고 무서웠다. 알렉스는 도와 달라고 소리를 질렀지만 아무도 보이지 않았다. 언제쯤 그만 떨어지게 될까? 나는 이제 죽게 되는 걸까? 아니 이미 죽은 걸까? 알렉스는 다시는 가족을 볼 수 없게 될까 봐 두려웠다.

그러는 가운데 새가 지저귀는 소리와 나뭇가지가 바람에 스치는 소리가 들렸다. 그 소리는 점점 가까워졌지만 알렉스는 자기가 어디로 향하는지도 모른 채 계속해서 떨어지기만 했다.

"아야!" 알렉스가 땅에 툭 떨어지면서 비명을 질렀다. 땅에 부딪히면서 꽤 아팠지만 심하게 다치진 않았다. 생각했던 것만큼 험하게 착륙하지는 않았던 것이다.

알렉스는 얼른 일어나 몸을 살펴보았다. 맥박을 짚어 보니 아직 심장이 뛰고 있었다. 알렉스는 아직 살아 있었다. 어쩌다 여기에 떨어졌는지도 기억났다. 마침내 떨어지는 것이 멈춰 정말 다행이었지만, 도대체 여기는 어디인 걸까?

알렉스는 울창한 숲 한가운데 흙길 위에 서 있었다. 나무는 키가 컸고 잎은 진한 초록색이었으며 줄기에는 연한 초록색 이끼가 덮여 있었다. 그리고 엷은 안개를 뚫고 햇살이 비추고 있었다. 새들은 나무 높은 곳에 앉아 지저귀고 있었고, 귀를 기울이니 멀리서 개울물이 졸졸 흐르는 소리도 들리는 것 같았다.

알렉스는 이리저리 두리번거렸다. 새로운 광경을 접하자 숨이 차올랐다. 자신이 지금 막 일어난 일에 과잉 반응하는 건지, 반응하지 않는 건지도 알 수 없었다. 무엇보다 지금 자신에게 대체 무슨 일이 벌어진 것인지 알 수 없었다.

알렉스는 혹시 자신이 떨어진 구멍이 보이진 않을까 주변을 살폈다. 자신의 방으로 통하는 창문 같은 것이라도 있는지 찾아봤다. 하지만 머리 위로 보이는 것은 나뭇가지와 하늘뿐이었다.

"난 대체 어디에 있는 거지?" 알렉스는 자신에게 물었다.

"으아악!" 그때 알지 못하는 곳으로부터 떨어지듯 코너가 알렉스 바로 옆에 쿵 하고 떨어졌다. 얼굴이 창백해진 코너는 팔다리를 큰대 자로 쭉 뻗은 채 비명을 질러 댔다. "나 살아 있어? 나 죽는 거야? 이미 죽은 건가?" 코너는 눈을 꼭 감고서는 누운 채 소리쳤다.

"너 살아 있어!" 알렉스가 코너에게 말했다. 알렉스는 코너가 이렇게 반가웠던 적이 없었다.

"알렉스, 너야?" 코너가 물었다. 코너는 한쪽 눈씩 차례로 천천히 뜨고는 주변을 둘러보았다. "대체 우리 어디로 떨어진 거야?" 코너는 알렉스의 도움을 받아 일어섰다.

"여기는 아무래도…… 숲인 것 같아." 알렉스가 말했다.

그곳은 지금껏 한 번도 와 본 적 없는 숲이었다. 적어도 현실 속에서는 말이다. 숲속 색깔은 아주 생생했고 공기도 상쾌했다. 어딘지 예전에 본 적이 있는 그림 속으로 떨어진 듯한 기분이 들었다.

"여기 봐." 코너가 땅을 가리키며 말했다. "여기 우리 연필들이 떨어져 있어!"

오솔길 위에는 알렉스가 일주일 동안 책 속에 떨어뜨렸던 연필들이 어지럽게 흩어져 있었다. 그 가운데는 알렉스의 가방과 더러운 양말 몇 켤레도 보였다. 하지만 《이야기의 땅》 속에 떨어뜨렸던 책들은 모두 어디로 간 것일까?

"사라진 물건들이 여기로 온 거였구나!" 알렉스가 외쳤다.

"그런데 여기는 어디일까?" 코너가 물었다. "집에서 얼마나 멀리 떨어졌을까?"

알렉스도 그곳이 어디인지 알 수 없었다. 그러자 코너만큼이나 걱정되기 시작했다. 단순히 길을 잃은 것보다 상황이 더 나빴다.

"다 네 잘못이야, 알렉스!" 코너가 말했다.

"내 잘못이라고?" 알렉스가 소리쳤다. "네가 집에 불이라도 난 것처럼 불쑥 들어오는 대신 노크라도 했다면 이런 일은 없었을 거야!"

"네가 작정하고 책 속으로 들어가는 줄 알았다고." 코너가 말했다. "막아야 한다는 생각밖에 없었단 말이야!"

"책 속으로 들어가려 했던 것은 아니야. 그냥 이것저것 실험을 했을 뿐이야." 알렉스가 설명했다. "너 때문에 여기에 떨어지게 됐잖아!"

"아, 그러셔! 너 혼자만 내버려둘 수 없어서 따라온 나는 어쩌고!" 코너가 소리쳤다. "엄마가 집에 오면 뭐라고 설명할까? '엄마, 오셨어요. 일하시느라 피곤하시죠. 알렉스는 책 속으로 들어가 버렸어요. 그건 그렇고 오늘 저녁은 뭐예요?' 이렇게?"

그러더니 코너는 갑자기 온 힘을 다해 펄쩍 뛰어오르기 시작했다.

"뭐하는 거야?" 알렉스가 물었다.

"우리는 어딘가에서 떨어졌어. 저기 위에서 말이야. 그럼 반대로 이렇게 뛰면 되돌아갈 수 있지 않을까." 코너는 이리저리 방향 없이 뛰다 결국 지쳐 나뭇등걸에 기대 주저앉고 말았다.

"우리가 다른 나라나 다른 세상으로 온 거라면 앞으로 어떻게 될까?" 코너가 물었다. 생각을 거듭할수록 이마에는 주름만 깊어졌다. "캐나다나 몽골 같은 나라라면? 엄마나 다른 사람들이 우리를 찾는 데 얼마나 걸릴까?"

그때 갑자기 땅이 흔들리기 시작했다. 우르릉 소리가 요란하게 숲속을 뒤흔들었다. 나뭇가지가 흔들리고 땅 위의 작은 돌멩이들이 튀어올랐다. 커다란 무언가가 쌍둥이 쪽으로 가까이 다가오고 있었다.

"대체 무슨 일이야?" 코너가 소리 질렀다.

"어서 숨자!" 알렉스가 말했다.

알렉스는 가방을 집어 들고는 코너와 함께 오솔길을 따라 숲 안쪽으로 들어가 커다란 나무 뒤에 몸을 숨겼다.

쌍둥이는 눈앞에 나타난 광경을 보고 믿을 수 없었다. 엄청나게 많은 군인이 흰 말을 타고 행렬을 지어 그들 앞을 지나고 있었다. 군인들의 갑옷은 말끔하고 반짝거렸다. 이들은 초록색과 은색이 섞인 방패를 들고 있었는데 거기에는 빨간색 커다란 사과가 그려져 있었고, 이들이 흔드는 깃발에도 같은 무늬가 있었다.

"알렉스, 우리는 대체 어떤 세계에 떨어진 걸까?" 코너가 불안해하며 말했다. "저 사람들을 보니 마치 중세 시대인 것 같아!"

바닥에 떨어졌던 연필은 말발굽에 밟혀 온통 으스러졌다. 군인들은 힘차고 빠르게 이동하는 중이라 나무 뒤에서 쌍둥이가 놀라워하는 것을 전혀 알아채지 못했다.

알렉스는 이들의 방패를 유심히 바라보았다. 빨간 사과가 방패에 그려져 있는 것이 별나 보였다. 어딘지 익숙한 느낌도 들었지만 어디서 봤는지 콕 집어 말할 수는 없었다.

군인들이 흙길을 따라 사라지면서 우르릉거리는 소리도 천천히 잦아들었다. 쌍둥이는 소리가 완전히 멈출 때까지 나무 뒤에서 조금 더 기다렸다.

"넌 어떤지 모르겠지만, 난 지금 하루 동안 감당할 수 있는 긴장과 놀라움을 다 써 버린 것 같아." 코너가 알렉스에게 말했다.

그때 근처 나무에 붙어 있는 포스터가 알렉스의 눈길을 끌었다. 알렉스는 좀 더 자세히 살펴보려고 가까이 다가가 포스터를 떼어 냈다. 닳고 닳은 낡은 포스터였는데, 가운데에는 불만에 차 보이는 금발 곱슬머리 여자아이 사진이 있었다. 그리고 다음과 같은 내용이 적혀 있었다.

현상수배

살았든 죽었든 상관없음

이름은 골디락스

강도, 도둑질 등 법을 어긴 죄인임

알렉스는 얼굴이 창백해졌고 잠깐 숨을 멈췄다. 자기가 어디로 떨어졌는지 비로소 깨달았던 것이다. 이곳의 나무들이 익숙했던 것도 어쩌면 당연했다. 어렸을 때 그렇게나 많이 보았던 책 속 그림과 판박이였다. 알렉스가 늘 꿈꾸었던 바로 그 장소로 들어온 것이다.

"이게 정말 가능한 일일까?" 알렉스가 스스로에게 물었다. 머릿속이 어느 때보다도 팽글팽글 돌았다.

"뭐가 가능하다는 거야?" 코너가 물었다. "여기가 어딘지 알겠어?"

"응, 그런 것 같아." 알렉스가 대답했다.

"어디야?" 코너는 왠지 대답을 듣기 두려워하는 눈치였다.

"코너, 우리는 그 책 안에 들어왔어." 알렉스가 설명했지만 코너는 이해할 수 없었다. "우리는 《이야기의 땅》 책 속에 들어온 것 같아."

알렉스는 코너에게 현상수배지를 건넸고 코너는 그것을 읽었다. 코너의 눈은 여우원숭이처럼 휘둥그레졌다.

"설마, 세상에! 말도 안 돼! 어떻게 그런 일이 가능할 수 있어?" 코너는 고개를 도리도리 저었다. 그러고는 마치 전염병에 걸리기라도 할 듯 현상수배지를 도로 알렉스에게 건넸다. 코너는 알렉스의 말을 믿을 수 없었고 믿고 싶지도 않았다. "그럼 우리가 동화 속 세상에 들어왔다는 거야?"

"어쩐지 이 숲이 어디선가 본 것처럼 익숙했어! 할머니의 동화책 그대로니까 그럴 만도 하지." 알렉스는 피식 웃음을 흘리면서 말했다. "하지만 아예 말이 안 되는 건 아니라고! 책 속으로 떨어졌으니 거기가 아니면 어디겠어?"

"사람이 책 속으로 떨어진다는 게 처음부터 말이 안 되잖아!" 코너가 말했다. "그래서 우리는 여기 갇힌 거야, 뭐야? 집에는 어떻게 돌아가지?"

"네 질문에 대한 답은 하나도 모르겠어." 알렉스가 말했다. "나도 엉겁결에 이렇게 된 거라는 걸 잊지 말라고!"

코너는 뒷짐을 지고 나무 주변을 어슬렁거리기 시작했다. "방과 후 벌을 받다가 도망 나와 또 다른 차원에 들어가게 될 줄이야." 코너가 중얼거렸다.

그래도 알렉스는 코너가 자기를 뒤따라 온 것이 고마웠다. 두 아이는 태어나 지금껏 함께 지냈고 유치원 때부터 같은 반이었다. 알렉스는 혼자서만 이런 곳에 떨어졌다면 제대로 헤쳐 나갈 수 없었을 것이라고 생각했다.

"너는 기분이 좋겠지." 코너가 말했다. "내가 진작에 그 책을 개울에 버리자고 했잖아!"

"누굴 탓하는 건 그만하자고." 알렉스가 말했다. "여기 온 게 누구 때문이든 중요한 건 우리가 지금 여기 있다는 사실이야. 우리를 집에 데려다줄 사람을 찾는 게 더 중요하다고!"

"실례합니다, 제가 뭔가 도와드릴까요?" 누군가 쌍둥이 뒤에서 정중한 목소리로 물었다. 두 아이는 자기들 말고 다른 목소리가 들리자 소스라치게 놀랐다. 그리고 목소리의 주인공이 누구인지 확인하려고 뒤를 돌아봤는데, 일단 보고 나니 안 볼 걸 하고 후회했을 정도였다.

알렉스와 코너 뒤에 서 있는 존재를 가장 사실에 가깝게 묘사하자면 개구리 남자였다. 그는 키가 크고 얼굴이 넓적했으며, 큰 눈이 번쩍거렸고 초록색 피부도 반짝거렸다. 바지, 웃옷, 조끼까지 갖춰 입은 말쑥한 양복 차림에 수련 잎이 꽂힌 커다란 유리병을 들고 있었다.

"당신들이 하는 말을 엿들어서 미안해요. 하지만 만약 도움이 필요하다면 제가 조언을 해 줄 수 있을 것 같네요." 남자는 활짝 웃으며 말했다.

알렉스와 코너는 너무나 겁에 질려 온몸이 마비될 정도였다. 이 남자를 실제로 눈앞에서 보니 여기가 동화 속 세상이라는 것이 실감 났다.

"이런 숲속에 있기에는 아주 어려 보이는군요." 개구리 남자가 말했다. "길을 잃었나요?"

코너는 필요 이상으로 오랫동안 높은 소리로 비명을 질렀다. "제발 우리를 먹지 마세요!" 코너는 이렇게 말하고는 갓난아기처럼 몸을 구부리고 땅바닥에 엎드렸다.

그 말을 들은 개구리 남자는 인상을 찌푸리면서 코너를 내려다보며 말했다. "애야, 나는 너를 잡아먹을 생각이 전혀 없단다. 이 아이는 언제나 이런 식이니?" 개구리 남자는 알렉스에게 물었다.

하지만 알렉스도 코너와 마찬가지로 새된 비명을 지르고 말았다.

"그래, 그래. 걱정하지 말아라. 나를 보고 비명 지르는 사람들에겐 이제 익숙하니까." 개구리 남자가 말했다. "그러려니 할게. 처음 봤을 때의 충격이 오래가진 않을 거야."

"죄송해요!" 마침내 알렉스가 겨우 진정하고 말을 했다. "그게, 저희가 살던 곳에는 음, 개구리 인간이 없거든요. 그렇게 불러도 실례가 안 된다면 말이죠!"

코너는 다시 높은 소리를 질렀다. 이번은 비명이 아니었지만 상황을 난처하게 만들기는 마찬가지였다.

개구리 남자가 쌍둥이를 유심히 보더니 입고 있는 옷에 주의를 기울이는 듯했다. "너희가 살던 곳은 정확히 어디니?"

"여기서 아주 먼 곳이에요." 알렉스가 말했다.

그때 날카로운 늑대 울음소리가 숲에 울려 퍼졌다. 세 사람 다 그 소리를 듣고는 놀라 펄쩍 뛰어올랐다. 개구리 남자의 크고 번쩍이는 눈에 두려움이 어리더니 나무 사이를 둘러보았다.

"어두워지는구나." 개구리 남자가 말했다. "실내로 들어가는 게 좋겠다. 우리 집으로 가자. 걸어서 몇 분 안 걸린단다."

"잘됐네요!" 코너가 말했다.

늑대의 울음소리가 다시 길게 메아리쳤다. 이번에는 아까보다 훨씬 크게 들렸다. 늑대들이 어디에 있든 세 사람과 가까워지고 있는 것이 분명했다.

"지금 내 모습이 무서워 보일 거다." 개구리 남자가 쌍둥이에게 말했다. "하지만 밤에 숲속을 어슬렁거리는 존재들과 비교하면 나는 아무것도 아니야. 너희를 절대 해치지도 않을 거고."

남자의 눈에 염려하는 마음이 가득했기에 그를 믿지 않는 것도 힘들었다. 개구리 남자는 빠른 걸음으로 숲속 깊이 들어갔다.

알렉스는 코너를 팔꿈치로 쿡 찌르며 말했다. "따라가는 게 좋겠어."

"미쳤어? 나는 거대한 개구리네 집에는 가지 않을 거야!" 코너가 알렉스에게 속삭였다.

"우린 이제 딱히 더 잃을 것도 없잖아!" 알렉스가 말했다.

"목숨을 잃으면 어쩌려고!" 코너가 말했다. 이렇게 항의했지만 코너는 개구리 남자가 앞서 간 방향을 따라 알렉스에게 질질 끌려갔.

쌍둥이는 개구리 남자의 뒤를 따라 한참을 걸었다. 나무 사이를 이리저리 가로지르거나, 땅에서 불쑥 튀어나온 바위와 나무뿌리를 뛰어넘기도 했다. 숲으로 들어가면 들어갈수록 나무들은 점점 더 울창해졌다. 날도 빠르게 저물어 개구리 남자의 집에 도착했을 때는 거의 칠흑같이 어두워진 후였다.

알렉스와 코너는 서로 꼭 붙어 한 걸음씩 앞으로 나갔다. 한 걸음 뗄 때마다 이들은 이 별난 생물체를 따라가는 게 현명한 결정이었는지 다시 한번씩 생각했다.

"이쪽으로 오렴." 개구리 남자가 말했다.

개구리 남자가 죽은 덩굴을 치우자 나무로 된 커다란 문이 드러났다. 작은 언덕으로 위장한 것이었다. 개구리 남자는 문을 당겨 열었고 주저하는 쌍둥이를 지하로 이끌었다. 그러고는 누가 따라오지 않는지 확인하듯 숲 쪽을 돌아보더니 등 뒤로 문을 닫았다.

땅속은 무척이나 어두웠다. 알렉스와 코너는 서로 몸을 꼭 붙인 나머지 샴쌍둥이라 해도 믿을 정도였다.

"집이 엉망이라서 미안해. 손님이 올 줄은 몰랐거든." 개구리 남자가 사과하더니 성냥으로 램프에 불을 붙였다.

알렉스와 코너는 개구리 남자의 집이 어때야 하는지 잘 몰랐지만, 눈앞의 광경은 확실히 좀 이상했다.

그들이 서 있는 곳은 흙벽과 낮은 흙 천장으로 이루어진 커다란 방이었다. 나무뿌리가 머리 위로 샹들리에처럼 자라 있었고, 방 한가운데에 있는 크고 편한 의자와 소파들은 작은 난롯가를 향해 고개를 돌리고 있었는데 그 위에 놓인 쿠션은 속이 비집어 나와 있었다. 또 작은 주방에는 찻잔과 주전자 등이 고리에 걸려 있었다.

알렉스에게는 기쁜 소식이었지만 이 집은 어디에나 책이 놓여 있었다. 흙벽에는 책 선반이 줄지어 있었고, 책더미가 집 거의 모든 표면과 바닥에 쌓여 있었다. 마치 방이 문학작품에 감염이라도 된 것 같았다.

"코너." 알렉스가 가까이에서 속삭였다. "여길 한번 둘러봐! 우리가 《나니아 연대기》의 루시와 툼누스가 된 것 같아!"

코너는 주변을 둘러보며 알렉스가 무엇을 말하는지 살폈다. "《나니아 연대기》에서처럼 터키시 딜라이트 젤리를 대접받는다면 네가 무슨 말을 하든 동의할 텐데. 하지만 우린 여기서 나가야 해!" 코너가 속삭였다.

"조금 더럽긴 해도 편안하단다." 개구리 남자가 말했다. "개구리를 받아 주는 집주인이 별로 없어서 이렇게라도 살 곳을 만들어야 했지."

개구리 남자는 수련 잎을 꽂은 병을 벽난로 선반에 올려놓은 다음 곧장 난로에 불을 피우기 시작했다. 그 다음 항아리에 담긴 물을 찻주전자에 담아 불 위에 올리고는 가까운 곳에 있는 희고 커다란 의자에 앉았다. 그는 두 다리를 꼬고 손을 단정하게 모아 무릎 위에 올렸다. 하지만 아무리 봐도 한 마리의 개구리임이 분명했다.

"너희도 앉으렴." 개구리 남자가 자기 앞의 소파를 가리키며 말했다. 쌍둥이는 마지못해 그가 시키는 대로 앉았다. 소파는 좀 울퉁불퉁해서 편안한 자리를 찾아 이리저리 옮겨야 했다.

"당신은 대체 뭐예요?" 코너가 개구리 남자에게 말했다.

"코너, 너무 무례하잖아!" 알렉스가 코너의 옆구리를 팔꿈치로 찌르며 말렸다.

"아니, 괜찮다." 개구리 남자가 미묘한 웃음을 지으며 말했다. "내 모습에 익숙해지는 데 시간이 걸린다는 건 나도 알아. 나 자신도 아직 완전히 적응되지 않았는걸."

"그 말은 태어나서 지금까지 음…… 개구리 사람이 아닌 적도 있었다는 건가요?" 알렉스가 최대한 예의를 갖춰서 물었다.

"세상에, 당연하지." 개구리 남자가 말했다. "나는 아주 못된 마녀의 저주를 받아 오래전에 이런 몸이 되었단다."

"왜죠?" 알렉스가 물었다. 동화 같은 이야기를 아무렇지 않게 말하는 게 신기하기만 했다.

"나에게 교훈을 주려고 그랬던 것 같아." 개구리 남자가 말했다. "나는 자만심이 매우 강한 젊은이였단다. 마녀는 내가 당연하게 여겼던 모든 것을 잃게 하려고 내 모습을 바꿔 버렸지."

개구리 남자의 얼굴에 가득했던 미소가 살짝 희미해졌다. 확실히 그에게는 몹시 길고 고통스러운 경험이었을 것이다. 개구리 남자는 자기가 잃어버린 것과 바라는 것 때문에 아직도 슬퍼하고 있었다. 쌍둥이는 이렇게 슬픈 표정의 개구리는 난생처음 보았다.

"예전에는 어떤 모습이었을지 상상도 안 되네요." 알렉스가 동정 어린 표정을 지으며 말했다.

"개구리는 영어로 프로그니까, 프로기 씨라고 불러도 될까요?" 코너가 살짝 웃으며 물었다.

"코너!" 알렉스가 꾸짖었다.

"괜찮다." 개구리 남자가 고개를 끄덕였다. 어느새 미소도 돌아와 있었다. "자기의 약점을 끌어안고 인정할 줄 알아야 약점이 점점 줄어드는 법이거든! 부디 나를 프로기라 불러 주렴. 마음에 드는구나."

코너는 어깨를 으쓱하더니 미소를 지었다.

"수련 잎으로 만든 차를 갖다 줄까?" 프로기가 쌍둥이에게 말했다.

두 아이 모두 고개를 끄덕였다. 애써 차를 대접한다는데 무례하게 거절하고 싶지 않았다. 프로기는 난롯가에서 찻주전자를 가져와 폴짝 뛰어―정말로―그것을 주방으로 가져가서는 찻잔 세 개에 나눠 담았다. 그러고는 벽난로 선반 위의 항아리를 열어 수련 잎을 꺼내 찻잔에 하나씩 넣고 휘저었다.

"혹시 차에 파리를 좀 넣어 마시겠니?" 프로기가 선반에서 또 다른 항아리를 가져왔는데 여기에는 죽은 파리가 가득 담겨 있었다.

"고맙지만 괜찮아요." 코너가 말했다. "끊은 지 좀 됐거든요."

"좋을 대로 하렴." 프로기가 이렇게 말하고는 죽은 파리 몇 마리를 차에 넣었다. 프로기는 아이들에게 찻잔을 하나씩 가져다주고는 맞은편에 자리를 잡고 앉았다. 쌍둥이는 프로기를 잠시 쳐다보다가 차를 입에 대는 척이라도 해야겠다고 생각했다.

"너희 이름은 뭐니?" 프로기가 쌍둥이에게 물었다.

"저는 알렉스고 얘는 제 쌍둥이 코너예요."

프로기의 얼굴에 행복한 함박웃음이 떠올랐다.

"네가 혹시 알렉스 베일리니?" 프로기는 입이 귀에 걸리도록 활짝 웃으며 말했다.

"음…… 네, 맞아요." 알렉스는 깜짝 놀랐다. 이 개구리가 나에 대해서 어떻게 알지?

"'이 책 주인은 알렉스 베일리다'에 나오는 그 이름?" 프로기가 물었다. 그는 의자 옆면으로 몸을 기울여 책더미에서 책 한 권을 꺼내 안쪽에 적힌 문구를 보여 주었다.

"그건 제 책이에요!" 알렉스가 흥분해서 외쳤다. 《이야기의 땅》에 떨어뜨렸던 책이었다. "그 책들이 어디 갔나 궁금해하던 중이었어요."

"참 이상한 일이구나." 프로기가 말했다. "내가 파리를 사냥하러 늪으로 통하는 길을 따라 걷고 있는데 별안간 하늘에서 책 한 권이 뚝 떨어져서 내 머리에 맞았지 뭐냐. 그래서 다음 날에도 똑같은 자리에 가서 기다렸더니 이렇게 몇 권을 모을 수 있었단다. 그동안 내게 일어났던 일 가운데 제일 신기한 일이었어!"

"당신이 개구리로 변한 것을 제외하고 말이죠?" 코너가 물었다. "만약 제가 당신이라면 그게 가장 신기한 일이었을 것 같아서요……. 아야!" 알렉스가 코너를 팔꿈치로 쿡 찔렀다.

프로기는 코너를 무시하고는 자기 이야기를 계속했다.

"내 책장을 보면 알겠지만, 난 책 모으는 걸 좋아한단다. 특히 예상치 못하게 얻은 책이라면 더 그렇지. 하늘에서 떨어진 책들은 내가 지금껏 읽은 책들과는 달랐어! 내가 단 한 번도 들은 적 없는 사람과 장소, 처음 접하는 생각들이 담겨 있었지! 작가들이 굉장히 흥미로운 공간을 묘사하고 있더구나. 마녀나 트롤, 거인이 없는 세상이라니 상상이 가니? 대단한 상상력이야!"

프로기는 낄낄대며 웃었다. 두 아이도 최대한 웃긴 척하며 따라 웃었다.

"그 책은 당신이 가져도 좋아요. 집에 똑같은 책이 있으니까요." 알렉스가 프로기에게 말했다.

프로기는 그 말에 기뻐하는 기색이었다.

"으흠." 코너가 헛기침을 했다. "집 얘기가 나와서 말인데요, 여러분의 책 이야기를 방해하고 싶지는 않지만 저희 둘은 사실 길을 잃어서 여기가 어디인지 모른답니다."

프로기는 눈을 반짝거리며 두 아이를 번갈아가며 자세히 쳐다보았다.

"아, 너희는 여기가 어디인지 몰라서 일단 내 집에 있는 거구나. 여긴 난쟁이의 숲이야." 프로기가 말했다.

프로기는 두 아이로부터 걱정스럽다는 반응을 기대했지만, 알렉스와 코너는 멀뚱멀뚱 쳐다보기만 할 뿐이었다.

"난쟁이의 숲이라고요?" 알렉스가 물었다. "난쟁이의 숲이 어디죠?"

"한 번도 들어본 적 없니?" 프로기는 깜짝 놀란 듯한 표정을 지었다. 두 아이는 고개를 흔들었다.

"여기는 아주 위험한 곳이야." 프로기가 말했다. "지배자나 정부가 없는 유일한 지역이지. 자기가 원하면 누구나 왕 행세를 할 수 있는 왕국인 셈이야. 원래는 광산에서 일하는 난쟁이들이 사는 지역이었지만, 지금은 범죄자와 도망자들로 가득하지. 몸을 숨기려는 자들이 많이 찾는 지역이기도 해."

다른 세계에 떨어지게 된 것도 모자라 그곳에서 가장 위험한 곳에 와 있다는 사실을 알게 되었지만 딱히 더 긴장되거나 하지는 않았다.

"이곳에는 다른 왕국들도 있나요?" 알렉스가 물었다.

프로기는 또 한 번 놀랐다. 마치 하늘이 무슨 색이냐고 묻는 것과 같은 질문이었다. 하지만 프로기는 아이들이 이곳에 익숙하지 않다는 점에 흥미를 느꼈다.

"내가 설명해 주지. 이곳에는 북쪽 왕국, 잠자는 숲속의 왕국, 차밍 왕국, 모퉁이 왕국, 요정 왕국, 빨간 망토 왕국, 엘프 제국, 난쟁이의 숲, 트롤과 고블린 구역이 있어. 너희는 어떻게 이런 것도 모르니?"

한 번 듣는 것만으로는 외우기가 어렵고 복잡해서 두 아이는 머리를 싸맸다. 동화 속 세상이 이렇게 클 줄 몰랐다!

아이들의 혼란스러워하는 얼굴을 본 프로기는 자리에서 풀쩍 뛰어올라 책 선반에서 커다란 두루마리 하나를 가져왔다. 프로기는 그 두루마리를 쌍둥이에게 건넸고 두 아이는 이것을 펼쳐 보았다.

그것은 쌍둥이가 들어온 새로운 세계를 묘사한 크고 자세한 지도였다. 동화 속 세상은 산맥으로 왕국의 국경이 정해진 하나의 드넓은 대륙이었다. 성이 있고 왕궁과 마을도 있었다.

북쪽 왕국은 여러 왕국 가운데서도 가장 컸고 지도 제일 꼭대기에 있었다. 두 번째로 큰 차밍 왕국은 남쪽에 펼쳐져 있었으며, 세 번째로 큰 잠자는 숲속의 왕국은 동쪽에 위치해 있었고, 난쟁이의 숲은 서쪽 대부분을 차지하고 있었다.

모퉁이 왕국은 대륙의 남서쪽 모퉁이에 조그맣게 자리하고 있었고, 북서쪽 모퉁이에는 엘프 제국이 있었다. 차밍 왕국과 잠자는 숲속의 왕국 사이에는 요정 왕국이 있었고, 그 바로 위에 트롤과 고블린 구역이 있었다.

　요정 왕국은 지도에서도 반짝반짝 화려한 색깔로 아름답게 빛나고 있었다. 반면 트롤과 고블린 구역은 무시무시했고 누구도 들어오거나 나갈 수 없게 하려는 듯 커다란 바위나 돌멩이로 둘러싸여 있었다.

　지도 한가운데에는 빨간 망토 왕국이 있었는데, 이곳은 상당히 넓은 영토를 벽돌담으로 빙 둘러싸고 있었다.

　알렉스와 코너는 믿을 수가 없었다. 어렸을 때 들었던 이야기 속 동화 세상이 실제로 존재했던 것이다. 모두 실재할 뿐 아니라 상상했던 것보다 크고 좋았다.

　알렉스는 감동을 받아 눈물이 그렁그렁해졌다.

　"지금까지 말한 모든 왕국이 '영원히 행복한 연합'을 이루고 있지." 프로기가 설명했다.

　"'영원히 행복한 연합'이라고요?" 코너가 약간 비꼬는 투로 되물었다.

　"각 지도자가 서명한 조약으로 유지되는 조직인데, 모든 왕국이 평화와 번영 속에서 지내기 위해 만들어진 거야." 프로기가 말했다.

　"국제연합 같은 건가 봐." 알렉스가 코너에게 속삭였다.

　"모든 왕국은 자기만의 전통과 역사가 있어." 프로기가 계속해서 설명했다.

　"그러면 왕국마다 왕과 왕비도 있겠네요?" 코너가 물었다.

　"오, 물론이지." 프로기가 말했다. "북쪽 왕국은 백설 여왕이 다스린단다. 모퉁이 왕국은 라푼첼 여왕이 지키고 있지. 그리고 잠자는 숲속의 왕국, 예전에는 동쪽 왕국이라 불렸지만 무시무시한 저주에 걸린 후 지금과 같은 이름으로 바뀐 이 나라는 잠자는 숲속의 여왕이 통치해. 차밍 왕국은 이름 그대로 차밍 왕과 그의 부인 신데렐라 여왕이 다스리고 있단다."

"잠깐, 그 사람들이 지금 나라를 다스린다고요?" 알렉스가 눈을 반짝 빛내며 말했다. "신데렐라, 백설 공주, 잠자는 숲속의 공주가 아직 살아 있단 말이에요?"

"물론이지!" 프로기가 대답했다.

"오, 세상에. 대단하다!" 알렉스가 흥분해서 말했다. "멋지지 않아, 코너?"

"아무렴 어때." 코너가 웅얼거렸다.

"그분들은 나이도 별로 많지 않은걸." 프로기가 말했다. "백설 여왕과 차밍 왕은 결혼한 지 몇 년 되지 않았어. 신데렐라 여왕과 차밍 왕은 곧 첫 아이를 낳을 예정이고 말이다. 잠자는 숲속의 여왕과 차밍 왕은 슬프게도 아직 무서운 졸음 마법에 걸린 왕국을 되살리느라 애쓰고 있지."

"잠깐만요." 코너가 말했다. "지금 말씀하신 대로라면 그 여왕들이 모두 같은 남자와 결혼했다는 건가요?"

"물론 아니지." 프로기가 말했다. "차밍 왕은 세 명이란다. 차밍이라는 성을 가진 삼 형제지."

"그건 당연한 거야!" 알렉스가 말했다. "백설 공주와 신데렐라, 잠자는 숲속의 공주는 모두 차밍 왕자와 결혼했으니까! 차밍 왕이 여러 명인 거지. 왜 나는 지금껏 그 생각을 못 했을까?"

코너의 눈은 지도에 못 박혀 있었다. 코너는 이곳에서 집으로 돌아가는 길이나 다리가 있는지 찾았지만 아무것도 찾지 못했다.

"왜 트롤과 고블린 구역은 이렇게 바위로 둘러싸여 있나요?" 코너가 물었다.

"일종의 벌이란다." 프로기가 말했다. "트롤과 고블린은 사람들을 잡아다가 노예로 삼는 고약한 종족이야. 그래서 요정 협의회는 트롤과 고블린을 하나의 구역에 강제로 몰아넣고 허락 없이는 나오지 못하도록 했지."

"요정 협의회가 뭐죠?" 알렉스가 물었다. 이 세계는 진짜라기엔 너무 신기했다.

"그건 여러 왕국 중에서도 가장 힘센 요정들의 모임이란다." 프로기가 설명했다. "신데렐라의 요정 대모를 비롯해 마더구스가 이 모임에 참여하고 있고, 잠자는 숲속의 여왕이 아기였을 때 축복을 해 준 요정들도 다 이 모임 소속이야. 이들은 요정 왕국을 다스릴 뿐만 아니라 영원히 행복한 연합의 지도자기도 해."

"그럼 빨간 망토 왕국도 벌을 받은 건가요?" 코너가 물었다. "이 왕국은 왜 높은 담장으로 둘러싸여 있는 거죠?"

알렉스도 지도를 보고는 똑같이 궁금한 표정으로 프로기를 쳐다보았다.

"그건 늑자반 혁명 때문이야." 프로기가 대답했다.

"늑자반 혁명이 뭔가요?" 알렉스가 물었다.

"'늑대들의 자유를 반대하는 시민 혁명'을 말하는 거지." 프로기가 설명했다. "빨간 망토 왕국은 원래 북쪽 왕국에 속한 몇몇 마을이었는데 이곳은 끊임없이 늑대들의 공격에 시달렸어. 그래서 마을 사람들은 백설 여왕의 새어머니이자 당시 여왕이었던 사악한 여왕에게 도와 달라고 간청했지. 하지만 사악한 여왕은 자기 허영심을 채우는 데만 관심이 있어서 이들을 돕지 않았어. 그래서 마을 사람들은 혁명을 일으켜서 자기들만의 왕국을 세웠단다. 그리고 늑대들이 들어오지 못하게 왕국을 둘러싸는 높은 담장을 세웠지."

"그러면 빨간 망토가 여왕인 건가요?" 알렉스가 물었다. "그래. 빨간 망토는 역사상 선거로 뽑힌 유일한 여왕이지." 프로기가 말했다. "마을 사람들은 늑대와 싸운 빨간 망토가 자기들의 투쟁을 가장 잘 대변한다고 생각했고, 그래서 자기들을 이끌 지도자로 뽑았어."

"하지만 빨간 망토는 어린 여자아이잖아요?" 알렉스가 물었다.

"아니야, 지금은 젊은 여성이 되었단다. 내가 듣기론 자기만 아는 성격이라고 해. 어쨌든, 왕국에 자기 이름을 붙였을 정도니까! 하지만 실제로 왕국에서 일어나는 중요한 일을 결정하는 사람은 빨간 망토의 할머니야. 빨간 망토가 하는 것처럼 알려져 있긴 하지만 말이지." 프로기가 말했다. "그리고 불행히도 늑자반 혁명은 늑대 악당 패거리가 생겨난 원인이 되기도 했어."

"늑대 악당 패거리는 또 뭐죠?" 코너가 되물었다.

"동화 속 늑대 패거리의 후손들이야. 마을을 어슬렁거리면서 사람들을 공포에 몰아넣고 아무것도 모르는 여행자들을 공격한단다." 프로기가 말했다.

"어이쿠, 세상에." 코너가 빈정대는 투로 말했다. "그런 악당에 대해 몰랐다니 죄송해요."

"하지만 이런 점만 빼면 우리 왕국들은 아주 평화로운 편이야." 프로기가 말했다. 하지만 그의 목소리는 점점 작아졌고 잘 모르겠다는 표정이 되었다. "사실 일주일 전부터 상황이 좀 바뀌긴 했지만."

쌍둥이는 궁금증에 몸을 앞으로 구부렸다.

"무슨 일이 있었나요?" 알렉스가 물었다.

"사악한 여왕이 백설 여왕의 지하 감옥에서 탈출했단다." 프로기가 말했다. "누구나 알 거라고 생각했는데."

"저희는 처음 들어요." 코너가 말했다.

"좋은 일은 아니네요." 알렉스가 말했다. "어떻게 탈출한 건가요?"

"아무도 몰라." 프로기가 말했다. "마법 거울을 가지고 연기처럼 사라져 버렸단다. 백설 여왕의 군대가 왕국 전체를 샅샅이 뒤졌는데도 소용없었지. 이 근처 숲도 하루에 두 번씩 왔다 갔다 하고 있지만 지금까지 발자국 하나 찾을 수 없었어. 어디로 사라졌는지 방향조차 알 수 없단다."

"군대가 사악한 여왕을 찾을 수 있을 것 같아요?" 코너가 물었다.

"그러기를 바랄 뿐이란다." 프로기가 대답했다. "사악한 여왕은 몹시 위험한 사람이야. 역사상 왕위를 빼앗긴 유일한 여왕이지. 어떤 무서운 복수를 생각하고 있는지 상상도 할 수 없어. 무슨 일을 저지를지 아무도 몰라."

알렉스는 갑자기 긴장했다. 자신이 좋아했던 동화 속 주인공들과 함께 미워하고 무서워했던 등장인물들도 존재한다는 것을 알았기 때문이었다. 꽤 불안하고 위험한 상황에 처했다는 느낌이 들었다.

난로에 피운 불이 꺼지기 시작하자 프로기는 일어나서 장작을 가지러 갔다. 두 아이는 이 모든 정보를 받아들이느라 눈과 입이 크게 벌어지고 머리는 팽글팽글 돌았다.

"너희는 도대체 얼마나 멀리서 온 거니?" 프로기가 쌍둥이의 맞은편에 앉으며 물었다.

두 아이는 서로를 쳐다보다가 프로기를 본 다음 다시 서로를 쳐다보았다. 어떻게 말해야 할지 알 수 없었다. 사실대로 말하면 믿어 줄까?

"사실 완전히 다른 세계에서 왔어요." 코너가 털어놓았다. 알렉스는 코너를 향해 얼굴을 구기고는 코너가 한 말이 농담인 듯 억지로 웃음을 터뜨렸다.

하지만 프로기는 따라 웃지 않았다. 대신 의자에 등을 쭉 펴고 앉아 표정을 거의 바꾸지 않은 채 눈을 반짝였다. 지금껏 풀지 못했던 수수께끼의 답을 찾기라도 한 것 같았다.

"흥미롭구나." 프로기가 두 아이를 번갈아 보며 말했다. "왜냐하면 내가 너희를 잘 모르는 상황에서 입은 옷과 말투만 보고 판단하기에도 너희가 전혀 다른 세상에서 왔다고 생각해야 말이 되거든. 내가 얘기한 상식적인 역사 이야기를 놀라워하면서 듣기도 했고 말이다."

쌍둥이는 프로기가 무슨 말을 하는지 잘 이해할 수 없었다. 혹시 우리가 모르는 무언가를 알기라도 하는 걸까?

"그냥 호기심에서 여쭤 보는 것인데요, 혹시 또 다른 세상에 대해 들어본 적 있나요?" 알렉스가 프로기에게 물었다.

"아니면, 사실 더 궁금한 내용이지만 그 세상으로 다시 돌아가는 방법을 아시나요?" 코너가 덧붙였다.

프로기는 쌍둥이의 얼굴을 한층 더 유심히 살폈다. 그러고는 다시 일어나 멀찌감치에 있는 책 선반 쪽으로 걸어갔다. 프로기는 뭔가 특별한 주제에 대해 찾기라도 하듯 책을 뒤적거렸다. 그리고 마침내 가죽으로 감싼 후 붉은 끈으로 동여맨 작은 일기장 한 권을 꺼냈다.

"너희는 소원을 들어주는 마법에 대해 들어본 적 있니?" 프로기가 쌍둥이에게 물었다.

알렉스와 코너는 고개를 가로저었다. 프로기는 일기장의 책장을 휘리릭 넘겼다.

"모를 것 같았다." 프로기가 말했다. "그건 전설로 내려오는 마법인데, 여러 가지 정해진 물건을 모두 한자리에 모아야만 실행할 수 있어. 단 한 가지의 소원만 빌 수 있지. 하지만 아무리 엄청나고 대단한 소원이라도 들어준단다. 많은 사람이 그것이 그저 전해 내려오는 이야기일 뿐이라고 생각하고, 나도 전에는 그렇게 여겼지. 하지만 이 일기장을 발견하고 나서는 생각이 달라졌어."

"그 일기장과 마법이 무슨 관련이 있는데요?" 코너가 물었다.

"이 일기장의 주인은 차밍 왕국의 한 남자야." 프로기가 말했다. "이 사람은 주문을 실행하는 데 필요한 물건들을 찾으려고 애썼고, 그 과정을 여기에 자세하게 기록해 두었어. 그의 소원은 자기가 사랑하는 여자와 이루어지게 해 달라는 거였지. 그런데 이 일기장에 적은 바에 따르면 그 여자는 '또 다른 세계'에 산다는구나."

순간 알렉스와 코너는 귀를 쫑긋 세우며 등을 쭉 폈다. 그리고 어느새 의자 가장자리로 다가와 앉았다.

"나는 일기장에 이런 내용을 쓴 남자가 미쳤다고 생각했어. 또 다른 세상이 존재한다고는 믿지 않았거든. 하지만 어느 날 알렉스, 네 책이 하늘에서 뚝 떨어진 거야. 그리고 숲속에서 말다툼하던 너희를 본 순간 다른 세상에서 온 아이들이 아닐까 의심했지." 프로기가 말했다. "어쩌면 너희는 그 남자가 일기장에 적었던 다른 세상에서 왔을지도 모르겠구나."

두 아이는 진실이 밝혀진 것 같아 기뻤다. 프로기도 이 모든 것을 알게 되어 흥분한 것처럼 보였다.

"그 남자는 해냈나요?" 알렉스가 물었다. "제 말은 그 남자가 다른 세상으로 넘어가는 데 성공했나요?"

"아마도 그랬을 거다." 프로기가 말했다. "이 일기장은 그 남자가 마지막 물건을 발견하는 것으로 끝나거든." 프로기는 쌍둥이에게 일기장을 건넨 다음 의자에 앉았다. "너희가 어디에서 왔건, 너희가 집으로 돌아가고 싶다면 이 일기장을 따라 하는 게 제일 좋은 방법일 것 같구나."

쌍둥이는 잠시 말이 없었다. 두 아이는 엄청난 희망을 품고 손에 쥔 일기장을 내려다보았다.

"그 주문을 실행하는 데 어떤 물건들이 필요한가요?" 알렉스가 물었다.

"이곳저곳에서 온갖 다양한 물건을 구해야 해." 프로기가 말했다. "하지만 이 일기장을 보면 어디서 어떻게 그 물건들을 찾을 수 있는지 알 수 있어. 몇몇은 물건을 얻기 위해 굉장한 위험도 무릅써야 하지."

"물론 그렇겠죠." 코너가 말했다. "동화 속에서는 언제나 그러니까요."

"만약 이 소원을 들어주는 마법이 원하는 것을 무엇이든 들어 준다면, 왜 당신은 이 물건들을 모아 다시 인간으로 돌아가려 하지 않나요?" 알렉스가 프로기에게 물었다.

프로기는 잠시 생각에 빠졌다. 그동안 몇 번이고 스스로 마음속으로 되물었던 질문이지만 부끄러워서 대답하지 못했던 질문이었다.

"나는 그러한 결정을 내려야 할 때를 대비해서 오랫동안 이 일기장을 갖고 있었어." 프로기가 힘들어하며 얘기했다. "하지만 그 물건들을 찾아다니려면 지금 이 꼴을 하고 세상과 마주해야만 해. 그리고 그건, 솔직히 아직 마음의 준비를 하지 못했단다. 결코 내가 해낼 수 없는 일일 거야."

프로기는 깊은 슬픔에 잠겨 말했다. 확실히 그는 아식노 마녀의 교훈을 받아들이지 못한 것 같았다.

"시간이 늦었구나." 프로기가 말했다. "일단 오늘은 여기서 푹 자고 아침에 앞으로 어떻게 할지 의논하지 그러니. 너희가 원하는 만큼 여기 머물러도 좋고 말이다."

"고맙습니다." 알렉스가 말했다. "저희가 폐를 끼치는 것이 아니었으면 좋겠네요."

"전혀 그렇지 않단다." 프로기가 진심 어린 미소를 지었.

프로기는 커다란 담요를 하나 갖고 오더니 집 안의 모든 램프를 훅

불어서 끄고 난로의 불도 껐다.

알렉스와 코너는 소원을 들어주는 마법에 대해 생각하느라 밤새 이리저리 뒤척였다. 두 아이는 어떤 결정도 내리지 못했다. 만약 일기장에 적힌 대로 해서 집에 갈 수만 있다면 무엇이든 해야 할 것이다. 선택의 여지가 없는 셈이다.

그들은 지금껏 했던 것 가운데 가장 대단한 물건 찾기 게임을 하러 떠날 참이었다.

6장

난쟁이의 숲

"내가 먹을 거랑 담요 몇 장, 그동안 모아 두었던 금화 몇 닢을 챙겼단다." 프로기가 이렇게 말하며 코너에게 양가죽 가방 하나를 건넸다.

"친절하게 대해 주셔서 정말 감사합니다!" 알렉스가 말했다.

"그런데 먹을 거라면 혹시 어떤 종류인가요?" 안전거리를 유지한 채 가방을 받아 들면서 코너가 질문했다.

"롤빵이랑 사과란다." 프로기가 대답했다.

"오, 다행이네요." 그제야 안심한 코너가 말했다.

프로기는 알렉스에게 지난밤 함께 보았던 지도와 일기장을 넘겨주었다.

"이 일을 시작하겠다고 단단히 결심한 거지?" 프로기가 두 아이에게 다시 한번 물었다. "이런 엄청난 일을 하기에는 둘 다 너무 어려서 말이다."

알렉스와 코너는 같은 생각을 하면서 서로를 바라보았다. 우리 나이에는 사실 예전에 살던 세상을 돌아다니는 것만으로도 벅차다. 그런데 과연 어른의 도움 없이 완전히 다른 세상을 여행할 수 있을까? 하지만 쌍둥이는 각자의 눈을 보고 안심했다. 둘이서 힘을 합치면 해낼 수 있을 것 같았다.

"사실 저희에게는 다른 선택의 여지가 없어요." 알렉스가 말했다. "많은 도움을 주셔서 굉장히 감사해요, 프로기 씨. 당신이 없었다면 저희는 아직도 숲속을 헤매고 있었을 거예요."

프로기는 활짝 웃으며 고개를 끄덕였다.

"아니다." 그가 말했다. "나야말로 너희에게 고맙지. 내가 이렇게 쓸모 있게 느껴진 건 정말 오랜만이야."

"정말 저희랑 같이 가지 않으시겠어요?" 알렉스가 물었다. "자세하게 그려진 지도가 있긴 하지만 그래도 직접 안내해 주시면 더 좋을 텐데요."

프로기는 처음에는 여행을 떠난다는 상상만으로도 신이 났는지 활짝 웃음을 지었다. 땅속 굴 같은 집을 벗어나 바깥세상으로 나가 여행을 한다는 것은 매력적인 일이었다. 온몸이 근질근질거리며 반응했다. 하지만 프로기는 바깥세상에 나갔을 때 자기를 보는 시선이 여전히 두렵고 불안했다. 그리고 자신의 그런 모습 때문에 여행을 할 기회는 영원히 없으리라 생각했다.

"하지만 나는 못할 것 같아, 얘들아." 프로기가 무거워진 마음으로 말했다. "그래도 너희는 최선을 다해 성공하길 바란다."

쌍둥이는 실망했지만 그래도 이해했다. 얼굴에 뾰루지만 나도 이것저것 신경 쓰이는데, 자신이 커다란 양서류로 변했다면 사람들을 대할 때 얼마나 스트레스를 받겠는가.

"해가 지기 전까지 난쟁이의 숲을 빠져나가야 한다는 걸 잊지 말아라." 프로기가 단단히 일렀다. "오솔길로 쭉 가다가 남쪽으로 가면 모퉁이 왕국이 나올 거야. 몇 시간 걸리지만 여기보다는 그곳이 더 안전할 거다. 이 숲을 가능하면 조용히, 빨리 지나쳐야 해. 명심하도록 해라."

두 아이는 그렇게 하겠노라고 약속했다. 알렉스는 프로기를 오랫동안 껴안고 볼에 입맞춤했다. 코너는 악수한 다음 손을 바지에 쓱쓱 문질렀다.

"언젠가 다시 만날 수 있었으면 좋겠네요." 알렉스가 말했다.

"나도 그랬으면 좋겠지만, 너희는 이곳을 떠나야 하니까 다시는 안 보는 게 좋겠지." 프로기가 이렇게 말하고는 눈을 찡긋했다.

코너는 손뼉을 치며 말했다. "좋아. 소원을 들어주는 마법을 위한 준비물은 거저 얻어지는 게 아니니까. 가자!"

쌍둥이는 문을 열고는 땅속 집에서 밖으로 기어 나왔다. 프로기는 숲을 향해 기는 두 아이의 뒷모습이 보이지 않을 때까지 손을 흔들며 배웅했다. 쌍둥이는 얼마 지나지 않아 전날 이 세계에 처음 도착했던 흙길로 돌아왔고 프로기가 알려 준 대로 남쪽으로 방향을 틀었다.

이제 이 숲이 얼마나 위험한지 알게 된 쌍둥이들은 둘만 남게 되자 무척 불안했다. 아이들은 프로기를 좀 더 설득해 데려오지 않은 것을 후회했다. 나무에서 조금만 부스럭거리는 소리가 나도 깜짝 놀라 펄쩍 뛸 정도였다.

알렉스와 코너는 처음 한 시간 정도는 아무 말 없이 조용히 걷기만 했다. 목소리를 내면 프로기가 경고했던 악당들의 주의를 끌까 봐 두려웠기 때문이었다.

"우리는 무척 용감해." 마침내 침묵을 깨고 알렉스가 코너에게 말했다.

"아니면 엄청나게 멍청하든가." 코너가 대꾸했다.

오솔길은 숲을 따라 구불구불 이어졌고, 한 걸음 뗄 때마다 새로운 나무와 덩굴이 계속해서 나왔다. 시간이 흐르자 긴장도 어느 정도 풀렸다. 많이 걸을수록 속도는 점점 느려졌고, 숲속에 있다는 사실이 익숙하고 편안해지기까지 했다.

코너는 길게 한숨을 쉬었다.

"왜 그래?" 알렉스가 물었다.

"생각을 좀 했어." 코너가 말했다. "앨리스는 토끼 굴에 떨어져 이상한 나라에 가게 되었지. 도로시는 집이 토네이도에 휩쓸려 신비한 나라 오즈에 떨어졌어. 나니아의 아이들은 낡은 옷장을 통해 여행을 시작했고…… 그런데 우리는 책 속으로 들어가 동화 속 세상으로 오게 되었어."

"그래서 무슨 말을 하고 싶은 거야?" 알렉스가 물었다.

"내 말은 다른 이야기에 비하면 좀 그럴듯하지 않다는 거야." 코너는 다시 한번 한숨을 쉬며 말을 이었다. "우리랑 비슷한 사람이 또 있을까? 우연히 다른 차원의 세계로 여행하게 된 사람들 가운데 말이야."

알렉스는 깜짝 놀랐다.

"우리가 얼마나 운이 좋은지 모르는 거야?" 알렉스가 말했다. "우리가 그동안 봐 왔던 모든 것들, 만났던 모든 사람들을 생각해 봐! 우리는 누구도 경험하지 못했던 일을 경험하게 되는 거야!"

"일단 집에 무사히 도착해야 운이 좋았다는 생각이 들 것 같아." 코너가 눈을 치켜뜨며 말했다.

알렉스는 가방에서 지도를 꺼냈다. 그리고 나무에 부딪히지 않게 간간이 앞을 보면서 지도를 살펴봤다. 뭔가 새로운 것을 발견하기라도 하면 숨죽여 웃거나 미소를 짓기도 했다. 마치 관광객처럼 보였다.

"우리 일기장을 읽어 봐야 하지 않을까?" 코너가 물었다. "마법에 필요한 물건이 무엇인지, 어디부터 가야 찾을 수 있는지 알아야 하잖아."

"읽을 거야." 알렉스가 별로 중요하지 않다는 듯 말했다. "앞으로도 읽을 시간은 많아."

코너는 그런 알렉스를 보고 기운이 빠졌다. 지금 얼마나 심각한 상황인지 모르는 걸까?

"우리는 집에 돌아가야 해." 코너가 말했다. "서둘러야 하지 않겠어?"

"집에 돌아가기 전에 꼭 보고 싶은 게 몇 가지 있어." 알렉스가 말했다.

"대체 무슨 소리를 하는 거야?" 코너가 화가 나서 목소리를 높였다.

"우리는 지금 동화 속 세상에 와 있잖아. 여기 있는 동안 이곳을 최대한 즐기고 싶어!" 알렉스가 말했다. "신데렐라의 궁전이나 잭의 콩나무, 리푼젤의 탑을 직접 볼 수 있는 사람이 얼마나 되겠어!"

코너의 눈과 입이 크게 벌어졌다. 알렉스가 하는 말이 너무나 어이가 없었다.

"지금 별난 세상에 갇혀 나갈 수 있을지 없을지도 모르는데, 너는 관광이나 하겠다고?" 코너가 말했다. "지금 네가 무슨 말을 하고 있는지 알고 있는 거야? 얼마나 미친 소리로 들리는지 말이야."

알렉스는 걸음을 멈추고는 코너를 향해 고개를 돌렸다. 두 눈에는 절박함이 담겨 있었다.

"코너, 작년에 우리는 너무 끔찍한 나날을 보냈어. 엄마랑 우리 두 남매를 빼고는 모든 것을 잃었어." 알렉스가 말했다. "매일 밤, 나는 요정 대모가 마법처럼 나타나 모든 상황을 되돌려 주기를 바랐어. 그런데 바로 지금 우리가 그곳에 와 있는 거야! 우리가 살던 동네에 가도 나는 너처럼 친구들이 많지 않아. 내 친구들은 오직 이 세계에만 있어. 나는 그 친구들을 모두 만날 때까지 돌아가지 않을 거야!"

알렉스는 이렇게 말하고는 다시 걷기 시작했다. 코너는 너무 놀라서 할 말을 잃었다.

"어째서 논리적으로 생각을 못 하지?" 코너가 따졌다. "원래 넌 모든 일에 대해 지나치게 생각을 많이 했잖아. 그런데 지금은 왜 이렇게 천하태평인 거야?"

"걱정할 게 뭐가 있어?" 알렉스가 웃음을 터뜨리며 물었다.

"먼저, 우리가 사라졌으니까 엄마가 찾으러 다니실 거 아냐!" 코너가 지적했다. "우리가 나쁜 사람한테 납치됐다고 생각하실 거라고! 엄마에겐 이미 걱정할 일이 산더미처럼 많은데!"

알렉스는 코너의 말이 옳다고 생각했지만 동화 속 세상을 더 구경하고 싶다는 마음이 너무 큰 나머지 코너의 말을 무시했다.

"그냥 하루나 이틀만 더 있으면 돼." 알렉스가 말했다. "그 정도면 충분히 돌아볼 수 있을 거야."

"우리가 살던 세상이 이 세상보다 더 빠르게 돌아가면 어떻게 해?" 코너가 혼란스러워하며 말했다. "생각해 봐. 〈신데렐라〉나 〈빨간 망토〉 이야기는 바깥세상에서는 수백 년 전 동화잖아. 그런데 여기서는 고작 10년 정도 전 이야기인 것 같아! 이곳에서 며칠 보냈다가 우리가 집에 돌아갔을 때 엄마가 여든 살쯤 되어 있으면 어떻게 하냐고!"

코너는 머리를 긁적였다. 생각을 너무 많이 했더니 머리가 아팠다. 알렉스는 마음과는 달리 코너의 말을 귀 기울여 듣고 있었다. 사실 알렉스가 이성적으로 생각하기에도 코너의 말이 옳았다.

"우리가 없는 동안 바깥세상에 무슨 일이라도 생기면 어떻게 해?" 코너가 계속해서 말을 이었다. "바깥세상에 돌아갔는데 얼마 전 유인원이나 외계인이 나타나 지구를 점령했다면? 그 장면을 놓친다면 나는 너를 용서하지 않을 거야!"

알렉스는 걸음을 멈추고 지도를 살폈다. 미묘한 표정이 알렉스의 얼굴에 떠올랐다.

"그건 생각지도 못했지, 그렇지?" 코너가 알렉스에게 물었지만 알렉스는 코너의 말을 듣고 있지 않았다. 완전히 다른 것에 주의가 팔린 채였다.

"이 냄새 좀 맡아 봐." 알렉스가 말했다.

"무슨 냄새? 나무하고 흙냄새밖에 안 나는데." 코너가 말했다.

알렉스는 몇 걸음 더 걸었다. "아냐, 다른 냄새가 나. 빵 구울 때 나는 달콤한 냄새 같은 거."

코너는 킁킁 냄새를 맡았다. 확실히 아주 맛있는 냄새가 공기를 떠돌고 있었다.

"생강 쿠키 냄새가 나네!" 알렉스는 흥분해서 동그랗게 된 눈으로 코너를 쳐다보았다.

"아이고." 코너가 말했다.

코너가 말리기도 전에 알렉스는 오솔길에서 벗어나 냄새가 나는 방향을 따라 나무 사이로 뛰어들었다.

"알렉스, 돌아와!" 코너가 외쳤다. "어디로 가야 하는지도 모르잖아!"

알렉스는 바위와 덤불을 뛰어넘어 나무 사이를 가르며 휙휙 달려갔다. 맛있는 냄새는 오솔길에서 멀어질수록 점점 강해졌다. 코너는 알렉스 바로 뒤에서 돌아오라고 소리치며 쫓아갔다. 마침내 알렉스는 멈춰 섰고 코너는 알렉스 뒤를 쫓아오다 부딪쳤다. 알렉스는 바라던 것을 찾은 듯했다.

두 개의 커다란 나무 사이로 생강 쿠키로 만들어진 작은 집이 보였다. 뾰족지붕에는 흰 설탕이 뿌려져 있었고, 작은 젤리 과자가 관목처럼 뭉쳐져 있었으며, 지팡이 모양 사탕이 말뚝 울타리처럼 현관문까지 줄지어 꽂혀 있었다.

"이것 봐, 코너!" 알렉스가 숨을 헐떡이며 말했다. "과자로 만든 집이야. 진짜 쿠키로 만든 집이라고! 정말 예쁘다!"

"와." 코너가 말했다. "보는 것만으로도 살찔 것 같은데."

"안에 들어가 보자!" 알렉스가 집 쪽으로 한 걸음 내디디며 말했다.

그러자 코너가 알렉스의 팔을 붙잡았다. "제정신이야? 헨젤과 그레텔이 아이를 잡아먹는 마녀를 만났다는 이야기 몰라?"

"그냥 잠깐만 안을 들여다보고 싶어. 정말 잠깐만……."

그때 생강 쿠키로 만든 집 문이 천천히 열렸다. 그러자 두 아이는 그 자리에 얼어붙었다. 망토를 쓴 큰 형체가 문을 밀고 나와 고개를 들어 아이들을 바라보았다.

그 사람은 누가 봐도 마녀였다. 마녀를 실제로 본 것은 처음이었지만 그 모습은 쌍둥이가 상상했던 것보다 훨씬 무시무시했다. 피부는 쭈글쭈글했고, 누런색이었으나 창백했다. 핏발이 선 눈은 툭 튀어나왔고, 구부러진 등에는 엄청나게 큰 혹이 있었다.

"안녕, 얘들아." 마녀가 말했다. 높고 갈라지는 목소리였다. "들어와서 뭘 좀 먹겠니?"

두 아이는 두려움을 숨길 수 없었다. 아이들은 자기들을 막 덮치려는 사나운 티라노사우루스를 바라보듯 꼼짝도 못 하고 서 있었다.

"아뇨, 괜찮아요." 알렉스가 대답했다. "저희는 그냥 지나가던 중이었어요. 집이 참 예쁘네요."

아이들은 천천히 한 걸음씩 뒤로 물러났다.

"안을 구경해 보지 않겠니?" 마녀가 물었다.

"누구의 안이요? 배 속이요?" 코너가 이렇게 묻자 알렉스가 팔꿈치로 코너를 쿡 찔렀다.

"바보 같은 말을 하는구나. 그러지 말고 안으로 좀 들어오렴." 마녀가 참을성을 잃은 듯 말했다. 그러고는 아이들 쪽으로 손을 흔들며 초대한다는 몸짓을 해 보였다. 마녀의 손은 덴 자국이 많았다. 어쩌면 조금 전에 손님을 잡아먹다가 생긴 상처일지도 몰랐다.

"마녀는 〈헨젤과 그레텔〉 동화가 끝날 때쯤 죽었을 텐데." 알렉스가 코너에게 속삭였다.

"어쩌면 헨젤과 그레텔이 불을 지르고 떠난 다음 소화기로 불을 끄고 살아남았는지도 모르지." 코너가 다시 속삭였다.

아이들은 계속 마녀에게서 천천히 물러서는 중이었다.

"초대해 주셔서 진짜 감사하지만 저희는 정말 가 봐야 해서요." 알렉스가 말했다.

"저희는 정말 시간이 빠듯하답니다." 코너가 덧붙였다. "30분 안에 난쟁이 친구 몇 명과 커피 약속이 있어서요. 그래서 당장 가야 해요!"

두 아이는 재빨리 왔던 방향으로 발길을 돌렸지만, 갑자기 마녀가 그들 앞으로 뿅 하고 나타나는 바람에 멈춰서야 했다. 아이들은 방향을 돌려 다른 곳으로 뛰어갔지만 이번에도 마녀가 쉭 하고 앞길을 가로막았다. 아이들은 이제 도망칠 곳이 없었다.

"너희는 아무 데도 못 간다." 마녀가 말했다. 마녀는 참을성이 바닥났는지 키가 커지고 눈도 더 불룩 튀어나왔다. "자, 우리 병아리들 얌전히 안으로 들어오렴."

"알렉스, 마치 1학년 때 본 '낯선 사람에게 끌려갈 때의 대처법' 비디오 내용과 비슷한걸." 코너가 알렉스에게 속삭였다. "혹시 납치 방지 호루라기 갖고 있어?"

"저희는 맛이 없어요!" 알렉스가 마녀에게 말했다. "너무 오래 걸어서 몸에 물기가 쪽 빠졌거든요! 정말 뼈와 가죽밖에 없어요."

마녀는 확실히 몸집이 불어났다. 키가 커지니까 등의 혹이 오히려 작아 보였다.

"네 옆의 친구는 토실토실해 보이는구나." 마녀가 코너를 바라보며 말했다. 코너는 덤벼들 태세를 갖춘 사마귀 같았다. "배부르게 먹고도 남을 것 같아!" 마녀는 군침을 흘렸다.

"뭐라고요? 다시 말씀해 보시죠." 코너는 화가 나서 외쳤다. 마녀가 얼마나 무서운지 깜박 잊은 듯했다. "저는 키가 쑥쑥 크는 성장기라고요. 그러니 조금 통통한 건 당연한 거 아녜요!"

"코너, 그만둬." 알렉스가 말리려 했지만 이미 너무 늦었다.

"대체 통통한 애를 잡아먹으려는 이유가 뭐예요? 근육질에 날씬한 사람을 먹어야 더 건강식 아닌가요?" 코너가 빈정거렸다.

마녀는 눈길을 살짝 돌리고 눈썹을 위로 추켜올렸다. 이런 상황은 상상도 하지 못했던 것 같다. 살짝 주의가 산만해져 공격 태세가 흐트러지자 마녀는 등이 굽으면서 원래 모습으로 돌아왔다.

"충고 하나 할게요." 코너가 계속해서 말했다. "생강 쿠키 집을 생강 쿠키 헬스장으로 바꾸는 게 좋을 거예요!"

알렉스는 지금껏 코너가 하는 엉뚱한 말을 많이 들어 왔지만 이 말은 정말로 최악이었다.

"정말 좋은 제안이구나." 마녀가 딱딱거리며 말했다. "너를 먹어

치운 다음 바로 고쳐 짓도록 하지."

마녀는 다시 덩치가 커졌다. 이번에는 입이 크게 벌어지면서 들쭉날쭉한 이빨이 드러났다. 코너를 꽉 물려는 생각인 듯했다.

"잠깐만요!" 알렉스가 비명을 질렀다. 차마 못 보겠다는 듯 손으로 얼굴을 가린 채였다. "당신은 이 애한테 해 줘야 할 게 있어요!"

마녀는 다시 몸집이 작게 쭈그러들었다. "해 줘야 할 게 있다고?"

"네! 그게 도리 아니겠어요?" 알렉스가 설명했다. "이 애가 당신에게 좋은 아이디어를 줬으니, 당신은 이제 이 아이의 소원을 하나 들어줘야 해요!"

"소원이라고?" 마녀가 되물었다.

"소원?" 코너도 잘 모르겠다는 표정이었다.

알렉스는 당연하다는 표정으로 고개를 끄덕였다. 마녀는 끙 하고 앓는 소리를 냈다.

"네, 영원히 행복한 연합에서 새로운 법을 제정했잖아요." 알렉스가 임기응변으로 말했다. "'좋은 아이디어를 제공받은 마녀는 반드시 그 보답으로 소원 하나를 들어줘야 한다'라고요."

"음…… 맞아요." 코너가 맞장구를 쳤다. "마더구스가 여기까지 와서 다그쳐야 말을 들을 건가요? 그러면 마더구스가 이 집에 거위를 풀어 놓을 테고, 그중에는 황금알을 낳는 거위도 있을 텐데. 꽤 귀찮아질걸요. 거위가 얼마나 사나운데요."

"좋아." 마녀가 말했다. "그러면 소원 하나를 들어주마. 하지만 그건 내가 그 푸드덕대는 괴물들 뒤치다꺼리를 다시는 하고 싶지 않아서야."

코너는 알렉스 가까이 몸을 기댔다. "어떤 소원을 말할까? 집에 데려다 달라고 할까?" 코너가 속삭였다.

"아니, 저 마녀는 우리 소원에 어떻게든 허튼수작을 부리려 들 거야! 그러니 아주 구체적으로 소원을 얘기해야 해." 알렉스가 말했다.

"서둘러라, 얘들아! 난 배가 고프다!" 마녀가 다그쳤다.

"좋아요……." 코너는 머리를 빨리 회전시켰다. 지금 상황을 벗어날 수 있는 소원이어야 한다. "제 소원은…… 당신이 채식주의자가 되었으면 좋겠어요!" 코너가 마녀에게 말했다.

알렉스는 코너 쪽으로 머리를 홱 돌렸다. "겨우 그걸 고른 거야?"

"알겠다." 마녀가 날카로운 소리로 말했다. 하지만 두 아이는 마녀가 채식주의자라는 단어의 의미를 알고나 있는지 확신할 수 없었다. 마녀는 두 손을 하늘 위로 높이 올리더니 천둥처럼 요란한 소리를 내며 박수를 쳤다.

쌍둥이는 몸을 굽혀 피했다. 어쨌거나 소원은 이루어진 것 같았다. 마녀의 등에 난 혹이 없어졌고, 피부의 누런빛이 없어졌으며, 핏발 섰던 눈도 차분해졌다.

"왠지 식욕이 없구나." 마녀가 말했다. 마녀는 어깨를 으쓱하고는 알렉스와 코너에게서 등을 돌려 생강 쿠키 집으로 들어가 문을 쾅 하고 닫았다.

알렉스와 코너는 안도의 한숨을 내쉬었다. 이렇게 몸이 긴장되었던 적도 없었다.

"꽤 잘 먹히네!" 알렉스가 말했다.

"덕분에." 코너가 말했다.

"어떻게 채식주의자가 되라는 소원을 생각했어?" 알렉스가 물었다.

코너는 머리를 긁적였다. "마녀가 우리를 먹지 못하게 하는 유일한 방법 같았거든."

알렉스는 미소를 지었다. 코너가 자랑스러웠던 적이 그렇게 많지 않았기에 지금 이 순간이 더 소중하게 느껴졌다.

"정말 잘했어. 하지만 언제 소원의 약효가 떨어질지 모르니 어서 여길 벗어나자."

쌍둥이는 왔던 길을 되돌아 가며 서둘러 숲을 빠져나갔다. 그리고 다시 남쪽을 향해 빠른 속도로 걸었다. 동화 속 세상에 와서 처음으로 위험을 맞닥뜨렸던 만큼, 그런 상황을 또 겪고 싶지는 않았다.

알렉스와 코너는 한동안 오솔길을 따라 걸었다. 그러던 중 코너가 입을 뗐다. "알렉스, 좀 앉았다 가자! 다리가 너무 아파서 떨어질 것 같아!"

"코너, 우리는 쉬지 않고 가야 해! 벌써 오후인데, 프로기가 해가 지기 전에 모퉁이 왕국으로 가야 한다고 했잖아!" 알렉스가 말했다.

"프로기라면 쉬운 얘기겠지, 개구리니까!" 코너가 숨을 헐떡거리며 말했다. "잠깐만 쉬면 돼. 그러면 군말 없이 따라갈게. 약속해!"

"좋아. 그럼 일단 안전한 곳을 찾자." 알렉스가 말했다.

두 아이는 조금 더 걸어가 나무 사이 안락해 보이는 틈새를 발견했다. 코너는 쓰러진 나뭇등걸에 앉아 숨을 골랐다.

알렉스는 숲의 나무들을 둘러보다가 나무 하나하나마다 크기와 모양, 색깔이 다르다는 사실을 알아챘다. 아직도 지금 일어나고 있는 모든 일이 당황스럽기만 했다.

"놀랍지 않아?" 알렉스가 물었다. "이 모든 풍경이 전에는 우리가 넘겨 보는 책 안에 있었다는 게 말이야. 우리는 전혀 몰랐었는데 말이야."

알렉스는 입이 귀에 걸릴 만큼 활짝 웃으면서 코너 옆으로 다가앉았다.

"아빠와 할머니가 이런 곳이 있다는 걸 알면 어떻게 생각하실까?" 알렉스가 코너에게 물었다. "동화 속 세상이 실제로 존재한다는 걸 안다면 두 분은 뭐라고 하실까?"

"두 분 머릿속에 동화밖에 없었다는 걸 생각했을 때 분명 뛸 듯이 좋아하시겠지." 코너가 말했다. 그런 생각을 하니 얼굴에 저절로 미소가 떠올랐다.

"아빠가 살아 계시기를 바라는 이유가 천 가지쯤 되지만 지금은 그 어느 때보다도 절실해." 알렉스가 말했다. "여기에 할머니도 모시고 와서 이곳 전부를 보여드리고 싶어."

"그러려면 우선 먼저 집에 돌아가야겠지." 코너가 지적했다. "그러니까 말인데, 내 생각엔 그 일기장을 어서 살펴봐야 할 것 같아. 빨리 읽을수록 집에 더 빨리 돌아갈 수 있을 테니까."

"나도 알아." 알렉스가 말했다. "하지만 그래도 성이나 궁전을 한 번쯤은 구경해야 하지 않겠어? 아빠와 할머니도 우리가 그러기를 바라실 거야!"

코너는 끙, 소리를 냈다. "알렉스, 우리는 지금 마녀의 점심거리가 될 뻔하다가 겨우 빠져나왔어. 더는 시간을 낭비해선 안 된다고."

그때 공터 너머에서 나뭇가지 몇 개가 딱딱 부러지는 소리가 났다. 누군가 다가오는 듯했다. 알렉스와 코너는 쓰러진 나무 뒤에 수그리고 앉아 몸을 숨겼다.

크림색 말 한 마리가 천천히 공터 안쪽으로 들어왔다. 말은 발끝으로 살금살금 걷도록 훈련받기라도 한 듯 특이한 방식으로 발굽을 들어 올렸다. 말 위에 앉은 여자가 자기들이 막 들어온 공터를 조심스레 둘러보았다.

여자는 젊고 아름다웠다. 푸른색의 커다란 눈에 중간쯤에서 묶은 금색 머리카락은 곱슬곱슬하고 길었다. 그녀는 긴 밤색 편직물 코트와 검은색 레깅스 차림에 아주 긴 부츠를 신고 있었다.

"워워, 포리지." 말을 몰고 공터 한복판으로 들어온 여자가 말을 쓰다듬으며 말했다. "착하지. 가만가만, 조용히 있으렴." 그녀는 말에서 뛰어내리더니 나무쪽으로 다가갔다. 알렉스는 나무에 종이 한 장이 붙어 있는 것을 보았다. 자세히 보니 그것은 어제 본 골디락스 현상수배지였다.

여자는 현상수배지를 읽더니 고개를 절레절레 저었다. 그러고는 나무에서 종이를 떼어내 구겨 버렸다.

"저 사람은 누구야? 뭘 하는 거지?" 코너가 알렉스에게 속삭였다.

"내가 초능력자도 아니고, 어떻게 알아!" 알렉스가 속삭이며 대꾸했다.

그때 갑자기 여자가 두 아이가 있는 쪽으로 머리를 휙 돌렸다. 누구인지는 몰라도 몹시 귀가 밝은 게 틀림없었다. 여자는 코트 안에서 커다란 칼을 꺼내 공중으로 높이 쳐들었다. 의지에 찬 단호한 눈빛이었다. 확실히 만만히 볼 상대는 아닌 듯했다. 여자는 알렉스와 코너가 숨어 있는 쪽으로 점점 다가왔다.

그때 숲에서 날카로운 늑대 울음소리가 울려 퍼졌다. 대단히 시끄러운 소리여서 알렉스와 코너는 귀를 막아야 했다. 여자는 몸을 휙 돌리더니 쌍둥이가 있는 곳 반대편으로 칼을 겨누었다.

"포리지, 준비해! 친구들이 오려나 보다." 여자가 말했다.

"누구?" 알렉스와 코너는 입 모양으로 말했다.

나무 사이에서 나타난 것은 대여섯 마리의 늑대였다. 하지만 이 늑대들은 쌍둥이가 그동안 알고 있었던 늑대와는 전혀 달랐다. 보통 늑대보다 몸집이 네 배는 컸고, 털은 광택 없는 새까만 색이었다. 그리고 눈은 빨간색에 입이 아주 컸다. 이 늑대들은 언제든 주변 생물을 죽일 수 있을 것 같았다. 쌍둥이는 늑대 악당 패거리와 마주쳤음을 즉각 알아차렸다.

알렉스와 코너는 서로의 몸을 붙잡은 채 두려움에 덜덜 떨었다. 하지만 밤색 코트를 입은 여자는 조금도 당황하지 않았다. 그녀는 무리 한가운데에 서 있는 가장 큰 늑대에게 칼끝을 겨눴다. 늑대들은 으르렁거리며 여자에게 이빨을 드러냈다.

"안녕, 말럼클로." 여자가 말했다.

"안녕, 골디락스." 말럼클로가 으르렁거리며 말했다.

쌍둥이는 깜짝 놀랐지만 소리를 낼 수는 없었다.

"골디락스래! 저 사람이 골디락스야!" 알렉스가 소리가 나지 않게 입 모양으로 코너에게 말했다.

"늑대가 말하고 있어! 늑대가 말을 해!" 코너 역시 입 모양으로 말했다.

"지금쯤이면 쇠사슬에 묶인 채 빨간 망토 왕국의 감옥에 처박혀 있을 거라 생각했는데, 의외군." 말럼클로가 골디락스에게 말했다.

"난 당신이 지금쯤이면 가죽이 벗겨져 아이들 놀이방의 깔개가 되어 있을 거라 생각했는데, 의외네." 골디락스가 대꾸했다. "이 숲엔 어떻게 오셨나? 이 근처엔 너희가 괴롭힐 만한 마을도 없는데."

골디락스는 계속 칼을 치켜든 상태였다. 말럼클로 패거리들이 천천히 골디락스와 그녀의 말 포리지를 에워쌌다.

"우리 패거리는 배가 고파. 오후 간식을 건너뛰었거든." 늑대 한 마리가 말했다.

"정말 나를 잡아먹을 수 있을 거라 생각해?" 골디락스가 말했다. "지금쯤이면 경험만으로도 알 때가 됐을 텐데. 나도 너희를 공격할 수 있다는 걸." 골디락스는 쥐고 있는 칼에 더 힘을 주었다.

말럼클로가 낄낄거리며 웃어댔다.

"저 늑대가 웃었어! 늑대인데 웃을 수 있어!" 코너가 알렉스에게 입 모양으로 말했다.

"너는 한입 거리도 안 돼." 말럼클로가 늑대 같은 사악한 미소를 지으며 말했다. "하지만 네 말은 여럿이서 나눠 먹을 수 있겠군!"

알렉스와 코너는 포리지를 보았다. 지금까지 그렇게 겁에 질린 말은 처음 보았다. 그렇게 밝은 색의 말은 아니었지만 창백해진 게 분명했다.

"내 말의 털끝 하나라도 건드리면 너희 모두 잡아서 코트로 해 입을 거야. 알아듣겠어?" 골디락스가 경고했다.

"이 세계에선 서로를 잡아먹나 봐!" 코너가 알렉스에게 속삭였다. 하지만 곧 자기가 잘못했다는 사실을 깨달았다.

늑대 한 마리가 쌍둥이가 있는 방향으로 몸을 돌리고는 으르렁댔다. "말럼클로, 무슨 소리를 들은 것 같아."

알렉스는 비명을 지르지 않으려고 손으로 입을 틀어막았다.

그 늑대는 공중에 대고 열심히 코를 킁킁대더니 말했다. "두 명의 어린애 냄새가 나! 남자애 하나하고 여자애 하나."

그러자 늑대들만큼이나 골디락스도 놀란 눈치였다. 골디락스가 아까 등 뒤에서 들었던 소리의 주인공들이었던 거다.

쌍둥이는 심장 뛰는 소리가 밖으로 들릴 만큼 무서웠다. 이제 무슨 일이 벌어질까? 골디락스가 자기 말을 지키기 위해 우리 둘을 내버려두고 도망칠까? 마녀의 손아귀에서 가까스로 빠져나왔는데 이제 덩치 큰 늑대 패거리에게 먹힐 운명이라니!

"미안하지만 너희는 그 애들을 놓쳤어!" 골디락스가 말했다. "아까 내가 그 애들을 겁줘서 이미 쫓았거든. 저번에 내가 너희를 겁줘서 쫓아낸 것처럼 말이야."

"그럼 저 말을 잡아라!" 말럼클로가 명령했다.

모든 늑대가 한꺼번에 길게 울부짖었다. 소리가 너무 커서 귀가 먹을 것만 같았다. 늑대들은 골디락스와 포리지를 둘러싸고는 점점 더 가까이 다가왔다. 늑대들이 커다란 턱으로 딱딱 소리를 내자 골디락스는 칼을 휘둘렀다.

늑대 한 마리가 포리지에게 달려들었지만, 포리지는 뒷다리로 그 늑대를 걷어차 버렸다. 또 다른 늑대가 골디락스를 물려고 했지만, 그 늑대는 골디락스의 칼에 맞아 피를 흘리더니 낑낑대며 물러났.

골디락스는 쌍둥이가 지금껏 본 최고의 여자 검사였다. 늑대가 발톱을 세우고 자기나 포리지에게 다가오면 재빨리 막아섰다. 포리지도 자기 몸을 지킬 정도는 됐다. 늑대가 가까이 오면 뒷발로 뻥 차 버렸다.

그때 늑대 한 마리가 펄쩍 뛰어올라 포리지의 등에 발톱을 박았다. 말은 자기 몸을 지키려고 날뛰었고, 골디락스는 단칼에 늑대의 앞발을 베어 버렸다. 늑대는 쩔뚝이면서 물러나더니 고통스럽게 울부짖었다.

늑대 두 마리가 팀을 이뤄 골디락스에게 덤벼들었다. 그때 골디락스는 발을 헛디디고 말았다. 그리고 칼이 공중으로 날아가 쌍둥이가 숨어 있는 곳 가까이에 떨어졌다. 골디락스는 무기가 없는 상태가 되고 말았다.

늑대들은 이제 정말 죽여 버리겠다는 듯 골디락스와 말 가까이 다가갔다.

"자, 여기요!" 그때 코너가 칼을 주워 골디락스에게 던졌다. 골디락스는 칼을 받아 크게 휘둘렀고, 늑대 패거리는 주둥이와 코에 큰 상처를 입었다.

"후퇴해!" 말럼클로가 패거리에게 명령했다. "이렇게까지 소란 떨어 가며 간식을 먹을 필요는 없지!"

늑대들은 화가 나 으르렁대며 숲속으로 사라졌다. 숲을 이리저리 짓밟고 지나가는 바람에 흔적이 뚜렷하게 남았다.

"다음에 두고 보자고, 골디락스!" 다른 늑대 패거리와 같이 나무 사이로 들어가며 말럼클로가 외쳤다.

골디락스는 똑바로 일어서더니 칼을 칼집에 집어넣었다. 늑대가 떠나자 가쁜 숨을 내쉬는 골디락스는 싸울 때 보았던 모습보다 훨씬 약해 보였다. 골디락스는 포리지의 코를 쓰다듬으며 코트 자락으로 말이 입은 상처를 가볍게 톡톡 두드려 주었다.

"그래, 착하지." 골디락스가 말했다.

그리고 골디락스는 알렉스와 코너가 숨어 있는 쓰러진 나무 앞으로 다가왔다.

"이제 나와도 괜찮아." 골디락스가 말했다.

쌍둥이는 처음에는 망설였지만, 이내 코너가 나무 뒤에서 튀어나오며 감탄사를 내뱉었다. "정말 멋졌어요!"

"코너!" 알렉스도 모습을 드러내며 코너 옆에 섰다.

"싸우는 실력이 엄청나던 걸요!" 코너가 계속해서 칭찬했다. "뭐랄까, 처음에는 당신이 늑대에게 당할 줄 알았거든요! 젊은 여자와 말 한 마리가 굶주린 늑대 여섯 마리를 해치울 거라고는 생각지도 못했는데, 정말 대단해요! 어디서 싸움을 배웠나요?"

하지만 골디락스는 이런 열광적인 반응에 전혀 기뻐하지 않았다. "누구든 내가 그랬던 것처럼 도망 다니다 보면 여기저기서 잔기술 몇 가지는 배우게 돼." 골디락스는 뒤돌아 말 위에 풀쩍 올라탔다.

"정말 당신이 골디락스인가요?" 알렉스가 물었다. "죽었든 살았든 상관없이 잡아오라고 수배 중인 그 범죄자?"

"거기 적힌 그대로 믿으면 안 돼." 골디락스가 퉁명스럽게 대답하고는 포리지의 고삐를 끌어당겨 앞으로 나아가기 시작했다. 하지만 몇 걸음 가더니 쌍둥이 쪽으로 방향을 틀었다.

"어쨌든, 아까 도와줘서 고맙다." 골디락스가 말했다.

코너가 고개를 끄덕였다.

"자, 이거 받아. 언젠가 쓸 데가 있을 거야." 골디락스는 부츠 가장 자리로 손을 가져가더니 은으로 만든 단검을 꺼내 땅에 툭 던졌다.

"이제 여기서 가능한 한 멀리 도망가. 아까 그 늑대들은 언제든 너희를 찾아낼 수 있으니까." 이 말만 남긴 채 골디락스는 말을 타고 숲속으로 사라졌다.

알렉스와 코너는 골디락스가 시야에서 사라져 보이지 않을 때까지 꼼짝 않고 서 있었다.

"진짜 대단했어!" 코너가 말했다. 그리고 땅에서 은 단검을 주워 가방에 넣었다. "좀 무섭긴 했지만 우리랑 비슷하게 생긴 사람을 만나니 그래도 기분이 한결 좋아지는걸."

"여기서 얼른 벗어나는 게 좋겠다." 알렉스가 말했다. "이번에는 난쟁이의 숲을 벗어날 때까지 절대 쉬지 말자!"

코너도 적극적으로 동의하는 바였다. 두 아이는 이번에는 뛰어서 흙길을 지났다.

오늘은 지금까지 살면서 경험했던 것 중 가장 위험한 날이었다. 하지만 불행하게도 이 두 아이가 골디락스, 늑대 악당 패거리, 그리고 난쟁이의 숲을 만나는 건 이번이 마지막이 아니었다.

7장

라푼첼의 탑

쌍둥이는 거의 한 시간 동안이나 쉬지 않고 달렸더니 이제 조금 지치기 시작했다. 힘을 북돋워 주는 아드레날린 호르몬이 바닥났고 한 발자국 디딜 때마다 옆구리가 쑤셨다. 하지만 조금이라도 쉬었다가는 위험한 일이 닥칠지 모른다는 생각에 두 아이는 계속해서 움직였다.

"이렇게 달리다 보면 나중에 체육 시험은 식은 죽 먹기일 거야." 코너가 숨을 깊게 쉬느라 씩씩대며 말했다.

"거의 다 왔을 거야." 알렉스가 자신 없는 말투로 말했다. "조금만 더 가면 돼!"

달리고 또 달리자 숲의 풍경이 조금씩 바뀌기 시작했다. 이제 나무

줄기가 그렇게 굵지 않았고, 나무 사이에 빈 공간과 잔디도 보였다. 나뭇가지 사이로 햇빛도 더 많이 비쳐서 이제는 주변이 그렇게 어둡지 않았다. 오솔길 폭도 더 넓어졌고 더 멀리까지 보였다.

이제 쌍둥이는 아까처럼 주위 환경에 겁먹지 않았다. 모퉁이 왕국이 가까워질수록 숲은 더 친근하게 느껴졌다.

코너는 드디어 땅바닥에 주저앉았다. 물 밖으로 나온 물고기보다 더 심하게 헐떡거렸다.

"더 이상은 못 뛰겠어. 한 발자국도 더는 못 갈 것 같아!" 코너는 이렇게 말하더니 눈밭에 누워 천사 날개를 만드는 것처럼 흙바닥에 팔다리를 쭉 뻗고 버둥거렸다.

"모퉁이 왕국 안에 들어서기 전까지는 멈출 수 없어." 알렉스 역시 숨을 헐떡이며 말했다.

"내 생각엔 이미 도착한 것 같은데." 코너가 말했다.

"어떻게 알아?" 알렉스가 물었다.

"저걸 봐." 코너가 위쪽을 가리키며 말했다.

저 멀리 나무 너머로 높은 탑이 하나 보였다. 각진 돌을 둥글게 쌓아 올린 탑이었다. 탑은 줄기가 두꺼운 담쟁이덩굴로 덮여 있었고, 탑 꼭대기 부근 건초로 만든 뾰족한 지붕 바로 밑에는 창문이 하나 있었다.

알렉스는 숨을 헉, 들이마시더니 두 손을 모았다.

"저건 라푼첼의 탑이야!" 알렉스는 눈가가 촉촉이 젖어든 채 이렇게 외쳤다.

"우는 거야?" 여전히 땅바닥에 널브러진 채 코너가 물었다.

"내가 상상했던 그대로야!" 알렉스가 말했다. "일어나! 좀 더 가까이 가 보자!"

알렉스는 코너의 팔을 잡아당겨 일으켜 세웠다. 쌍둥이는 나무 사이를 지나 탑 아래에 다다랐다.

　탑은 보기보다 훨씬 높았다. 적어도 높이가 백 미터는 넘을 것 같았다. 한동안 꼭대기를 올려다봤더니 목이 다 아팠다. 탑 앞마당의 커다란 금색 간판에는 이렇게 적혀 있었다.

라푼첼 여왕의 탑

　"라푼첼도 꽤 힘들었을 거야." 알렉스가 말했다. "탑 안에서 바깥 세상과 사람들이 다 보였을 텐데, 직접 가 보지를 못했으니."
　"이런 데서 살면 적어도 강도 걱정은 없겠다." 코너가 말했다.
　"나 저기 올라가고 싶어." 알렉스가 말했다.
　"내가 모르는 비행기나 등산용 갈고리라도 있는 거야?" 코너가 물었다.
　"아니, 기어 올라가야지." 알렉스가 이렇게 말하고는 자기 말에 자기도 놀랐다.
　"진짜로 제정신이 아니구나!" 코너가 말했다. "오늘 하루만 해도 죽을 뻔한 게 벌써 두 번이야! 꾸물거리지 말고 집에 돌아갈 방법이나 찾아야지! 대체 뭘 더 알고 싶은 거야?"
　"들어 봐." 알렉스가 말했다. "잠깐만 시간을 주면 저기 올라갔다 금방 내려올게. 그다음에 일기장에서 마법에 필요한 준비물이 무엇인지 같이 알아보자. 괜찮지?"
　"알렉스……!" 코너가 얼굴을 붉히며 화를 냈다.
　"한 번만 봐 줘, 응?" 알렉스가 사정했다. "지금 저기 안 올라가면 죽을 때까지 후회할 것 같단 말이야."
　코너는 알렉스가 남매였기 때문에 더 크게 느껴지는 불만에 고개를 절레절레 흔들었다. 지금 얼마나 아이 같은 행동을 하고 있는지 한바탕 설교를 늘어놓고 싶었다. 하지만 알렉스의 초롱초롱한 눈빛을 보니 도저히 말릴 수가 없었다. 알렉스가 뭔가를 원한다는 것은 정말 드문 일이어서 차마 무시할 수 없었던 것이다.

"다치지 마." 코너가 말했다. "네가 올라갔다 오는 동안 난 일기에 써 있는 소원을 들어주는 마법에 필요한 준비물이 무엇인지 알아볼게."

알렉스는 행복한 표정을 지으며 고개를 끄덕였고 가방을 땅바닥에 내려놓았다. 그리고 탑을 오르기 전 준비운동을 했다.

코너는 바닥에 주저앉아 일기장의 책장을 넘기기 시작했다.

탑을 올라가는 것은 말이 쉬웠지 실제로는 꽤 어려웠다. 탑 아래를 돌면서 첫발을 디딜 장소를 찾던 알렉스는 왜 동화 속에서 탑 꼭대기까지 오르는 데 기다란 머리 타래가 필요했는지 알 것 같았다. 마침내 알렉스는 가장자리가 떨어져 나가 발을 디디기에 적당한 돌 조각을 찾았다.

"자, 이제 올라간다." 알렉스가 말했다. "이럴 때 사진기라도 있으면 좋을 텐데."

"예전의 너라면 그런 것으로 여길 왔다 갔다고 증명하진 않았을 거야." 코너가 말했다.

그 탑은 세상에서 가장 어려운 등반용 암벽이었다. 알렉스는 돌의 갈라진 틈새와 깨진 곳, 울퉁불퉁한 곳에 의지해 손으로 잡고 발로 디디며 올라갔다. 느리지만 조심스러운 움직임이었다. 몸집이 조금만 더 컸다면 이렇게 오를 수 없었을 터였다.

"아직도 탑 밑바닥이네!" 몇 분 동안 일기장을 살피던 코너가 소리쳤다.

"시끄러워!" 알렉스가 되받아쳤다.

"그런 속도로 올라간다면 우리가 있던 세계와 이 세계가 시간이 똑같이 흐르더라도, 집에 도착하면 엄마가 여든 살은 되셨겠다." 코너가 말했다.

탑을 오르는 것에 어느 정도 익숙해지자 알렉스는 올라가는 데 속도가 붙었다. 담쟁이덩굴을 활용해 조심스레 몸을 끌어올릴 수도 있게 되었다. 하지만 높이 오를수록 아래를 내려다보는 일은 점점 줄어들었다. 무서워서 꼭대기까지 올라가야겠다는 의지가 약해질 것 같았기 때문이었다.

알렉스가 탑 꼭대기에 오르겠다는 의지는 대단했다. 그곳에 라푼첼이 살았던 방이 있고, 매일 창문을 통해 어떤 광경을 보았는지 알 수 있을 터였기 때문이었다. 알렉스는 누군가 자기 삶에서 가장 외로운 시간을 보냈던 장소에 꼭 가 보고 싶었다.

알렉스는 동화 속 라푼첼 이야기가 언제나 자기 이야기처럼 느껴졌다. 자기도 탑 안에 갇혀 아무도 오지 못하는 곳에서 바깥세상을 바라보고 있는 것이라고 생각했다.

알렉스는 이제 탑을 절반 정도 올라갔고, 숲의 나무들이 내려다보였다. 하지만 발을 조금만 헛디뎌도 살짝 다치는 정도가 아니라 심하면 목숨을 잃을 수도 있는 높이였다.

"마녀가 라푼첼을 탑 안에 가둔 이유가 있었지." 코너가 아래에서 외쳤다. "아무도 라푼첼을 찾지 못하게 하려고 그랬던 거야."

"뭐라고? 안 들려!" 알렉스가 이렇게 말하고는 실수로 아래를 내려다보았다.

이마에 땀방울이 송골송골 맺히고 심장이 밖으로 튀어나올 것만 같았다. 내가 지금 무슨 짓을 하는 거지? 이제 도로 내려갈 수도 없었다. 고작 탑 안을 구경하겠다고 목숨을 걸다니! 꼭대기에 도착하기 전에 기운이 다 빠지면 어떻게 하지? 나도 저 안에 갇혀서 누가 구하러

올 수 있게 머리를 치렁치렁 길러야 하나?

내가 꼭대기 방에 갇히면 코너는 어떻게 할까? 이 동화 속 세상에서 소방관들을 불러 나를 내려 줄 사다리를 놓아 줄까? 아니면 자기 혼자 마법 준비물을 찾아서 집으로 돌아가 버릴까?

알렉스는 슬슬 걱정되었지만 더 악착같이 올라갔다. 걱정에 사로잡혀 가만히 있어 봤자 도움될 게 전혀 없었기 때문이었다. 탑을 오른 지 몇 시간은 지난 것 같았다.

알렉스는 문득 위를 올려다보았다. 창문까지 이제 몇 미터 남지 않았다! 조금만 더 올라가면 닿을 수 있다! 마침내 알렉스는 창턱에 손이 닿았고 천천히 안으로 몸을 밀어 넣었다. 들어갈 수 있을 것 같았다.

알렉스는 다리를 움직여 창문으로 올라갔고 탑 안으로 들어갔다. "다행이다." 알렉스는 혼잣말을 했다. 하마터면 탑 벽에서 이러지도 저러지도 못 할 뻔했지만 다행히 여기는 안전했다.

알렉스는 탑 안을 둘러보았다. 상상했던 것과는 전혀 달랐다. 가구나 장식이 전혀 없는 그저 둥글고 널찍한 방이었다. 사실 바닥에 건초 더미와 새똥이 흩어져 있는 것 빼고는 아예 텅텅 비어 있었다.

"안녕, 알렉스!" 그때 탑 안에서 누군가가 말을 걸었다.

알렉스는 펄쩍 뛰며 비명을 질렀다. 코너가 겨우 몇 미터 앞 맞은편에 앉아 있었다. 알렉스는 그야말로 충격을 받았다.

"직접 기어오르니 시간이 꽤 오래 걸리네!" 코너가 이렇게 말하고는 웃어댔다. 코너는 사과를 먹고 있었는데 무릎에 일기장을 펼쳐 놓은 채였다.

"도대체 여기 어떻게 올라온 거야?" 알렉스가 물었다. 알렉스는 아직도 기어오르느라 힘들어 거친 숨을 쉬고 있었다.

"난 계단으로 왔지." 코너가 놀리듯 미소를 지었다. "난 밑에서 이 일기장을 읽고 있었어. 여기에 따르면 라푼첼은 여왕이 된 이후에 자기가 있던 탑에 계단을 만들었대. 자기가 들르고 싶을 때 편하게 오르내리려고 말이야. 탑 반대편에 계단으로 이어지는 문이 있더라. 아까는 우리 둘 다 보지 못했지만."

"아!" 알렉스가 멋쩍게 말했다. "말이 되네."

"라푼첼은 마녀가 보살펴 주던 유일한 아이였기 때문에 마녀가 죽자 마녀가 가지고 있던 땅을 전부 물려받았어. 그래서 여왕 자리에 오를 수 있었던 거지." 코너가 알렉스에게 알려 줬다. "이 정도는 네가 이 일기장을 읽었다면 알 수 있는 사실이었어. 여기에는 험난한 장소에 들어갈 수 있는 유용한 도움말과 재미난 지식들이 가득해."

"그러게, 미리 읽었어야 했는데." 알렉스는 이렇게 말하고는 머리끈을 고쳐 맸다. 그래도 끝까지 탑을 기어 올라왔다는 성취감을 즐기고 싶었다. 알렉스는 뒤를 돌아 라푼첼의 창문 너머로 보이는 경치를 감상했다.

수많은 나무가 바다처럼 탑을 둘러싸고 있었다. 멀리 작은 마을의 지붕 꼭대기들이 보일락 말락 했고 그 마을 너머에는 지평선을 가로지르는 커다란 산맥이 보였다. 이 풍경은 알렉스가 예상했던 것과 똑같았다.

"경치가 참 좋지?" 코너가 물었다.

"응." 알렉스가 속삭이듯 대답했다. "숨이 막힐 정도야. 나는 단지 이곳 '이야기의 땅'의 모든 것을 구경할 수 있길 바랐을 뿐이야. 하지만 아까 기어오르다 보니 많은 생각이 들더라. 집에 돌아가야 한다는 걸 비로소 깨달았어. 이제 우리는 그 목표에 집중해야 해."

"그렇다면 우리는 이걸 읽어야만 해." 코너가 말했다. "손글씨라 알아보기 힘들어서 조금밖에 못 훑어봤지만, 지금 상황은 우리가 생각했던 것보다 훨씬 심각해."

코너는 알렉스에게 일기장을 건넸다. 알렉스는 코너 옆으로 다가 앉아 맨 첫 장을 펴고는 읽기 시작했다.

알지 못하는 친구들에게,
이 일기장을 어떻게, 왜, 어디에서 손에 넣었는지는 알 수 없지만 당신의 소유물이 된 이상 이것이 쓸모가 있었으면 한다.
내가 지금부터 하는 이야기가 터무니없이 들리겠지만 내가 설명하는 걸 잘 들어줬으면 한다. 나도 두 눈으로 똑똑히 보지 않았다면 결코 믿을 수 없는 내용이니 말이다.
나는 차밍 왕국의 평범한 마을에서 살던 평범한 사람이었지만 우연히 또 다른 세계에 발을 들여놓게 되었다. 그곳에는 우리가 사는 세계에서는 꿈에서나 볼 수 있을 법한 기술과 사람들, 상상 속에서나 볼 수 있는 건물과 장소가 있었다. 이상하게 들리겠지만 그런 놀라운 장소가 우리가 사는 세계 바깥에 존재하고 있다. 평소에는 구경조차 할 수 없는 곳이다.
나는 그곳을 방문하는 동안 많은 것을 경험했지만 무엇보다 한 여자와 사랑에 빠졌다. 그동안 내가 알던 그 무엇과도 다른 아주 깊은 사랑이었다.
나는 내가 사랑에 빠졌다는 것이 믿기지 않았다. 더 이상 나 자신으로 살아갈 수 없었고, 그 여자를 위해서만 살고 싶었다. 그래서 나는 다시 돌아가서 그녀를 만날 방법을 찾아야 했다.
내가 처음에 또 다른 세계로 갔던 방식은 단순했다. 그 세계를 드나들던 한 요정의 안내를 받아 갔던 것이다. 요정은 또 다른 세계의 물건이나 사람과 접촉하지 말라고 경고했다. 하지만 머리는 알고 있어도 내 심장은 말을 듣지 않았다.

요정은 그 이후 나를 그곳에 데려가지 않았다. 그래서 다음번에는 혼자 힘으로 그곳에 갈 방법을 찾아야 했다.

당연히 나는 어디서부터 시작해야 할지 몰랐다. 또 다른 세계로 여행하려면 어떻게 해야 하지? 누구에게 물어보지? 미친 사람 취급받지 않을까? 이 신데렐라 여왕 시대의 사람들은 꽤 엄격해서 내가 무엇을 원하는지 알고 나면 조롱할 것이 분명했다.

나는 이미 미친 사람 취급을 받는 사람에게 물어보면 되겠다는 결론을 내렸다. 그러면 그 사람이 내가 어떤 요청을 했는지 얘기하더라도 아무도 믿지 않을 테니 말이다. 내가 믿을 만하지만 세상 사람들은 믿지 않는 그런 사람이 필요했다.

하지만 그런 사람은 존재하지 않았고, 희망을 잃어 갈 무렵 나는 트래블링 트레이즈먼을 떠올렸다. 그는 숲속에서 순진한 아이들을 발견하면 자기가 가진 물건에 마법의 힘이 있다고 꼬드겨 아이들이 가지고 있는 값나가는 물건과 맞바꾸는 것으로 악명이 높았다. 〈잭과 콩나무〉의 잭에게 콩나무가 자라는 콩을 줄 것도 이 사람이라는 소문이 있다.

또 다른 세상에 대해 들어본 사람이 있다면 바로 이 사람일 것 같았다. 모든 왕국에 현상수배가 내려진 상태여서 트레이즈먼은 항상 떠돌이 신세였다. 그래서 그를 만나기란 아주 힘들었고, 내가 하려는 일은 사실상 불가능해 보였다.

그러던 어느 날 밤, 나는 집에서 상류 쪽으로 올라간 곳에 있는 술집에 갔다. 여기서 나는 농부 두 명과 친해졌고 이들에게 연거푸 술을 사 주었다. 어린 시절에 겪은 모험과 사춘기 시절의 실수에 대해 얘기하며 웃고 떠들다가, 혹시 트래블링 트레이즈먼에 대해 들어 봤느냐고 물었다.

그러자 두 사람은 갑자기 내 질문에 기분이 상한 듯 입을 꾹 다물었다. 나는 그에 대해 캐물으려는 것이 아니라 그냥 호기심으로 물어보는 것이라 확신시켰다. 그러고는 술을 몇 잔 더 사 주었다. 농부들은 술을 더 마시더니 자기들이 예전에 트레이즈먼과 거래한 적이 있다고 털어놓았다.

"나는 염소 두 마리를 주고 그 사람에게서 물 뿌리는 깡통이란 걸 샀지. 마법의 힘으로 저절로 곡식에 물을 뿌려 준다나." 한 농부가 이렇게 말했다. "하지만 그 빌어먹을 물건은 그 사람이 말한 대로 작동하지 않았어. 물이 줄줄 샜다니까! 내 인생 최대의 실수였지."

"나는 황금알을 낳는 거위를 준다기에 소 두 마리와 맞바꿨지!" 또 다른 농부가 말했다. "하지만 그 거위는 애초부터 암컷이 아니었어! 수거위를 준 거야!"

농부들은 나더러 그 사람을 절대 찾지 말라고 했다. 그렇지만 술이 거나하게 취하자 결국 트레이즈먼이 숨어 있는 숲을 알려 주었다.

나는 차밍 왕국의 모든 숲을 샅샅이 뒤졌다. 마침내 빨간 망토 왕국 국경 바로 남쪽에 자리한 숲에서 그를 찾아냈다.

트래블링 트레이즈먼은 머리가 부스스한 괴짜 노인이었다. 다 해진 옷을 겹쳐 입고 회색 턱수염이 길게 나 있었다. 눈 밑은 거무스름하게 그늘이 졌고, 눈 하나는 초점이 맞지 않아 허공을 헤매고 있어 그가 정확히 어느 방향을 보는지 알 수가 없었다. 트레이즈먼은 당나귀 한 마리가 끄는 큼지막한 마차를 타고 다녔다. 내가 그를 처음 발견했을 때 그는 닭 한 마리를 쥐고 있는 어린 소년과 흥정 중이었다.

"이 곰 발톱을 갖고 다니면 너는 마을에서 제일 힘센 아이가 될 거다." 트레이즈먼이 소년에게 말했다. 그러고는 커다란 곰 발톱이 달린 목걸이와 소년의 닭을 맞바꾸었다.

소년은 미소를 짓더니 후다닥 뛰어갔다. 트레이즈먼은 닭을 마차 뒷자리에 보관했다. 그날 벌써 여러 차례 거래했는지, 마차 뒷자리에는 이미 오리 두 마리와 돼지 한 마리가 있었다.

"자네는 내 친구인가, 적인가?" 나를 보더니 트레이즈먼이 말했다.

"아마 친구일 겁니다." 내가 대답했다.

"좋아." 그가 기쁜 듯 박수를 치며 말했다. "그러면 자네는 무엇이 필요한가? 바위로 쑥쑥 자라나는 마법 조약돌 한 주머니가 있네. 오리 한 마리면 되네! 아니면 한 입만 먹으면 절대 배고프지 않은 빵은 어떤가? 돼지 한 마리에 가져가게."

"아뇨, 괜찮습니다." 나는 조심스레 말했다. "저는 당신에게 조언을 구하러 왔습니다."

"조언이라고?" 트레이즈먼이 되물었다. 그러곤 초점이 맞지 않는 눈 위의 눈썹을 추켜올렸다. "사람들이 내게 조언을 구한 적이라곤 없었는데. 무엇을 알고 싶나, 친구?"

"제가 궁금한 것은……." 나는 일단 운을 뗐지만 뭐라고 말해야 할지 몰랐다. "당신은 얼마나 멀리까지 여행해 보셨나요?"

트레이즈먼은 턱수염을 긁적이면서 생각에 잠겼.

"음, 솔직하게 말하면 이 세상에서 내가 안 가본 곳은 없다네." 그가 말했다. "대륙의 남서쪽 끝에서 북동쪽 끝까지, 그리고 남동쪽 끝에서 북서쪽 끝까지 가 봤지. 모퉁이 왕국 아래쪽 끝에서 잠자는 숲속의 왕국 위쪽 끝까지, 그리고 엘프 제국 끝에서 요정 왕국 해안까지……"

"그것보다 더 멀리는요?" 나는 그의 말을 끊고 끼어들었다. 그가 지금껏 했던 모든 여행을 지루하게 늘어놓을까 봐 두려웠기 때문이었다.

"더 멀리?" 이번에는 트레이즈먼의 양 눈썹이 다 올라갔다. "어떻게 더 멀리 가나? 그 너머는 바다뿐인데."

"완전히 다른 세상에 가 본 적 없나요? 그런 곳을 여행하거나 그곳에 대한 이야기를 들어본 적 없으세요?" 마침내 내가 묻고 싶었던 질문을 던졌다.

트레이즈먼의 두 눈에는 묘한 빛이 돌았다. 정확하게는 한쪽 눈이라고 해야겠지만.

"이보게 젊은이, 나는 이 세상을 모두 다녀 봤지만 다른 세계가 있다는 말은 난생처음 듣는군." 그가 말했다.

트레이즈먼은 이런 화제가 언짢았는지 마차에 훌쩍 올라타더니 당나귀의 고삐를 쥐었다.

"잠깐만요! 기다려 주세요!" 내가 애원했다.

"자네 같은 젊은이들은 항상 늙은이를 괴롭히면서 즐거워하지. 이번에는 그렇게 안 될 걸세." 트레이즈먼이 말했다.

그러고는 오솔길을 따라 마차를 몰고 떠나려 했다. 나는 너무나 절박한 나머지 당나귀 앞을 막아섰고, 거의 깔릴 뻔했다.

"당신에게 해를 끼칠 생각은 없어요!" 나는 그를 안심시켰다. "당신은 이해하지 못할 거예요! 저는 또 다른 시간과 공간으로 가서 엄청난 것들을 구경한 적이 있어요! 저는 그곳으로 되돌아가야 해요! 제 가장 큰 소원이에요."

나는 두 팔을 벌리고 무릎을 꿇었다. 이렇게 엉뚱한 거인에게 엉뚱한 소원을 고백하다니, 나 자신이 바보같이 느껴졌다.

그러자 트레이즈먼은 멀쩡한 한쪽 눈으로 나를 똑바로 바라보았다.

"그게 마음속에서 진정으로 가장 바라는 소원인가?" 그가 물었다.

"네!" 내가 간청했다. "이렇게 무언가를 강렬하게 바랐던 적은 없어요."

"그걸 진심으로 바란다면, 방법은 한 가지뿐일세." 트레이즈먼이 말했다.

"그게 무엇인가요?" 내가 물었다.

"소원을 들어주는 마법이지." 트레이즈먼이 대답했다.

처음에 나는 그가 농담을 하는 거라 생각했다.

"소원을 들어주는 마법이라고요?" 내가 물었다. "그건 어린애들이나 믿는 전설 아닌가요?"

"그건 진짜로 존재한다네, 내 얼굴의 코처럼 말이야." 트레이즈먼이 말했다. "많은 사람이 그 마법을 얻으려고 목숨을 바쳤지. 전설에 따르면 마법에 필요한 여러 준비물을 모으면, 그 사람이 진정으로 바라는 소원을 이룰 수 있다네."

나는 트레이즈먼의 말을 믿어야 할지 알 수가 없었다. 어쩌면 지금 나를 놀리는 것일 수도 있었다. 머리로는 믿고 싶지 않았지만 그래도 가슴으로는 그의 이야기를 계속 듣고 싶었다.

"그 준비물들은 어떻게 찾나요?" 내가 물었다.

"나도 모르지." 트레이즈먼이 대답했다.

나는 그 말을 듣고 좌절했다. 지금까지 들은 설명이 아무 소용

없었던 셈이었다! 나는 그에게서 등을 돌리고 집을 향해 걷기 시작했다.

"하지만 그것에 대해 아는 사람을 알려 줄 수 있다네!" 트레이즈먼이 등 뒤에서 소리쳤다.

"누구죠?" 내가 따지듯 물었다.

"공짜로 알려 줄 수는 없지." 트레이즈먼은 이렇게 말하고 손바닥을 펴서 내 쪽으로 내밀었다.

나는 금화 몇 개를 그의 손에 올려 주었다. 하지만 그는 팔을 계속 뻗고 있었고, 나는 그가 만족할 때까지 금화를 계속 손바닥에 올려 주어야 했다.

"애거서라는 여자가 도움을 줄 걸세." 드디어 트레이즈먼이 말했다.

"그녀를 어디서 찾을 수 있나요?"

"이 길을 따라 서쪽으로 가서 난쟁이의 숲에 도착하면 세 개의 바위를 지나 연기를 따라가게." 트레이즈먼이 가르쳐 준 것은 이것이 전부였다. 그러고는 당나귀의 고삐를 당겨 멀어져 갔다.

내가 제대로 생각을 하고 있었다면 그를 따라가 좀더 꼬치꼬치 캐물었겠지만 나는 그렇게 하는 대신 난쟁이의 숲으로 달려가기 시작했다.

이전에는 난쟁이의 숲에 들어가 본 적이 한 번도 없었다. 어렸을 때부터 그곳이 위험하다는 이야기를 수없이 들었는데, 직접 와 본 다음에야 왜 그런 얘기를 했는지 깨달을 수 있었다. 나무가 너무 빽빽하게 자라 있었기 때문에 다른 사람과 1미터만 떨어져도 그 사람을 잃어버릴 것 같았다.

트레이즈먼이 얘기했던 세 개의 바위를 찾는 데만 이틀이 걸렸다.

큰 바위 세 개가 땅에 우뚝 솟아 있었는데, 바위들은 어떤 곳을 향해 기울어져 있었다. 나는 이 바위들이 무엇인가를 가리키고 있다는 생각이 들었다. 그래서 바위가 가리키는 방향을 따라갔다.

바위들이 가리키고 있는 것은 두 개의 나무였다. 나무 사이로 하늘 한 조각이 겨우 보였고, 거기에서 연기가 나고 있었다!

나는 연기가 나는 곳으로 뛰어갔다. 그곳이 어딘지는 몰라도 사람 다니는 길에서 벗어나 있는 바람에 덤불과 나무뿌리를 뛰어넘느라 여기저기 상처를 입었다.

길을 벗어난 데다 하늘이 거의 보이지 않을 만큼 나무가 빽빽했다. 한동안 같은 자리를 빙글빙글 돈 것 같았다. 연기 나는 곳을 찾았다고 생각하는 순간, 바람이 휙 불어 연기가 다른 방향으로 바뀌었다.

결국 나는 길을 잃었다. 사방을 둘러봐도 다 똑같아 보였다. 마치 숲이 나를 통째로 삼킨 것 같았다.

그 사이 해가 졌고 연기는 거의 보이지 않게 되었다. 나는 겁에 질렸다. 근처에 쉴 만한 곳이 없었기 때문이었다. 밤이 되면 무시무시한 맹수가 나타나 나를 먹어 치울 게 분명했다.

나는 다시 열심히 뛰기 시작했다. 이제는 어디로 가는지도 알 수 없었다. 멀리서 짐승이 울부짖는 소리가 들렸다. 그러다가 커다란 가시덤불에 발이 걸려 굴러떨어지고 말았다.

나는 가시덤불 맞은편 풀밭에 쿵 하고 부딪혔다. 여기저기가 긁히고 찢어져 피가 났다.

나는 일어서서 주변을 둘러봤다. 가시덤불이 높게 벽처럼 둘러싼 널찍한 숲속 공터였다. 이곳 한가운데에는 건초로 지붕을 엮고 벽돌로 굴뚝을 쌓은 작은 오두막집이 있었다. 그리고 이 오두막집 굴뚝에서 여태껏 내가 찾아다녔던 연기가 나고 있었다.

아무리 찾아도 찾을 수 없었던 것도 다 이유가 있었다! 가시덤불 안에 숨겨져 있으니 그 주변을 빙글빙글 돌 수밖에 없었던 것이다.

나는 오두막집으로 천천히 다가갔다. 문 하나와 창문 두 개가 전부였다. 나는 문을 두드리려 했지만 그러기 전에 문이 벌컥 열렸다.

"누구냐?" 여자 한 명이 오두막집에서 나와 물었다.

나는 단박에 이 여자가 애거서라는 사실을 알아챘다. 애거서는 키가 작고 모자가 달린 갈색 망토를 걸치고 있어서 마치 나무 그루터기처럼 보였다. 얼굴은 깊은 주름으로 가득했고 한쪽 눈은 사시였다. 코는 내가 이제껏 봤던 사람 가운데 가장 작아서 마치 커다란 두더지 같았다.

"당신이 애거서인가요?" 내가 물었다.

"어떻게 나를 찾아냈지?" 애거서가 쏘아붙였다.

"가시덤불에 걸려 넘어져서 여기까지 오게 됐어요." 내가 말했다.

"하지만 내 이름은 어떻게 안 거지?" 애거서가 사시인 눈을 가늘게 뜨며 물었다.

"트래블링 트레이즈먼이 알려 줬어요." 내가 대답했다. "당신이 소원을 들어주는 마법에 대해 알 거라고 하더군요."

애거서는 투덜거리며 한숨을 쉬었다. 주름진 입술이 위아래로 달싹이는가 싶더니 애거서는 마지못해 집 안으로 들어오라며 손짓했다.

"그럼 들어와!" 애거서가 말했다.

오두막집 안은 그야말로 엉망진창이었다. 여기저기에 이상한 액체가 든 약병이 가득했다. 몇몇은 부글거렸고 몇몇은 번쩍 댔으며 연기가 나는 것도 있었다. 죽거나 살아 있는 파충류, 온갖 종류의 곤충 등을 담은 유리 단지도 여러 개 있었다. 심지어는 다양한 종류의 눈알을 담은 유리 단지도 보였다. 이미 주인의 눈꺼풀에서 뽑혀 온 것이 분명했지만, 그중 하나는 나를 보고 깜박였다.

나는 오두막집 안에 꽤 많은 종류의 동물이 있는 것을 보고 또 한 번 놀랐다. 거위나 닭에서부터 벌새, 원숭이에 이르기까지 많은 동물이 우리에 갇혀 있었다. 그리고 다들 가만히 있지 않고 시끄럽게 굴었다.

"앉아." 애거서가 말했다. 애거서는 오두막집 거의 전체를 차지할 만큼 커다란 탁자 맨 끝에 있는 의자를 가리켰다.

"여러 가지를 수집하시나 봐요." 내가 말했다.

애거서는 대화를 별로 좋아하지 않는 듯했다. 내 말을 무시한 채 그녀는 여기저기 널린 우묵한 그릇, 약병 등을 치웠다.

"가시덤불로 집을 둘러싼 것은 아주 현명한 일인 것 같아요." 내가 말했다. "제일 꺼려지는 불청객들을 피할 수 있을 테니까요."

"거의 그랬지." 애거서는 이렇게 대답하고는 나를 노려보았다. "그 가시덤불은 잠자는 숲속의 왕국에서 가져온 거야. 내가 여기로 가지고 와 집을 빙 둘러 심었지. 마치 잠자는 숲속의 여왕이 백 년 동안 잠에 빠졌을 때 가시덤불이 성을 둘러싼 것처럼 말이야. 당신은 그 덤불을 뚫고 찾아온 첫 번째 사람이야."
"정말 사과드립니다."
"금화 15개가 필요해." 애거서가 내 맞은편에 앉으며 말했다.
"무엇 때문에요?" 내가 물었다.
"소원을 들어주는 마법에 필요한 준비물이 무엇인지 알고 싶지 않아?" 애거서가 물었다. "그래서 여기 찾아온 거 아니었어?"
나는 주머니를 뒤져서 가지고 있던 금화 모두를 탁자에 올려놓았다. 하지만 트레이즈먼과 거래를 하느라 조금 모자랐다.
"금화가 14개밖에 없네요." 내가 말했다.
애거서는 언짢은 눈치였다. "멍청한 젊은 녀석이 소원이 다 있다는군. 할 수 없지." 애거서는 이렇게 말하고는 한 번에 금화를 전부 쓸어 갔다.
애거서는 우묵한 그릇 하나를 자기 앞에 놓고는 약병 두 개를 그 안에 쏟아 부었다. 하나는 빨간 액체, 다른 하나는 파란 액체였다.
"독수리 눈알 하나, 픽시의 날개, 도롱뇽의 심장." 애거서는 이렇게 중얼대며 그것들을 그릇에 넣고 섞었다. "여기에 거인의 피 세 방울과 오거의 커다란 발가락, 황금색 건초 한 줄기도 넣어야지. 자 이제 물약이 완성되었어."
재료들을 다 넣자 그릇 안에서 연기가 나면서 번쩍이기 시작했다. 애거서는 그 앞으로 몸을 기울여 연기를 킁킁 맡았다. 그려고는 눈을 감고 잠시 깊은 생각에 빠졌다.

"이 물약이 마법의 준비물이 무엇인지 말해 주나요?" 내가 질문했다.

"그건 아니지만 기억해 내도록 도와주지." 애거서가 말했다. "그 준비물에 대해 물어본 것이 당신이 처음은 아니야. 앞으로도 더 있겠지. 하지만 조심하는 게 좋아. 많은 사람이 그 준비물을 얻으려다 목숨을 잃었어. 그걸 모두 모으기란 불가능하거든."

"해낼 수 있을까 고민하면서 남은 인생을 살기보다는 위험을 무릅쓰고 해 보는 게 나아요." 내가 말했다.

"그러면 지금부터 내가 말하는 걸 귀 기울여 들어. 한 번만 말할 테니까." 애거서가 말했다.

나는 가능한 한 몸을 기울여 애거서에게 가까이 갔다. 일분일초가 한 시간처럼 길게 느껴졌다. 이 순간을 위해 그동안 온갖 고생을 다 하며 여기까지 왔던 것이다.

"준비물은 여덟 개야." 애거서가 말했다. 그러고는 깊은 한숨을 내쉬고 읊기 시작했다.

"마지막 종소리가 울리는 자정, 한 외로운 밤이 담긴 유리.

한 신부의 목숨을 빼앗으려는 음모가 담긴, 깊은 바닷속 기다란 칼 한 자루.

물려고 짖는 소리에 닳아나는, 두려움이 담긴 나무껍질 바구니.

야만적인 땅속 깊은 곳에서 발견된, 나눠 쓰기 위해 만들어진 돌 왕관.

아름다운 한 공주의 고운 피부를 꿰뚫은 바늘.
한때는 자유를 얻기 위한 유일한 희망이었던, 곱슬곱슬한 머리채의 금빛 밧줄.
누군가 가짜로 죽어 지켜 낸 다음 가치가 높아진, 반짝이는 보석들.
마법도, 즐거움도 느끼지 못하는 요정의 눈물방울."

나는 집으로 오는 내내 이 목록을 되뇌었고, 목록과 내가 그것에 대해 듣게 된 사연을 이렇게 일기장에 기록해 놓는 바이다. 이 준비물을 어떻게 모을지는 모르겠지만, 내 목표는 이것들을 찾는 과정을 기록으로 남기는 것이다. 기록을 남길 필요가 있다면 말이다.
만약 누군가 이 글을 읽는다면 성공하기를 바란다. 그리고 이 글을 읽은 후에 준비물을 찾아 나설 예정이라면 행운을 빈다.

"우와." 알렉스가 일기장에서 얼굴을 들며 말했다.
"정말 대단하다." 코너가 말했다. "나보다 훨씬 빨리 읽는구나."
"그다음도 읽어 봤어?" 알렉스가 물었다. "그 남자가 준비물을 모두 찾았어? 그래서 바라던 곳으로 돌아갔어?"
"모르겠어. 꽤 많은 페이지가 사라졌어." 코너가 말했다.
알렉스는 주문에 필요한 준비물을 다시 훑어보았다. 수수께끼를 풀지 못한 채 그대로 넘어가고 싶지 않았다.
"몇 가지는 뭘 말하는지 쉽게 알 수 있어." 알렉스가 말했다. "예컨대 '아름다운 한 공주의 고운 피부를 꿰뚫은 바늘' 같은 것. 이건 잠자는 숲속의 공주가 찔린 물렛가락을 가리키는 게 분명해."

"그리고 이것도 알겠어. '한때는 자유를 얻기 위한 유일한 희망이었던, 곱슬곱슬한 머리채의 금빛 밧줄' 말이야." 코너가 말했다. "라푼첼의 머리채 말고 다른 게 있을 수 없지!"

코너는 자기가 앉은 곳 주변을 둘러봤다. 그리고 두 개의 마룻널 사이에서 기다란 금빛 머리채를 끄집어냈다.

"찾았다!" 코너가 외쳤다. "이곳에 올라오자마자 처음으로 찾은 게 라푼첼이 떨어뜨린 머리카락이었어. 이제 8분의 1은 집에 도착한 셈이야!"

알렉스는 그 금빛 머리채를 조심스럽게 휴지에 싸서 가방에 넣었다.

"그러면 '마지막 종소리가 울리는 자정, 한 외로운 밤이 담긴 유리'는 뭘 가리키는 거라고 생각해?" 알렉스가 물었다. "밤이 왜 유리에 싸였다는 걸까?"

"알겠어!" 코너가 말했다. "신데렐라의 유리 구두를 말하는 거야! 신데렐라의 발을 감싸는 거니까."

"맞아!" 알렉스가 말했다. "이건 그 남자가 받아쓴 거니까. 애거서는 발이라고 말했는데 남자가 밤이라고 잘못 알아들은 거지! 코너, 넌 정말 천재야!"

"비슷하게 들리는 다른 단어가 또 없을까?" 코너가 중얼댔지만 알렉스는 다음으로 넘어갔다.

"나는 '물려고 짖는 소리에 달아나는, 두려움이 담긴 나무껍질 바구니'가 뭔지 궁금해." 알렉스가 곰곰이 생각했다. "바구니, 바구니, 물다, 물다…… 아, 맞아! 빨간 망토야! 빨간 망토의 바구니가 나무껍질로 만들어진 게 분명해! 물려고 짖는 소리는 분명 못된 늑대가 내는 소리일 거야."

"좋아." 코너가 말했다. "말이 되네."

알렉스는 일어서서 탑 안을 서성거리기 시작했다.

"'누군가 가짜로 죽어 지켜 낸 다음 가치가 높아진, 반짝이는 보석들' 이건 꽤 어렵네." 알렉스가 말했다. "누가 가짜로 죽었다는 거야?"

"사람들은 백설 공주가 독사과를 깨물고 쓰러졌을 때 죽었다고 생각하지 않았을까?" 코너가 물었다.

"그래, 바로 그거야!" 알렉스가 펄쩍 뛰면서 외쳤다. "백설 공주는 난쟁이들이 광산에서 가져온 유리와 보석으로 만든 관에 들어갔지!"

"아빠와 할머니가 읽어 주셨던 책 내용이 기억나서 다행이다." 코너가 말했다. "그게 이렇게 유용할 거라고는 생각지도 못했어!"

"'마법도, 즐거움도 느끼지 못하는 요정의 눈물방울' 이것을 구하려면 최근에 남자 친구나 소중한 사람과 헤어진 요정을 찾아봐야 하는 걸까?" 알렉스가 추정했다.

"그냥 요정을 찾은 다음 때려서 울리면 되지 않을까?" 코너가 끼어들었다. "그게 훨씬 쉬워 보이는데."

알렉스는 코너의 말을 무시하고는 일기장을 다시 열심히 뒤졌다.

"유리 구두, 찾았고! 물렛가락, 찾았고! 관, 찾았고!" 알렉스가 말했다. "가장자리에 끼적인 글귀에 따르면, 이 일기장을 쓴 사람도 우리의 추측과 동일하게 생각한 것 같아. 하지만 몇 가지는 아직도 모르겠어. '한 신부의 목숨을 빼앗으려는 음모가 담긴, 깊은 바닷속 기다란 칼 한 자루'나 '야만적인 땅속 깊은 곳에서 발견된, 나눠 쓰기 위해 만들어진 돌 왕관' 말이야."

"참고로, 아까 말했지만 없어진 페이지가 꽤 있어." 코너가 말했다.

알렉스는 실망했다. 무엇인지 알아도 준비물을 모으기란 거의 불가능해 보이는데, 아예 모르는 것은 어떻게 모을 수 있을까. 알렉스는 창문으로 걸어가 바깥 풍경을 내다보았다. 막 해가 지는 중이었고, 근처 마을에서는 난로가 하나씩 켜지면서 어두워지는 하늘에 하얀 연기가 나고 있었다.

"만약 이 수수께끼를 잘못 푼 거라면 어떻게 하지?" 알렉스가 질문을 던졌다. "잘못된 추측을 한 거라면? 일기장을 쓴 남자가 잘못 추측했다면? 그가 소원을 이루지 못하고 애만 쓰다가 죽음을 맞았다면?"

"우리는 그냥 최선을 다하는 수밖에 없어." 코너가 창문으로 다가와 알렉스 옆에 서며 말했다. "내가 아는 한 잔소리 많은 여자애가 그러길, 낙관적으로 마음을 먹으면 보답을 받는대. 그 애는 거의 맞는 말만 하거든."

알렉스는 코너를 향해 따뜻하게 웃음 지었다.

"좋아." 알렉스가 말했다. "우리는 벌써 라푼첼의 머리채를 모았어. 앞으로 잠자는 숲속의 공주의 물렛가락과 신데렐라의 유리 구두, 백설 공주 관에 든 보석, 빨간 망토의 바구니, 요정의 눈물, 그리고 아직 뭔지 모르는 두 가지 준비물을 더 찾아야 하지만."

코너는 준비물 목록을 듣고는 침을 꿀꺽 삼켰다. 두 아이는 지평선 너머와 탑을 둘러싼 바다처럼 펼쳐진 나무들을 바라보았다. 저 너머 어딘가에 이 모든 준비물이 발견되기만을 기다리고 있다.

"생각했던 것보다 '이야기의 땅'을 더 많이 구경하고 돌아다녀야 할 것 같네." 코너가 말했다.

8장

비밀의 장소

잠자는 숲속의 왕국 북쪽 끝자락은 볼 것도 없고 텅 빈 장소였다. 여기에는 헐벗은 나무들, 울퉁불퉁한 길, 깎아지른 듯 높은 절벽뿐이었다. 작은 돌들이 땅에 흩어져 있어 마차로 이곳을 여행하기란 거의 불가능했다. 심지어 비가 자주 오는데도 식물이 전혀 자라지 않아 어떤 동물도 살 수 없었다.

이 사막같이 메마른 땅 한복판에 작은 성이 있었다. 성 주변을 깊고 텅 빈 해자가 둘러싸고 있었다. 짙은 색 벽돌과 목제 문으로 지은 성은 꽤 오래되었는데 거의 무너져 갔다. 이 성을 지은 사람이 누구인지, 성을 지은 이유가 무엇인지 아는 사람은 아무도 없었다. 성이 있다는 사실을 아는 사람도 아주 드물 정도였다. 성 안쪽에는 먼지가 수북이

쌓여 있었다. 지금은 거미가 한 마리도 없지만 성만큼이나 오래된 거미줄이 창틀마다 매달려 있었다. 가장자리에 오래된 의자나 탁자가 한두 개 놓여 있는 거 빼고는 모든 방과 복도가 텅텅 비어 있었다.

커다란 복도 끝까지 내려가면 성의 동쪽 별관이 나왔다. 복도 폭과 맞먹는 창문이 나 있어 햇빛은 많이 들었지만 너무 낡은 터라 창문 유리가 바깥세상을 일그러뜨렸다.

이 성은 결코 머물고 싶을 만한 곳이 아니었다. 하지만 적어도 한 여성에게는 몸을 숨기기 위한 최적의 장소였다.

사악한 여왕은 백설 여왕의 지하 감옥에서 탈출해 마법 거울을 챙겨 아무도 자기를 찾지 못할 이곳까지 가지고 온 것이다. 이 성은 사악한 여왕이 오래전부터 시작한 어떤 일을 끝맺음하기에 더없이 좋은 안식처였다.

여왕이 이곳을 방문한 것은 처음이 아니었다. 지난 백 년 동안 이 성에 많은 사람이 드나들었지만, 오직 그녀를 비롯한 몇 사람만이 운 좋게 살아남을 수 있었다. 그중 한 명은 사악한 여왕도 오랫동안 만나지 못했던 인물이었다.

여왕은 최근에 이 오랜 친구에게 편지를 보내 이 성으로 찾아와 자신을 도와 달라고 부탁했다. 그리고 그가 도착하기를 기다리고 있었다. 여왕 덕분에 목숨을 건졌으니 어떻게든 올 것이 분명했다.

사악한 여왕은 마법 거울 앞에 서서 손바닥을 펼친 채 눈을 감았다. 비록 쫓기는 몸이었지만 여왕은 꽤 침착했다. 오른쪽 낮은 의자에는 언제나 몸에 지니고 다니는 돌심장이 놓여 있었다.

모든 왕국에서 가장 악명 높은 물건이었지만 사악한 여왕의 마법 거울을 실제로 본 사람은 아주 드물었다. 많은 사람은 그 거울이 금이나 다이아몬드처럼 반짝반짝 빛나는 재질에, 사람들이 실수로 안으로 걸어 들어갈 만큼 투명하다고 생각했다.

하지만 거울은 폭이 넓고 높았으며, 거울을 감싼 틀은 검은색에 위가 뾰족했고, 틀 주변에는 무쇠로 만든 덩굴이 칭칭 휘감겨 있었다. 거울에 반사되는 상은 뿌연 색이었는데, 춥고 안개 낀 날 현관문에 끼워져 있는 유리와 비슷했다. 공기 중에 습기가 거의 없는데도 거울에는 물방울이 맺혀 흘러내렸다.

사악한 여왕은 눈을 부릅뜨고는 거울 속을 뚫어져라 쳐다봤다.

"거울아, 거울아, 사냥꾼이 내 부름에 응하려면 얼마나 남았니?" 여왕이 물었다.

거울에 유령 같은 한 남자의 그림자가 나타났다. 그 그림자는 낮고 쉰 목소리로 천천히 나직하게 말했다.

"여왕님이 오래된 친구를 기다리는 동안,
사냥꾼은 아주 가까이 왔습니다."

그리고 거울 속 남자는 천천히 사라졌다. 얼마 지나지 않아 큰 방으로 통하는 커다란 문 반대편에서 두드리는 소리가 세 번 크게 울려 퍼졌다.

"들어와도 좋다." 여왕이 말했다.

그러자 무섭게 끼이익 소리를 내면서 문이 열렸고, 한 남자가 방으로 들어왔다. 그는 키가 크고 덩치가 좋았지만 막 노인으로 접어들고 있었다. 남자는 여러 가지 동물 가죽으로 만든 옷을 입고 있었고, 오른쪽 다리를 절뚝거렸으며, 연갈색 턱수염은 희끗희끗했다. 등에는 석궁을 메고, 허리에는 커다란 사냥용 칼을 차고 있었다.

"나의 사냥꾼이 돌아왔구나." 사악한 여왕이 말했다.

사냥꾼은 사악한 여왕이 서 있는 큰 방으로 들어왔다.

"오랜만이구나." 여왕이 말했다. "여전히 얼굴 보기는 힘들고 말이야."

사냥꾼은 여왕의 발밑에 무릎을 꿇은 채 눈물을 흘렸다.

"여왕 폐하." 사냥꾼이 흐느끼며 말했다. "용서해 주십시오! 그 일에 실패한 후 저 자신을 용서할 수 없었습니다."

사악한 여왕은 차가운 눈빛으로 사냥꾼을 내려다보았다. 여왕의 마음속에는 동정하는 마음 같은 건 전혀 남아 있지 않았다.

"여왕 폐하께서 저에게 그렇게 잘해 주시고 자비를 베푸셨지만 도저히 백설 공주를 죽일 수는 없었습니다." 사냥꾼이 말했다. "한낱 제 불찰 때문에 이토록 고통을 겪고 계시니 몸 둘 바를 모르겠습니다. 명령받은 대로만 했다면 아직 여왕 자리를 굳건히 지키고 계셨을 텐데 말입니다."

사악한 여왕은 한동안 사냥꾼의 한심한 훌쩍임을 지켜보았다. 용서해 줄 생각 따위 전혀 없었다. 사냥꾼이 그렇게 생각하는 것은 당연했다.

여왕은 사냥꾼으로부터 멀찌감치 물러나 장문을 통해 수변의 황량한 풍경을 바라보았다.

"너와 나는 둘 다 예전에 이 성에서 죄수로 지냈지." 사악한 여왕이 말했다. "여기가 내가 도망칠 유일한 장소가 되리라고는 상상도 못했어."

"당신이 절 구해 주셨죠." 사냥꾼이 말했다. "당신이 없었다면 저는 그때 목숨을 잃었을 겁니다. 그래서 제가 할 수 있는 한 최선을 다해 여왕 폐하께서 내린 임무를 완수하고자 했지만 결국 실패하고 말았습니다."

"하지만 아직 해야 할 일이 남아 있지. 그러니 울음을 그치게나. 자네를 부른 건 실수를 만회할 기회를 주기 위해서야."

여왕은 사냥꾼 등 뒤로 걸어가 그의 볼에 부드럽게 손을 가져다 댔다. 울음을 그친 사냥꾼은 놀라서 동그랗게 뜬 슬픈 눈으로 여왕을 바라보았다.

"죄를 씻을 기회라고요?" 사냥꾼이 물었다. "제가 그런 짓을 저질렀는데도, 아직 당신을 모실 기회를 주시겠다는 건가요, 여왕 폐하?" 사냥꾼의 두 눈에 굵은 눈물이 맺혔고 그는 다시 흐느꼈다. "성자와 같이 너그러운 여왕 폐하께 이런 대접을 하는 이 세상에 저주를! 여왕님을 욕되게 하는 자가 있다면 모조리 죽여 버리겠습니다."

"그럴 필요까지는 없다." 사악한 여왕이 말했다. "너에게 또 다른 일거리를 줄 것이다. 꽤 많은 거리를 여행해야 하는데, 내가 지금 쫓기는 몸이라 직접 할 수가 없어서 너를 여기로 불렀다."

그러자 사냥꾼은 울음을 그치고 조용히 부끄럽다는 듯 머리를 수그렸다.

"하지만 폐하, 저는 여행을 하기에는 너무 늙었습니다. 겨우 걸음이나 걸을 수 있을 뿐입니다."

사악한 여왕은 화가 난 듯 눈썹을 치켜들며 사냥꾼을 내려다보았다.

"이 바보 같은 것!" 여왕이 목소리를 높여 꾸짖었다. "여기까지 기어 와서는 네가 쓸모없는 녀석이라고 말하려는 게냐?"

사냥꾼은 다리에 힘을 주며 힘들게 일어섰다.

"그건 아닙니다, 여왕 폐하." 그가 말했다. "제 말을 들어보십시오. 저는 폐하를 모시기에는 너무 늙었습니다만 제 딸이 폐하의 명령을 수행할 수 있을 것입니다."

"딸?" 사악한 여왕이 물었다.

그때 큰 방 끝에 있는 문이 다시 열렸다. 이번에는 한 여자가 커다란 손수레를 끌면서 나타났다. 여자는 키가 크고 호리호리했으며, 머리카락은 보랏빛을 띤 것처럼 어두운 붉은색이었다. 여자의 눈은 밝은 초록색이었고 식물 줄기와 이파리, 화초로만 만들어진 옷을 입고 있었다.

여자가 끌고 온 손수레에는 커다란 사각형 물체가 실려 있었다. 물체는 크고 납작했으며 비단으로 단단하게 포장되어 있었다.

여자를 유심히 살피던 사악한 여왕은 예전에 사냥꾼의 딸을 만났을 때를 떠올렸다. 사악한 여왕이 왕관을 쓰고 있던 시절에는 아버지와 함께 궁전에 살던 수줍음 많은 작은 여자아이였다.

"어느새 다 컸구나." 여왕이 말했다.

사냥꾼의 딸이 여왕을 향해 고개를 끄덕였다.

"내가 말을 걸면 대답을 해라!" 여왕이 명령했다.

"제 딸은 말을 못 합니다, 여왕 폐하." 사냥꾼이 말했다. "태어나서 지금껏 단 한 번도 말을 한 적이 없습니다. 말은 못 하더라도 이 아이는 여왕님이 시킨 일을 충실히 해낼 수 있을 것입니다. 믿음직한 아이라는 것을 증명하기 위해 이렇게 선물도 가져왔고요."

그러자 사냥꾼의 딸은 수레에서 조심스레 물건을 꺼내 여왕의 마법 거울 옆에 가져다 놓았다. 적당한 곳에 자리를 잡자 비단보를 휙 치웠다. 그것은 거울이었는데 여왕의 마법 거울보다는 작고 둥글었으며 꽃이 새겨진 사각형 금테 안에 들어 있었다.

사악한 여왕은 그 거울을 보자마자 단박에 그것이 무엇인지 알아차렸다.

"진실의 거울이구나." 여왕이 말했다. 예전에 왕궁에 있을 때 찾았던 물건이었다. 누군가 그 앞에 서면 진정한 모습을 보여 준다는 또 하나의 마법 거울이었다.

"이 물건을 어디서 찾은 게냐?" 여왕이 물었다.

"여왕님께 드리기 위해 궁전에 몰래 들어가서 가져왔답니다." 사냥꾼이 말했다.

사악한 여왕은 진실의 거울을 둘러싼 금테를 만져 보았다. 예전에 한 번 본 적이 있지만 잊고 있었던 섬세한 조각이 만져졌다. 여왕은 사냥꾼의 딸을 돌아보며 말했다.

"내 훌륭한 심부름꾼이 될 만하구나."

사냥꾼의 딸은 고개를 수그리며 여왕의 손에 입을 맞췄다.

"어떤 일을 맡기실 건가요, 여왕님?" 사냥꾼이 물었다.

"혹시 소원을 들어주는 마법에 대해 들어보았느냐?" 사악한 여왕이 말했다.

사냥꾼과 그의 딸은 호기심 어린 눈빛을 주고받았다.

"들어본 적이 없습니다." 사냥꾼이 말했다. "옛날 동화 속에나 나오는 그 마법이 아니라면 말이죠."

"바로 그것이다." 여왕이 말했다. "나도 동화 속 이야기인 줄만 알았다가 얼마 전 지하 감옥의 한 죄수가 처형당하기 직전 중얼대는 소리를 듣고 믿게 되었다. 전해 내려오는 이야기에 따르면 정해진 물건을 찾아 한 자리에 모아 놓으면 소원이 이뤄진다고 하지. 소원이 아무리 크든 작든 상관없이 말이야. 그리고 너도 알다시피 내게는 한 가지 소원이 있다."

"제 딸이 그 물건들을 모아 오기를 바라시는 것이군요?" 사냥꾼이 물었다.

"그렇다." 여왕이 말했다. "내가 지금껏 알아본 바에 따르면 이 일은 시간도 오래 걸리고 몹시 위험하다. 하지만 일단 성공한다면 지금껏 너희가 내게 진 빚은 없는 셈 쳐 주겠다."

사냥꾼은 딸의 얼굴을 바라보고는 고개를 끄덕였다.

"좋습니다." 사냥꾼이 말했다. "말씀대로 하겠습니다. 그렇다면 그 물건들은 어떤 것들인지요?"

사악한 여왕은 마법 거울 앞에 서서 손바닥을 벌리고 거울 안을 깊숙이 들여다보며 말했다.

"거울아, 거울아, 소원을 들어주는 마법에 필요한 준비물을 모두 말해 주렴."

거울 속에서 유령 같은 그림자가 다시 나타났다.

"마지막 종소리가 울리는 자정, 한 외로운 밤이 담긴 유리.
한 신부의 목숨을 빼앗으려는 음모가 담긴, 깊은 바닷속
기다란 칼 한 자루.
물려고 짖는 소리에 달아나는, 두려움이 담긴 나무껍질 바구니.
야만적인 땅속 깊은 곳에서 발견된,
나눠 쓰기 위해 만들어진 돌 왕관.
아름다운 한 공주의 고운 피부를 꿰뚫은 바늘.
한때는 자유를 얻기 위한 유일한 희망이었던,
곱슬곱슬한 머리채의 금빛 밧줄.
누군가 가짜로 죽어 지켜 낸 다음 가치가 높아진,
반짝이는 보석들.
마법도, 즐거움도 느끼지 못하는 요정의 눈물방울."

"바로 저것들이네." 사악한 여왕이 사냥꾼과 그의 딸에게 말했다. 하지만 마법 거울의 말은 끝나지 않았다.

"여왕님, 이 말을 명심하세요. 주의 사항이 있습니다.
당신이 어떻게든 이루려고 하는 한 가지 소원에 대해
드리는 말씀입니다.
소원을 들어주는 마법은 두 번만 쓸 수 있는데,
이제 딱 한 번밖에 기회가 남지 않았습니다.
전에 누군가가 그 마법을 사용했기 때문이지요.
우리가 이 성에 있는 동안,
어떤 어린 남매가 이미 이 땅을 여기저기 뒤지고 있습니다.
이 이인조가 그 물건들을 재빨리 먼저 모으면,
여왕님은
이 마법을 얻기 위한 경쟁에서 질 수도 있습니다."

거울 속의 남자는 이 말을 남기고는 사라졌다. 사악한 여왕은 최악의 소식을 들은 셈이었다. 누군가 여왕이 필요한 물건들을 모으기 위해 이미 여행을 시작한 데다, 여왕 쪽에서 물건들을 다 모으기 전에 그들이 먼저 소원을 실행하면 소원을 들어주는 마법을 결코 다시는 쓸 수 없기 때문이었다.

여왕은 눈을 감고 이제 어떻게 해야 할지를 곰곰이 생각했다. 하지만 더 이상 물러설 곳은 없었다. 평생 이렇게 애써 왔는데 고작 어린애 두 명 때문에 좌절할 수는 없는 일이었다.

"너희가 그 물건들을 가져올 것을 명한다." 사악한 여왕이 사냥꾼과 그의 딸에게 말했다. "그 남매는 내가 알아서 처리하겠다. 이제 떠나거라."

사냥꾼과 그의 딸은 고개를 숙여 인사한 다음 큰 방에 여왕 혼자 남겨 두고 나갔다.

사악한 여왕은 진실의 거울 앞에 섰다. 오랜 감옥 생활 때문에 안색이 좋지 않았고 조금 지쳐 보였다. 늙어 가는 자신의 모습을 바라보니 여왕은 마음이 아팠다.

여왕은 돌심장을 집어 들어 자세히 살피고는 가볍게 쓰다듬었다. 그리고 여왕은 뒤로 돌아 진실의 거울 앞에 섰다. 거울에 비친 모습은 나이가 든 부스스한 여인이 아니었다. 이번에는 젊은 여인의 얼굴이 보였다.

흰 피부에 짙은 긴 머리카락을 지닌 아름다운 소녀였다. 긴 흰색 드레스를 입고 있었고 허리에는 옷과 잘 어울리는 리본을 묶은 소녀 역시 돌심장을 들고 있었다.

소녀는 미소를 짓고 있었지만 사악한 여왕은 웃지 않았다. 사악한 여왕은 거울 속 소녀를 잘 알고 있었다. 이 소녀는 백설 공주가 아니었다.

9장

차밍 왕국

알렉스와 코너는 해가 뜨자 라푼첼의 탑 안에서 눈을 떴다. 지난밤 두 아이는 가방을 베개 삼아 프로기가 챙겨 줬던 담요를 덮고 잠을 청했다.

"잘 잤어?" 알렉스가 물었다.

"누가 돌 바닥에서 잔 거 아니랄까 봐 온몸이 쑤시네." 코너가 앞으로는 자기 방 침대에 고마워해야겠다고 생각하며 말했다. 코너가 등을 쫙 펴니 관절에서 마치 불꽃놀이라도 하듯 두두둑 소리가 났다.

두 아이는 담요를 정리하고는 아침 일찍 길을 나서기로 했다. 하지만 알렉스는 떠나기 전에 탑 안을 깔끔하게 치우자고 했다. 처음 왔을 때보다 더 나은 상태로 만들고 싶었던 것이다.

"누군가가 우리가 이런 난장판을 만들었다고 생각하는 건 싫어." 알렉스가 말했다. 그 말을 들은 코너는 못 말리겠다는 듯 눈을 치켜떴고, 그 모습을 알렉스에게 들켰다.

"이제 어디로 가야 할까?" 코너가 알렉스에게 물었다. 알렉스는 한 손에는 지도를, 다른 한 손에는 일기장을 들고 번갈아 가며 살폈다.

"음, 차밍 왕국이 여기 바로 동쪽에 붙어 있어." 알렉스가 말했다. "이곳에 가서 신데렐라의 구두를 구하는 게 좋겠어."

"정확히 어떤 방법으로 구할 건데?" 코너가 물었다.

알렉스는 잠깐 고민했다. "잠깐 빌려 달라고 하면 되지 않을까?"

"말도 안 되는 소리." 코너가 말했다. "그건 미국 대통령이 사는 백악관에 가서 독립 선언문을 빌려 달라고 부탁하는 것과 마찬가지잖아."

비록 독립 선언문이 정확히 어디에 있는지는 틀렸지만, 알렉스는 코너가 하려는 말이 무엇인지 알았다. 그렇다면 어떻게 해야 신데렐라의 구두를 손에 넣을 수 있을까? 아마 그 구두는 차밍 왕국에서 가장 소중한 물건일 것이다.

"우리는 최선을 다해야만 해." 알렉스가 말했다. "우리에게는 다른 선택지가 없어."

쌍둥이는 라푼젤 탑의 나선형 계단을 걸어 내려와 다시 오솔길로 접어들었다. 그리고 마침내 갈림길에 도착했다. 동쪽으로 향하는 새로운 길이 나왔다. 차밍 왕국이라 적힌 표지판이 아이들이 가야 할 새로운 길을 가리키고 있었다.

"코너, 이 표지판 좀 봐!" 알렉스가 양 볼을 감싸며 외쳤다. "정말 사진기로 찍어 놓고 싶다!"

두 아이는 새로 접어든 길을 한동안 걸었다. 지난 이틀 동안과 다름없이 상록수가 늘어선 똑같은 흙길이었지만 코너는 한 걸음, 한 걸음

걸을 때마다 불안했고 계속 긴 한숨을 내쉬었다.

"우리 길 잃은 거 아니야? 저런 비슷한 바위와 나무를 전에도 스무 번은 본 것 같아." 코너가 주변을 가리키며 말했다.

"이 길이 확실해. 출발하기 전에 지도도 확인해 봤는걸." 알렉스가 말했다. "곧 개울이 하나 나올 거고, 그걸 건너면 바로 차밍 왕국이야!"

코너는 다시 한숨을 쉬었다. 아주 길게 이어지는 한숨을 끝으로 한동안 입을 다물고 있었다.

몇 시간이 더 흘렀지만 개울은 보이지 않았다. 코너는 알렉스의 말에 신뢰를 잃기 시작했다.

"생각보다 땅이 더 넓나 봐." 알렉스가 말했다. "아니면 이 지도의 축척이 잘못됐거나 말이야."

마침내 쌍둥이는 알렉스가 지도에서 보았던 개울을 발견했다. 길을 쭉 가니 연한 색의 돌로 만들어진 작은 다리가 이어져 있었고, 다리를 건너면 개울 반대편에 닿을 수 있었다.

"거봐, 개울이 있지? 역시 나는 대단해." 알렉스가 이마를 꼿꼿이 들어 올리며 말했다.

"네, 네, 어련하시겠어요." 코너가 대꾸했다.

"솔직히 말하면, 난 네가 나를 못 믿는 것 같아 조금 실망했어." 알렉스가 흡족해하며 말했다. "나는 내가 찾아가야 하는 곳이 있으면 말이야……."

"크르르르르!"

코너는 알렉스의 비명을 듣고 나서야 무슨 일이 벌어졌는지 깨달았다. 커다란 트롤 한 마리가 두 아이 바로 앞, 다리 위로 뛰어들었던 것이다. 트롤은 머리가 엄청나게 컸지만 키가 작았고 아주 퉁퉁했다. 눈과 코가 엄청나게 크고 엉겨 붙은 털들이 온몸을 덮고 있었다. 또 팔과 다리는 짧았지만 손톱과 이빨은 길고 날카로웠다.

"내 다리 위에 올라서다니!" 트롤이 소리쳤다. "감히 내 허락도 없이!"

"정말 죄송해요!" 알렉스가 나무에 붙은 원숭이처럼 코너의 몸을 꽉 움켜쥔 채 외쳤다. "이 다리가 누군가의 것이라고는 생각지도 못했어요!"

"표지판 같은 것을 세워 뒀으면 좋았을 텐데요." 코너가 이렇게 제안했지만 오히려 트롤의 화만 돋웠기 때문에 곧 후회하고 말았다.

"내 다리에서 뭘 하는 거냐?" 트롤이 물었다.

"다리를 건너 차밍 왕국에 가려던 참이었어요." 알렉스가 말했다. "당신에게 해를 끼치지는 않을 거예요!"

"이 다리를 건너려는 자는 수수께끼를 맞혀야 한다!"

"수수께끼요?" 알렉스가 이렇게 물으며 코너를 놓아 주었다. "아! 당신이 다리를 지키는 트롤이군요!"

"다리를 지키는 트롤?" 코너가 물었다.

"동화 〈염소 삼 형제〉에 나오는 괴물 말예요!" 알렉스가 기분이 좋아져서 말했다. 알렉스는 또 다른 동화 속 존재를 목격한 것이 신난 나머지 두려움조차 다 날아간 듯했다.

"이 다리를 건너려면 수수께끼의 정답을 맞혀야 한다!" 다리를 지키는 트롤이 다시 한번 말했다. "답이 틀리면 너희 머리를 물어뜯어 버리겠다!"

"뭐라고요? 머리를 물어뜯는다고요?" 코너가 따지듯 물었다. 화가 나 귀에서 김이 나는 것 같았다. "이곳 사람들은 왜 늘 이런 식이죠? 만나기만 하면 잡아먹자고 덤비니! 왜 자꾸 이런 일이 생기는 거야!"

"코너, 진정해!" 알렉스가 말렸다. "수수께끼만 맞히면 가던 길을 갈 수 있어."

"만약 틀리면 어떻게 하고?" 코너가 말했다. "저 괴물이 우릴 죽일 거야! 개울을 건너는 다른 방법을 찾아보자."

"코너, 바보 같은 소리 하지 마! 동화에서 멍청한 염소 빌리가 풀었던 수수께끼라면 우리도 풀 수 있어." 알렉스가 자신 있게 말했다. "게다가 이 다리 말고 다른 다리는 없다고."

코너는 투덜거리며 팔짱을 꼈다.

"이 다리가 진짜로 저 괴물 것인지 어떻게 알지?" 코너가 말했다. "수수께끼를 맞히고 어쩌고 하기 전에 소유 증서라도 먼저 확인해 봐야 하는 거 아냐?"

알렉스는 코너의 말을 무시하고 트롤에게 물었다.

"수수께끼가 뭔가요, 다리 주인 트롤 씨? 당신을 다리 주인 트롤 씨라고 불러도 되죠?"

트롤은 쌍둥이를 바라보고는 신나서 몸을 양옆으로 흔들며 수수께끼를 읊기 시작했다.

"콩처럼 작을 수도 하늘만큼 클 수도 있고, 그것을 산다고 해서 가질 수 없는 게 뭐지?" 트롤이 물었다.

알렉스는 즉시 머리를 굴리기 시작했다. 수수께끼는 예전부터 좋아하는 놀이였다.

"문제가 어렵네요!" 알렉스는 이렇게 말하고는 집게손가락을 입술에 대고 생각에 빠졌다. "너는 알겠니, 코너?"

"아니, 너 혼자서 맞혀야 해." 코너가 말했다.

"대답은 오직 한 번뿐이다. 틀리면 바로 잡아먹을 테니까 잘 생각해서 대답하라고!" 트롤은 이렇게 말하고는 손뼉을 치고 몸을 흔들며 춤을 추기 시작했다.

"여기까지야. 난 여기서 빠질래." 코너가 말했다. 코너는 다리에서 벗어나 개울물로 천천히 들어갔다.

"코너, 뭐 하는 거야?" 알렉스가 외쳤다.

"개울을 건너려는 거야!" 코너가 대답했다. "그렇게 위험을 무릅쓰면서까지 꼭 다리로 건널 필요는 없잖아!"

코너는 조금씩 앞으로 나아가며 개울을 건너기 시작했다. 물이 얼음장같이 차가웠지만 코너는 절박했기 때문에 차가움 따위 상관없었다. 코너가 앞으로 나아갈수록 물은 점점 깊어졌다.

"그렇게 깊지 않아, 알렉스!" 코너가 말했다. "물살도 그렇게 세지 않고 말이야!"

코너는 어느덧 개울 한가운데 도달했다. 물의 깊이는 허리를 살짝 넘는 정도였다.

"직접 건너면 안 될 텐데!" 알렉스가 이렇게 말하고는 트롤에게 물었다. "저렇게 건너가도 되나요? 괜찮아요?"

"내가 수수께끼를 낸 사람은 저 아이가 아니라 바로 너다!" 트롤이 대답했다.

코너는 흠뻑 젖었지만 개울을 무사히 건널 수 있었다. 알렉스는 계속 수수께끼의 답을 고민했다.

"그것이 콩알처럼 작은 동시에 하늘처럼 크다는 말은 기본적으로 크기는 전혀 상관이 없다는 거네요. 그리고 그것을 사도 가질 수가 없다는 것은 누군가가 이미 가졌기 때문일 테고요." 알렉스가 생각에 빠져 중얼거렸다.

"서둘러, 알렉스!" 코너가 알렉스를 향해 소리쳤다.

"쉿, 조용히 해!" 알렉스가 말했다. "아마 그건…… 선물일 거예요! 선물은 어떤 크기여도 상관없고, 그걸 산 사람이 아니라 받는 사람이 주인이니까요!"

다리를 지키는 트롤은 흔들거리던 몸짓을 멈추더니 털썩 주저앉았다.

"정답이다." 트롤은 실망스럽다는 듯 말했다. "지나가도 좋다."

알렉스는 손뼉을 치고는 다리 위로 폴짝 뛰어올랐다. 알렉스는 다리를 건너면서 팔을 뻗어 트롤에게 악수를 청했지만 트롤은 무시하고 자기가 처음 나왔던 어딘가로 다시 기어들어 가 버렸다.

"내가 뭐랬어!" 알렉스가 다리 건너편에서 기다리고 있던 코너에게 말했다. "내가 정답을 맞힐 수 있다고 했지!"

하지만 코너는 고개를 가로저었다. "이 얘기를 또 지겹게 되풀이하겠군." 코너가 말했다. "어쨌든 해가 질 때까지는 신데렐라의 성에 도착할 수 있게 서두르자. 알았지?"

쌍둥이는 차밍 왕국을 향해 계속해서 걸었다. 걸으면 걸을수록 다른 풍경이 이어져 즐거웠다. 상록수는 점점 사라지고 커다란 떡갈나무가 등장했다. 그리고 높게 자란 잔디와 야생화가 끝없이 펼쳐진 벌판이 나왔다.

"여긴 경치가 너무 좋다!" 알렉스가 말했다.

두 아이는 꽤 걸었지만 아직 뭔가 특별한 것을 발견하진 못했다. 코너는 조금 지루해졌다.

"언제까지 가야 해?" 코너가 물었다.

"차밍 왕국은 아주 넓어." 알렉스가 말했다. "궁전에 도착하려면 한참 더 걸어야 할 거야."

주변이 어두워지기 시작하자 쌍둥이는 점점 더 걱정되었다. 쉬어갈 만한 곳은 전혀 보이지 않았고, 완전히 깜깜해지자 달빛만이 유일한 빛이 되었다.

두 아이는 길을 벗어나 조금 걷다가 나무 사이에 풀이 많이 난 장소가 그나마 안전하리라 추측했고(그러기를 바랐고), 그곳에서 밤을 지내기로 했다. 코너는 나무 막대 두 개를 문질러 불을 피워 보려 했지만 성공하지 못했다.

"보이스카우트를 할 걸 그랬어." 코너가 중얼댔다.

쌍둥이가 바깥에서 잠을 자는 것은 처음 있는 일이었다. 그래서 두 아이 다 푹 잠들지 못하고 뒤척이며 자기들이 안전한지 계속 확인해야 했다. 작은 소리만 나도 쌍둥이는 두려움에 떨었다.

"저게 무슨 소리지?" 알렉스가 한밤중에 숨이 턱 막힌 채 말했다.

"부엉이 소리야." 코너가 말했다. "아니면 아주 호기심이 많은 비둘기든가. 둘 중 어느 쪽이라도 우리는 안전해."

다음 날 아침이 되자 떠오르는 해가 두 아이를 깨웠다. 그들은 안절부절못하며 일어나 길을 재촉했다.

"식량이 바닥났어." 알렉스가 마지막 남은 사과를 먹은 뒤 말했다. "슈퍼마켓 같은 곳을 찾아서 식량을 보충해야 해."

"이제 롤빵과 사과는 질렸어. 프로기가 파리를 싸 준다고 할 때 말리지 말 걸 그랬나 봐." 코너가 말했다. "윽, 치즈버거가 너무 먹고 싶어! 이 세계에서는 왜 다들 서로 잡아먹으려는지 이제야 알겠어. 패스트푸드가 아직 발명되지 않았기 때문이야."

두 아이는 길옆의 작은 연못을 발견하고는 얼굴에 물을 끼얹었다.

"우리 너무 피곤해 보인다." 알렉스가 연못에 얼굴을 비춰 보며 말했다.

그때 등 뒤에서 말발굽 소리가 들렸다. 뒤를 돌아보니 회색 말이 끄는 작은 수레에 장작을 싣고 오는 중이었다. 크고 축 처진 초록 모자를 쓴 한 남자가 수레를 몰고 있었다.

"저 사람에게 궁전까지 얼마나 걸리는지 물어보자!" 알렉스가 수레 쪽으로 달려갔다. "말씀 좀 여쭤 봐도 될까요?"

"워워." 남자가 말을 멈췄다. "무슨 일이니?"

"신데렐라의 궁전까지 가려면 얼마나 더 가야 하나요?" 알렉스가 물었다.

"걸어서 갈 거니?" 남자가 물었다.

"네, 불행히도요." 코너가 대답했다.

"걸어서 가면 며칠은 걸릴 거다." 남자가 말했다.

알렉스와 코너는 기가 찬 듯 서로를 바라보았다.

"하지만 내가 이 장작을 오늘 밤 궁전 근처까지 배달할 예정이니 괜찮다면 태워 주마." 남자가 말했다.

그러자 남자가 말을 끝맺기도 전에 코너는 수레에 올라탔다.

"정말 감사합니다!" 알렉스가 말했다. "정말 친절하시네요!"

쌍둥이는 그날 남은 시간 동안 수레를 타고 이동했다. 코너는 장작더미 꼭대기에 편안하게 자리를 잡고 앉아서 졸다가 돌부리에 수레가 덜컹거리면 놀라서 깼다. 반면에 알렉스는 동화 속 세상에 사는 실제 주민과 대화를 나눌 기회를 얻어 신나게 얘기했다.

"이름이 어떻게 되시나요?" 알렉스가 물었다.

"스미더스란다." 남자가 대답했다.

"어디서 오셨어요?" 알렉스가 물었다.

"차밍 왕국 북동쪽의 작은 마을에서 자랐지." 스미더스가 대답했다.

"그곳은 어떤가요?" 알렉스가 꿈꾸는 듯한 표정으로 말했다. "저희는 음…… 이 왕국에 아주 오랜만에 와 봐서요."

"차밍 왕국은 조용한 곳이란다." 스미더스가 말했다. "왕국의 변두리에는 작은 마을들이 있고, 중앙에 있는 궁전 근처에는 부자 동네가 많지."

"궁전에 들어가 본 적은 있으신가요?" 알렉스가 물었다.

"그럼. 배달하러 일 년에도 몇 번씩 간단다." 스미더스가 대답했다. "사실 오늘은 왕과 여왕이 큰 무도회를 열 예정이야."

"정말요?" 알렉스의 눈이 두 배로 커졌다. 그러고는 코너를 흔들어 깨웠다. "코너, 들었어? 신데렐라가 오늘 밤 무도회를 연대! 멋지지 않아? 정말 좋은 기회야."

"뭐라고? 으응…… 잘됐네." 코너가 건성건성 대답하고는 곧장 다시 곯아떨어졌다.

"무도회를 여는 이유가 뭔가요?" 알렉스가 물었다.

"결혼식 이후 한 달에 한 번씩 무도회를 열지." 스미더스가 말했다. "두 분의 결혼을 기념하기 위한 행사란다."

"신데렐라 여왕은 어떤 분인가요?" 알렉스가 물었다.

"더할 나위 없이 아름다운 우리 왕국 역사상 최고의 여왕님이지." 스미더스는 활짝 미소를 지으며 말했다. "하지만 신데렐라 여왕이 처음 궁전에 왔을 때는 환영하는 사람이 그리 많지 않았어. 많은 귀족들이 차밍 왕자가 자기 집안의 딸을 고르지 않았다고 화를 냈지. 하지만 다 옛날 얘기야."

알렉스가 주변을 둘러보니 궁전에 훨씬 가까워진 것 같았다. 그동안 작은 마을을 여럿 지나왔는데 마을의 규모나 인구가 점차 늘어났기 때문이었다. 알렉스는 동화 속 세상에서 평생을 보낸 사람과 가까워지게 되어 신이 났다. 자기도 차밍 왕국에서 나고 자랐다고 말할 수 있다면 얼마나 좋을까 하는 생각도 했다.

"이곳 생활이 힘들지는 않으세요?" 알렉스가 스미더스에게 물었다. "요정이 근처에 날아다니면서 소원을 들어준다든지 오거가 달려와 잡아먹으려 한다든지 하는 생활이 놀랍거나 겁이 난 적 없으세요?"

스미더스는 흥미롭다는 듯 알렉스를 쳐다보았다. "사람 사는 세상은 다 예상치 못하게 누군가에게 도움을 받거나 상처를 받고 다치거나 하는 것 아니겠니?"

알렉스는 머릿속이 하얘졌다. 어쩌면 이곳 동화 속 세상이나 알렉스가 살던 세상이나 그렇게 다르지 않을지도 몰랐다.

이들이 탄 수레는 큰 마을을 지났다. 눈을 돌릴 때마다 으리으리하고 커다란 집들이 보였다. 집들은 모두 반짝반짝 빛나고 화려했으며, 지붕은 끝이 뾰족하고 옆면은 멋지게 휘어져 있었다. 목재로 지은 집이 있는가 하면 벽돌로 된 집도 있었고, 어떤 집은 담쟁이덩굴로 완전히 덮여 있었다.

마치 이야기책에서 곧장 튀어나온 듯한 모습이었다. 알렉스는 한때 자기도 이런 집에 살았던 적이 있었지, 하고 기억을 되새겼다.

"궁전에 거의 다 왔다." 스미더스가 말했다.

그동안 지나왔던 흙길이 자갈로 포장된 도로로 바뀌면서 수레가 덜컹거렸다. 도시로 진입하자 시장과 가게들이 거리 양쪽으로 모습을 드러냈다. 도로에는 다른 수레와 마차들도 보였다. 거리에는 시골 사람과 도시 사람들이 뒤섞여 물건을 사고파는 일상적인 모습이 펼쳐졌다.

"이제 도착한 거야?" 코너가 부스스 잠에서 깨며 물었다.

수레는 모퉁이 하나를 돌더니 아주 넓고 긴 거리에 이르렀다. 그리고 그 거리 끝에는 엄청나게 큰 궁전이 보였다.

"대답 안 해 줘도 알겠구나." 코너가 말했다.

궁전을 본 알렉스는 숨이 멎는 듯했다. 궁전은 완벽하게 대칭을 이루고 있었고 하늘색과 회색이 섞인 도자기처럼 매끄러웠다. 궁전 한가운데 있는 세 개의 큰 탑이 눈에 띄었는데, 탑들은 하단이 서로 연결되어 있었다. 또 왕국에 사는 사람 모두가 볼 수 있을 만큼 커다란 시계가 있었다. 궁전은 진짜라고 믿기지 않을 만큼 환상적이었고, 쌍둥이가 상상했던 것보다 더 웅장했다.

"여기서 내려 줘야겠구나." 스미더스가 수레를 거리 옆쪽으로 대며 말했다. "둘 다 행운을 빈다. 재밌게 지내렴!"

"정말 감사합니다!" 쌍둥이가 합창했다.

두 아이는 감사의 의미로 스미더스에게 금화를 건네려 했지만, 스미더스는 돈을 아껴야 한다며 그냥 가 버렸다.

쌍둥이는 한동안 도시 이곳저곳을 거닐었다. 사람들이 오늘 저녁 열릴 무도회 준비로 분주한 모습이었다.

두 아이는 작은 식료품점에서 신선한 과일과 채소, 빵을 샀다. 알렉스는 만나는 사람마다 붙잡고 대화를 시도했지만 대부분의 사람이 무시하고 그냥 지나쳤다.

코너는 역시나 하는 표정으로 눈을 치켜떴다. 알렉스는 눈에 보이는 모든 것이 신기해 흥분된 마음을 감출 수 없었다.

"그렇게 계속 흥분해 있으면 너랑 같이 다닐 수 없어." 코너가 말했다. "지친다고. 정말 신경 거슬려."

"미안해." 알렉스가 말했다. "요 며칠 동안 나무밖에 못 봤잖아. 그런데 이렇게 많은 사람을 보니 너무 신나서…… 와! 저기 건물 문고리 좀 봐! 슬리퍼 모양이야. 너무 귀엽지 않아?"

여기저기 구경하느라 바쁜 오후를 보낸 쌍둥이는 도시가 내려다보이는 고즈넉한 언덕에 올라 커다란 나무 그늘 아래 앉아 쉬었다. 해가 뉘엿뉘엿 저물기 시작했고, 오늘 밤 어디에서 묵을까 생각하니 골치가 아팠다.

"다음 계획은 뭐야?" 코너가 물었다.

"일기장을 한번 보자." 알렉스는 이렇게 대답하고 가방에서 일기장을 꺼냈다. 그리고 책장을 휘리릭 넘겨 유리 구두에 대한 설명을 찾았다.

신데렐라의 유리 구두는 가져오기가 무척 힘들다. 차밍 왕국에서 가장 소중하게 보호받는 물건이기 때문이다.
유리 구두를 구하려면 먼저 궁전으로 들어가야 한다. 이것 또한 매우 어려운데, 입구가 하나뿐이기 때문이다. 신데렐라가 여왕이 되고 나서 했던 첫 번째 일이 바로 하인들이 드나드는 문을 모두 없앤 것이었다. 그래야 사람들이 모두 평등하게 궁전에 들어올 수 있다고 여겼기 때문이다.
일단 궁전에 발을 들이면, 신데렐라 여왕의 물품 전시실에 들어가야 한다. 궁전에 들어가려면 먼저 초대를 받아야 하니, 이 전시실에 들어가는 것 역시 쉽지 않다. 유리 구두는 방 한가운데에 있는 기둥 꼭대기 위 유리 상자에 전시되어 있다.
유리 상자에서 유리 구두를 꺼내는 것은 어렵지 않지만, 방 입구에 두 명의 경비병이 늘 보초를 서고 있으니 어떻게든 전시실에 혼자 남겨질 기회를 노렸다가 조용하고 신속하게 구두를 가져와야 한다.
그리고 가능한 한 빠르게 궁전을 벗어나야 한다. 전시실에서 무언가 없어진 것을 깨닫는 순간 경비병들이 궁전의 문을 폐쇄할 것이다. 그러면 여러분은 독 안에 든 쥐가 되어 거꾸로 매달린 채 지하 감옥에 갇히게 될 것이다. 행운을 빈다!

"궁전 안으로는 어떻게 들어가지?" 코너가 물었다.
알렉스는 머리를 짜내 고민하기 시작했지만, 곧 도시의 중심가를 따라 궁전으로 향하는 마차들의 긴 행렬에 주의를 빼앗겼다. 마차는 하나같이 우아하고 색이 화려했으며 모양이 제각각 다 달랐다. 최소 두 마리의 말이 마차를 끌었고, 마부와 하인이 한 명씩 있었으며 사람들이 그 안에 타고 있었다.

"무도회를 이용하는 거야." 알렉스가 말했다. "무도회장에 몰래 들어가는 거지!"

"으음." 코너가 곰곰이 생각했다. "하지만 옷을 차려입어야 하지 않겠어? 지금 우리 행색을 봐! 무도회에 갈 만한 모양새가 아니야. 사흘 내내 씻지도 못해서 꼬질꼬질하고 냄새도 난다고!"

"내게 생각이 있어." 알렉스가 말했다.

알렉스는 가방에서 담요를 꺼냈다. 그리고 코너의 몸을 붙잡더니 담요를 휘감아 끝을 교묘하게 접어 고정시켰다. 또 남은 담요로 자기 몸에도 똑같이 담요를 둘렀다.

"자, 봐." 알렉스가 말했다. "실용적인 예복을 두른 것 같지 않아?"

"우스꽝스러워." 코너가 중얼댔다.

"그럼 다른 좋은 생각이라도 있어?" 알렉스가 물었다.

"요정 대모님에게 직통 전화라도 걸어 도와 달라고 할 수는 없나?" 코너가 말했다.

쌍둥이는 중심가를 따라 걸으면서 궁전으로 향하는 마차들의 행렬 사이에 끼어들었다. 궁전 가까이 다가갈수록 궁전은 더 크고 생생하게 다가왔다.

마부들이 쌍둥이를 보고는 당황하면서 재보는 듯 까다로운 표정을 지었다. 몇몇 사람들은 마차 밖으로 몸을 내밀고는 두 아이가 뭘 하는지 유심히 살폈다.

"사진을 찍어 두세요! 그러면 두고두고 볼 수 있으니까!" 코너가 그들에게 소리쳤다.

"코너! 저 사람들은 사진이 뭔지 몰라!" 알렉스가 주의를 줬다.

두 아이는 해가 질 무렵 궁전에 도착했다. 마차가 궁전 입구 정면 계단 가까이에 다다르면 사람들이 내릴 수 있도록 하인들이 조심조심 도왔다.

알렉스와 코너는 이렇게 아름다운 옷들은 처음 보았다. 모든 여성들이 색깔과 소재, 바느질이 제각각인 화려한 무도회 드레스를 입고 있었다. 장갑을 끼고 다이아몬드로 치장했으며, 몇몇은 리본과 깃털로 머리카락을 장식하기도 했다. 남자들 역시 모두 멋지게 빼입었다. 몇몇은 갑옷을 입고 있었고, 몇몇은 어깨에 넓은 술이 달리고 네모난 커프스 단추가 있는 정장 차림이었다.

이렇듯 온갖 노력과 솜씨로 치장하고 무도회에 온 손님들을 보니 쌍둥이는 대충 담요를 걸친 자신들의 모습에 자신이 없어졌다. 두 아이는 사람들 사이에서 눈에 확 띄었다. 이들 중에서 가장 어린 데다 레이스나 새틴 재질의 옷을 차려입지 않은 유일한 손님이었다. 가방을 메고 있는 것도 이들뿐이었다. 누가 봐도 무도회장에 몰래 숨어들어 온 어린 아이들임이 확실해 보였다.

궁전 입구까지 가기 위해서는 엄청나게 많은 계단을 올라가야 했다. 알렉스와 코너는 다른 무도회 참가자들과 함께 계단을 올라갔다. 과연 꼭대기까지 올라갈 수 있을까 싶을 정도로 많은 계단이었다.

"이 세계는 고블린도 있고 요정도 있는데 꼭 필요한 에스컬레이터는 왜 없을까?"

"코너!" 알렉스가 숨을 헐떡였다. "이걸 봐!"

알렉스는 발아래 계단에 붙은 은색 별 표지판을 가리켰다. 그곳에는 이렇게 적혀 있었다.

이곳은 신데렐라가 차밍 왕자와 만났던 날 밤
벗겨진 유리 구두를 두고 떠난
바로 그 장소입니다.

"여기가 신데렐라가 유리 구두를 두고 떠난 곳이래! 너무 신기하다!" 알렉스가 가슴에 손을 얹고 말했다.

"그러네." 코너가 말했다. "나라도 신발이 벗겨졌다면 그것을 주우러 이 계단을 다시 오르고 싶진 않았을 거야."

쌍둥이는 궁전 입구부터 상당한 구경거리가 되었다. 모든 사람이 두 아이의 옷차림을 보고 깜짝 놀랐다. 알렉스는 사람들이 자기들을 쳐다보자 부끄러워졌다. 마치 학교로 다시 돌아간 것 같았다.

경비병 한 명이 유독 두 아이에게서 눈을 떼지 않았다. 수상한 녀석들인지 감시하는 눈빛이 아니라, 예전에 어딘가에서 만났는데 기억나지 않는다는 것 같은 표정이었다. 그는 궁전 입구에서 한 발자국 들어간 곳에 서서 지나가는 모든 손님들에게 인사를 건넸다. 그는 다른 경비병보다 많은 배지를 달고 있었으며 올이 얇고 짙은 색의 수염을 기르고 있었다.

그때 또 다른 경비병이 입구에서 손님들로부터 초대장을 확인하는 모습이 보였다. 쌍둥이는 당황했다.

"어떻게 하지?" 알렉스가 코너에게 속삭였.

"내가 어떻게든 해결해 볼게." 코너가 말했다. "영화에서 이런 장면을 본 적이 있거든. 나만 따라와."

"초대장을 보여 주겠니." 경비병이 말했다.

"부모님이 저희 초대장을 갖고 있는데, 이미 안에 들어가 계세요." 코너가 말했다.

"너희 부모님이 누군데?" 경비병이 오만하게 물었다.

"우리 부모님이 누구냐고요?" 코너가 소리를 버럭 지르는 바람에 그렇지 않아도 쏠렸던 시선이 더욱 집중되었다. "우리가 누구인지 정말 몰라요?"

모든 경비병과 손님들이 서로의 얼굴을 쳐다보았다.

"코너, 진정해!" 알렉스가 외쳤다. 대체 무슨 생각일까?

"이 사람이 우리 부모님이 누구인지 모른다잖아, 알렉스!" 코너가 계속해서 말했다. "저희 부모님이 소원을 비는 우물을 발명하셨다고요! 어떻게 저희를 이렇게 모욕할 수 있죠!"

알렉스는 코너를 한 대 치고 싶었다. 그리고 주변 사람들에게 사과의 눈짓을 보냈다. 사람들은 모두 쌍둥이 쪽을 쏘아 보고 있었지만 얇은 턱수염을 기른 경비병만은 예외였다. 그는 친절함이 담긴 눈으로 아이들을 보며 히죽 웃었다.

"미안하지만 너희는 당장 여기서 나가야겠다." 초대장을 확인하던 경비병이 말했다.

"떠나라고요? 지금 소원을 비는 우물의 상속자들에게 나가라고 하는 거예요?" 코너가 주변 사람 모두가 들을 수 있을 만큼 큰 소리로 얘기했다.

"코너, 입 다물어." 알렉스가 코너에게 속삭였다.

"무슨 문제라도 있니?" 얇은 턱수염을 기른 경비병이 쌍둥이에게 다가오며 물었다.

"전혀요!" 알렉스가 뒤로 물러서며 말했다. 알렉스가 코너를 잡아 끌었다.

"이 아이들은 초대장이 없습니다." 다른 경비병이 말했다.

"이제 막 가려던 참이었어요!" 알렉스가 말했다. "소란을 일으켜서 죄송합니다."

"무슨 소리니, 얘들아." 얇은 턱수염을 기른 경비병이 말했다. "막 궁전 안에서 너희 부모님을 만나고 왔단다. 부모님에게 데려다줄까?"

알렉스와 코너는 너무 놀라 그 자리에서 얼어붙었다.

"그럴 리가요!" 코너가 이렇게 말하고는 이내 자기가 했던 거짓말이 생각나서 얼른 말을 바꿨다. "제 말은, 당연히 그러셨겠죠!" 그리고 코너는 초대장을 확인하던 경비병에게 약 올리는 듯한 표정을 지었다.

"따라와라. 곧장 부모님에게 데려다주마." 얇은 턱수염을 기른 경비병이 말했다.

어느새 알렉스와 코너는 궁전 안으로 안내를 받고 있었다. 생각지도 못한 상황이 펼쳐지고 있었다. 이 경비병은 쌍둥이가 거짓말을 했다는 사실을 아는 걸까? 그렇다면 그가 지금 쌍둥이를 데려가는 곳은 지하 감옥인가? 어쩌면 코너의 거짓말이 예상 밖으로 사실이어서, 이대로 가다가 쌍둥이의 부모님이 아닌 실제로 소원을 비는 우물을 발명한 부부를 만나게 될지도 모를 일이었다.

"내 소개를 하마." 경비병이 말했다. "나는 램프턴 경이란다. 여왕님의 근위대 대장이지. 궁전에 온 것을 환영한다!"

"감사합니다." 코너가 말했다. "제 이름은 코너고 성은 소원우물이에요. 그리고 이쪽은 제 쌍둥이 남매인 알렉스예요."

"너희는 어디서 왔니, 소원우물 양과 소원우물 군?" 램프턴이 물었다.

"북쪽 왕국의 북부에서요." 코너가 말했다. 생각 없이 나온 말에 자신도 놀랐다. "하지만 저희 부모님이 잠자는 숲속의 왕국 남부에 여름 별장을, 요정 왕국에 콘도를 갖고 계시죠."

알렉스는 놀라서 눈을 휘둥그레 뜨는 바람에 눈을 깜박이는 것도 잊을 지경이었다.

"아…… 그렇구나." 램프턴이 흥미롭다는 표정으로 말했다. "내가 가방 들어 줄까?"

"아뇨, 괜찮아요." 알렉스가 말했다. "저희가 충분히 들 수 있거든요."

램프턴은 쌍둥이를 다른 손님들이 있는 장소 뒤편으로 난 긴 복도로 안내했다. 복도 벽에는 이전 국왕들의 커다란 초상화가 걸려 있었고, 발밑에는 붉은색 카펫이 깔려 있었다. 알렉스와 코너는 신기해서 열심히 구경했다. 왕궁 내부에 들어온 것은 처음이기 때문이었다. 눈길이 가닿는 곳마다 반짝거리는 물건이 있었다.

램프턴은 신이 난 아이들 때문에 즐거운 듯 보였다. 그러고는 아이들 앞으로 몸을 수그리고 부드럽게 얘기했다. "너희 사실 궁전에 몰래 숨어들어 온 거지, 그렇지?"

알렉스는 한 번 더 부탁한다는 간절한 눈빛으로 코너를 바라보았다. 하지만 코너는 이제 둘러댈 거리가 다 떨어진 모양이었다.

"제발 부탁이니 저희를 지하 감옥에 가두지 말아 주세요!" 알렉스가 애원했다. "누구에게 해를 입힐 생각은 아니었어요."

코너는 눈썹을 추켜올리고 알렉스를 쳐다봤다. 궁전에 침입해서 소중한 물건을 훔칠 계획이면서 누구에게 해를 입힐 생각이 아니라고?

하지만 램프턴은 빙그레 웃었다. "이제껏 왕궁 무도회에 몰래 들어온 애들을 많이 봐 왔지만, 너희처럼 재미있는 아이들은 처음이다." 그가 말했다.

"그러면 저희를 감옥에 가두고 거꾸로 매달지 않는 거죠?" 코너가 물었다.

"우리는 이미 오래전에 그런 형벌을 없앴단다." 램프턴이 말했다.

"반대로 너희 둘을 안내해 줄 수 있다면 영광이겠구나."

"정말이에요?" 코너가 말했다.

"그렇게 해 주신다면 좋죠!" 알렉스가 두 손을 모으며 말했다. "감사합니다!"

램프턴은 쌍둥이를 복도 끝에 있는 양쪽으로 열리는 황금 문으로 안내했다. 그 안쪽은 무도회장이었다.

무도회장은 압도적이었다. 구경할 것이 너무 많아 어디에 시선을 둬야 할지, 그 안에 있는 것들이 무엇인지 제대로 이해하는 것조차 불가능했다. 움직임과 색깔 또한 굉장히 다채로웠다.

두 아이가 지금껏 봐 왔던 가운데 가장 큰 샹들리에가 수많은 초와 함께 엄청나게 넓은 무도회장 위 천장에 매달려 있었다. 정장을 갖춰 입은 수백 명의 남여가 무도회장을 꽉 메우고 있었다. 회장 가장자리는 사람들이 잡담을 나누고 있었고, 중앙에서는 작은 오케스트라가 연주하는 곡에 맞춰 사람들이 춤을 추고 있었다.

아치형 입구부터 벽 장식에 이르기까지 모든 것이 황금으로 덮여 있었다. 무도회장 뒤쪽에 커다란 계단이 있었으며 그 바로 앞에는 두 개의 빈 왕좌가 자리를 차지하고 있었다.

알렉스는 이곳에 들어온 지 얼마 되지 않아 눈물을 글썽거렸다.

"너무 아름다워!" 알렉스는 눈물이 그렁그렁 맺힌 채 말했다. "여기가 신데렐라와 왕자가 만났던 무도회장인가요?"

"그렇단다." 램프턴이 말했다. "그날을 결코 잊을 수 없지. 나는 그때 보잘것없는 경비병이었단다. 왕자님은 신붓감을 찾으려고 여러 왕국에서 온 젊은 아가씨들을 만나고 있었지. 신데렐라는 그날 밤 마지막으로 도착한 아가씨였어. 지금 우리처럼 신데렐라가 무도회장에 들어서자 모든 사람이 하던 일을 멈추고 그녀를 바라보았단다."

"신데렐라는 어떤 모습이었나요?" 알렉스가 물었다.

"황홀했지." 램프턴이 예전 기억을 떠올리고는 미소를 지으며 말했다. "신데렐라가 입은 보라색 긴 드레스는 걸을 때마다 반짝였어. 신데렐라가 지나갈 때마다 유리 구두는 부드럽게 또각또각 소리를 냈지. 신데렐라를 보자마자 왕자님은 사랑에 빠졌단다. 궁전에 있던 모든 사람이 느낄 수 있을 정도였지."

갑자기 한 남자가 큰 계단 발치에서 트럼펫을 불었다.

"신사 숙녀 여러분!" 트럼펫을 든 남자가 말했다. "오늘 저녁 왕궁 무도회에 오신 것을 환영합니다. 차밍 국왕 폐하와 신데렐라 여왕 폐하가 나오시니 따뜻하게 맞아 주시기 바랍니다!"

왕과 왕비가 무도회장으로 들어오자 손님들은 박수를 치며 환호했다. 왕과 왕비가 계단을 천천히 내려오자 알렉스는 코너의 팔을 꽉 쥐었다.

"코너!" 알렉스가 숨도 제대로 못 쉬면서 말했다. "신데렐라야! 신데렐라라고!"

그동안 그림으로 수없이 보았던 신데렐라는 상상했던 것보다 훨씬 더 아름다웠다. 적갈색 머리카락은 수정 왕관 뒤로 틀어 올렸고, 흰 장갑에 청록색 긴 드레스를 입고 있었다. 드레스 자락을 따라 볼록해진 배가 잘 드러났다. 여기저기에 장식된 황금과 번쩍이는 샹들리에에도 불구하고 신데렐라의 눈빛과 미소는 무도회장에서 가장 반짝였다.

차밍 왕 또한 근사했다. 그동안 그를 묘사했던 여러 수식어처럼 모든 부분에 있어 완벽했다. 사람들의 넋을 빼앗을 정도로 미소 또한 매력적이었다. 커다란 황금 왕관 밑으로 숱 많은 곱슬머리가 보였다. 쌍둥이가 살던 세상의 기준으로 보자면 인기 많은 영화배우 수준이었다.

왕과 왕비가 왕좌에 앉자 트럼펫을 든 경비병이 또 다른 곡조를 불었다.

"이제 무도회를 시작합니다!" 트럼펫을 든 경비병이 알리자, 한바탕 들뜬 사람들의 박수소리가 울려 퍼졌다.

손님들이 무도회장으로 몰렸다. 오케스트라는 빠른 교향곡을 연주했다. 모든 손님이 짝을 지어 무도회장을 빙글빙글 돌며 왈츠를 추었고, 곡이 끝날 때까지 각자 상대방의 눈을 애정 어린 눈빛으로 바라보았다.

왕과 왕비는 자리에 앉은 채였다. 신데렐라 여왕은 춤을 추고 싶은 눈치였지만 임신한 몸이라 그럴 수 없었다. 차밍 왕은 아내에게 시선을 고정한 채였다. 다른 사람들과 춤추는 것보다 춤을 구경하는 아내를 바라보는 것이 더 좋은 듯했다.

어느 순간, 춤을 추던 남자들이 상대 여성에게서 신발을 받아 들고는 상대방을 맴돌다가 다시 신겨 주었다. 신데렐라의 이야기를 기념하는 동작임이 틀림없었다.

무도회를 구경하고 있자니 쌍둥이는 시간이 어떻게 가는지 몰랐다.

그새 배 속에서 태아가 신이 나 발길질이라도 했는지, 신데렐라가 불편한 듯했다. 배를 문지르면서 자세를 고쳐 앉았다. 곧이어 차밍 왕의 귀에 대고 뭐라고 속삭였다. 그러자 차밍 왕은 아내의 손을 잡고 큰 계단 뒤로 조심스레 들어갔다.

경비병이 다시 트럼펫을 불며 말했다. "여왕님께서는 피곤해서 쉬고자 하십니다. 하지만 국왕 폐하와 여왕 폐하는 두 분이 안 계셔도 여러분이 계속해서 무도회를 즐기기를 바라십니다."

사람들은 이런 상황도 기쁘게 받아들였고 무도회를 즐겼다.

"궁전을 안내해 줄까?" 램프턴이 쌍둥이에게 제안했다.

"네! 정말 감사해요!" 알렉스가 대답했다.

램프턴은 쌍둥이를 무도회장 밖으로 안내해 처음 궁전에 들어왔을 때와 비슷한 복도를 따라 걸어갔다. 이 복도에도 붉은색 카펫이 깔려 있었고 예전 국왕들의 초상화가 걸려 있었다.

"이 궁전은 지금으로부터 500년 전에 지어졌단다." 램프턴이 걸으면서 말했다. "그때부터 이곳은 차밍 왕가가 머무르는 곳이 되었어. 이 초상화는 체스터 차밍 국왕을 그린 것이란다. 신데렐라 여왕님의 돌아가신 시아버지지."

램프턴은 턱수염을 기르고 왕관을 쓴 노인의 커다란 초상화를 가리켰다. 그는 아들과 똑 닮았지만 나이가 훨씬 많아 보였다.

"지금까지 차밍 왕은 몇 명이나 있었어요?" 코너가 물었다.

"셀 수도 없지." 램프턴이 말했다. "적어도 지금은 세 명 있어. 체스터 차밍은 아들을 넷 뒀지. 찬스 차밍, 체이스 차밍, 챈들러 차밍, 그리고 찰리 차밍이야."

차밍 형제의 얼굴이 각각 초상화에 그려져 있었다.

"가장 나이가 많은 찬스 차밍 국왕이 신데렐라 여왕과 결혼한 분이야." 램프턴은 이렇게 말하면서 조금 전 막 무도회장에서 보았던 남자의 초상화를 가리켰다.

"둘째 아들 체이스 차밍 왕은 잠자는 숲속의 여왕과 결혼했지." 램프턴이 말을 이어갔다.

체이스는 형과 똑같이 생겼지만 키가 조금 더 크고 염소수염을 하고 있었다.

"그리고 챈들러 차밍 왕은 셋째 아들이고 백설 여왕과 결혼했어." 램프턴이 말했다.

챈들러는 형제들과 닮았지만 머리가 길었다.

마지막에 걸려 있는 초상화는 쌍둥이의 눈길을 가장 많이 끌었다.

차밍 형제 중 막내를 그린 그 초상화는 나머지 초상화들과 약간 떨어져 있었다. 마지막 초상화의 주인공은 아직 어렸고 활짝 웃고 있었다. 하지만 초상화 옆에는 촛불 하나가 놓여 있었다. 그것은 그를 추모하는 것 같았다.

"이 사람은 누구인가요?" 코너가 램프턴에게 물었다.

램프턴의 기분 좋은 표정은 싹 사라졌다. "체스터 왕의 넷째 아들인 찰리 왕자야. 오래전부터 소식을 알 수가 없지." 램프턴이 말했다. "여러 해 전 어느 날 갑자기 홀연히 사라졌고, 아무도 다시는 왕자를 보지 못했어."

"끔찍한 얘기네요." 알렉스가 말했다.

"형들이 대대적으로 수색대를 꾸려 온 왕국을 샅샅이 뒤졌지만, 흔적도 찾지 못했지." 램프턴이 슬픈 듯 말했다. "다행히 수색 과정에서 좋은 일도 몇 가지 있었어. 챈들러 왕자는 유리 관에 누워 있던 백설 공주를 만났고, 체이스 왕자는 성에 잠들어 있던 잠자는 숲속의 공주를 발견했지. 두 왕자는 이들 공주의 마법을 풀고 결혼할 수 있었어!"

"놀랍군요!" 알렉스가 말했다. "만약 찰리 왕자가 실종되지 않았다면 잠자는 숲속의 공주와 백설 공주는 아직도 의식이 없는 상태겠네요!"

"그럴 수도 있지." 램프턴이 말했다. "그리고 두 동생이 신붓감을 데려오자 찬스 왕자는 자기도 서둘러야겠다고 생각했지. 그래서 무도회를 열었고 거기서 신데렐라를 만난 거야. 모든 일에는 다 이유가 있는 법이지."

알렉스와 코너는 찰리 왕자의 초상화에서 눈을 떼지 못했다. 복도에는 어딘지 슬픈 분위기가 맴돌았고, 쌍둥이는 그것을 느낄 수 있었다. 찰리 왕자가 실종되었을 때 나이가 지금 두 아이와 비슷했던 것 같았다.

램프턴은 두 아이가 흥미를 보이자 힘을 얻었다. "자, 나를 따라오렴. 이제 아주 특별한 것을 보여 주마."

그리고 램프턴은 쌍둥이를 궁전 더 깊은 곳으로 통하는 또 다른 복도로 안내했다. 그곳은 텅 비어 있었기 때문에 두 아이는 조금 긴장했다. 램프턴이 어디로 데려가려는지 전혀 짐작할 수 없었지만 차마 물어볼 수는 없었다.

이들은 모퉁이 하나를 돌아 긴 복도 끝에 이르렀다. 그곳에는 좌우로 열리는 검은색 이중문이 있었다. 문 양쪽에 경비병이 한 명씩 지키고 있었는데 그들 위로 커다란 석재 아치가 보였고 거기에 '신데렐라 여왕의 전시실'이라고 적혀 있었다.

알렉스와 코너는 서로의 눈이 반짝 빛나는 것을 느낄 수 있었다. 해냈다!

"안녕하십니까, 램프턴 경." 경비병 한 명이 인사를 했다.

"수고하는군." 램프턴이 말했다. 그는 문을 밀었고, 쌍둥이도 그를 따라 안으로 들어갔다. 아이들은 가방을 내려놓고 전시실을 둘러보았다.

하늘색 타일이 깔린 넓은 방에는 흰색 기둥들이 세워져 있었고, 천장에는 황금색 별로 뒤덮인 둥근 돔이 보였다. 뒤쪽 큰 창문에서 달빛이 쏟아져 들어왔으며, 벽에 연이어 걸린 거울에 쌍둥이와 램프턴의 모습이 비쳤다.

몇몇 귀중한 물건들이 두꺼운 유리 상자에 든 채 짧은 기둥 위에 놓여 있었다. 생쥐 가족도 유리 상자 속 궁전 축소 모형 안에 들어 있었다.

그리고 전시실 한가운데에 신데렐라의 유리 구두가 놓여 있었다. 구두는 예쁘고 작았으며, 투명한 수정 유리로 만들어져 다이아몬드로 장식되어 있었다.

쌍둥이는 유리 구두를 보자마자 심장이 쿵 내려앉는 듯했다. 구두가 바로 눈앞에 있다!

"정말 예쁘네요!" 구두를 넋 놓고 바라보면서 알렉스가 말했다.

"나도 그 구두를 아주 좋아하지요." 알렉스나 코너, 램프턴이 아닌 다른 부드러운 목소리가 들렸다.

전시실 뒤편 창턱에 신데렐라가 앉아 있었다. 정신없이 전시실을 구경하는 바람에 여왕의 존재를 눈치채지 못했던 것이다.

"여왕 폐하." 램프턴이 말했다. "용서해 주십시오. 거기 계신 줄 몰랐습니다. 손님들에게 궁전 구경을 시켜 주는 중이었습니다."

"괜찮소, 램프턴 경." 신데렐라가 이렇게 말하고는 그들에게 인사하기 위해 전시실을 가로질러 왔다. "힘든 하루가 끝나면 머리를 식히려고 종종 이곳에 들른다네. 이 두 아이는 누구인가?"

알렉스와 코너는 아무 말도 하지 못했다. 스타를 직접 만나 넋이 나간 모습이었다.

"알렉스와 코너이옵니다." 램프턴이 말했다.

"만나서 반갑구나." 신데렐라가 손을 뻗어 악수를 청하며 말했다.

"우리는 당신의 엄청난 팬이에요!" 코너가 신데렐라의 손을 약간 세게 잡으며 말했다.

알렉스는 움직이지 못했다. "당신은…… 뭐랄까, 제 영웅이에요." 알렉스가 힘들게 말했다. 이 말밖에 할 수 없었다.

"고맙구나, 얘들아." 신데렐라가 말했다. "내 추억이 담긴 방에 온 걸 환영한다."

"정말…… 놀라워요!" 알렉스가 들뜬 목소리로 말했다.

"내가 전시실을 안내해 줄까?" 신데렐라가 물었다.

알렉스는 여전히 떨렸지만 고개는 끄덕일 수 있었다.

신데렐라는 아이들에게 전시실의 여러 물건들을 소개해 주었다.

"이것은 내가 예전에 새어머니의 집을 매일 쓸고 닦는 데 썼던 빗자루와 양동이란다." 신데렐라가 말했다. "이것들은 내 첫 번째 춤 상대이기도 했지. 집에 혼자 있을 때면 집 안을 돌아다니며 이 물건들을 상대로 춤을 추었단다. 마치 커다란 궁전의 무도회장에 있는 것처럼 말이야. 비록 상대가 말은 못 했지만."

신데렐라와 램프턴은 웃음을 터뜨렸다. 알렉스와 코너는 아직 신데렐라를 직접 본 것에 충격을 받은 채였다. 신데렐라 바로 옆에 서 있고, 신데렐라가 농담을 하고 있다!

"이건 넝마처럼 낡은 내 예전 옷이란다. 요정 대모님이 아름다운 무도회 드레스로 변신시켰지만 말이야." 신데렐라는 계속해서 말했다. "지금은 보잘것없어 보이지만, 요정 대모님이 방문할 때마다 무도회 때처럼 아름다운 드레스로 변하지."

"정말 대단하네요." 코너가 말했다.

"이건 내 생쥐들이야." 신데렐라가 생쥐들이 가득한 궁전 모형을 가리키며 말했다. 신데렐라는 걸쇠를 열어 쥐 한 마리를 꺼냈다. 신데렐라가 쥐를 부드럽게 쓰다듬자 쥐는 손에 자리를 잡고 가만히 있었다.

"그 쥐들이 말과 마부로 변신했던 건가요?" 알렉스가 마침내 평소 목소리로 물었다.

"그때 일했던 생쥐는 죽었고 여기 있는 건 그 자손들, 자손의 자손들이야." 신데렐라가 대답했다. "고마움의 의미로 보살피는 거지. 사람들은 생쥐를 끔찍하게 싫어하지만 사실은 아주 순한 동물이란다. 적당한 상황이라면 말이야."

신데렐라는 쥐를 다시 우리 안에 넣고는 전시실 한가운데로 걸어갔다.

"그리고 이건 설명을 따로 안 해도 알 것 같구나." 신데렐라가 이렇게 말하고는 쌍둥이를 유리 구두가 있는 곳으로 데려갔다. 신데렐라는 유리 상자를 들어 올리더니 구두 한 짝을 손에 올려놓았다.

"그렇게 편안해 보이지는 않네요." 코너가 말했다.

"신고 돌아다니다 보면 놀랄 만큼 편하단다." 신데렐라가 말했다.

"신으면 땀은 안 나나요?" 코너가 계속해서 질문했다. "아무리 봐도 땀이 찰 것 같은…… 아악!" 알렉스가 코너의 옆구리를 꼬집었다.

신데렐라는 킥킥 웃었다.

"한번 만져 보겠니?" 신데렐라가 아이들에게 물었다.

알렉스는 그 어느 때보다도 세게 고개를 끄덕였다. 신데렐라는 기둥에서 구두 한 짝을 들어 올려 알렉스에게 건넸다. 마법의 힘이 전해지는 기분이었다. 동화 속 세상에서 가장 유명한 물건, 역사의 일부를 손에 쥐고 있는 셈이었다. 알렉스는 조금 감상에 젖을 수밖에 없었다.

반면에 코너는 어떻게 하면 구두를 훔칠지 궁리했다. 알렉스는 이글이글 타는 코너의 눈을 보고 무슨 생각을 하고 있는지 짐작했다. 이들은 잠시 같은 생각을 했다. 이 구두를 가지고 달아날 수 있을까? 코너는 램프턴과 문 앞의 경비병 두 명을 따돌리고 도망치는 게 가능할지 고민했다.

"하녀에서 여왕이 되면 어떤가요?" 알렉스가 신데렐라에게 물었다. "끔찍한 상황에서 구원받는 기분은 어때요? 그런 당신의 이야기를 사람들은 흔히 '신데렐라 스토리'라고 부른답니다."

그 말을 들은 신데렐라는 슬픈 표정을 지었다.

"나도 내 인생이 이렇게 극적으로 변하리라고는 생각지 못했어. 그래서 항상 내가 어땠었는지 과장해서 말하곤 하지." 신데렐라가 말했다. "나는 '신데렐라 스토리'라는 말을 들으면 언제나 웃음이 나와. 왜냐고 묻는다면 어떤 인생을 살든 인생에는 절대 정답이 없기 때문이야.

아무리 힘든 시련을 이겨냈다 해도 언제나 새로운 시련이 나타나기 마련이거든."

신데렐라는 계속해서 말했다. "사람들은 내가 이곳 궁전에 처음 왔을 때 차밍 왕국 국민이 나를 얼마나 싫어했는지에 대해선 잊고 있어. 하녀였던 여자애가 자기들의 여왕이 됐다는 사실을 두 손 들고 반겼던 사람은 그렇게 많지 않았지. 많은 사람이 그날 밤 내가 무도회장에 어떻게 왔는지 알고는 나를 '호박 공주님', '생쥐 여왕님'이라고 불렀어. 나는 왕국 국민의 존경을 얻어야 했고 그 과정은 결코 쉽지만은 않았지."

"그래도 여왕이 된다는 건 좋은 일이지 않아요?" 코너가 물었다. "이제는 부엌 바닥을 걸레질하거나 청소용품과 춤추거나 생쥐와 대화하지 않아도 되니까요."

"꿈에 그리던 이상형을 만나 가족을 꾸린다는 것은 우리에게 일어날 수 있는 가장 좋은 일이지." 신데렐라가 이렇게 말하고는 미소를 지으며 자기 배를 문질렀다. "그러면 나는 세상에서 가장 행복하고 운 좋은 여인인 거야. 하지만 유명인의 삶도 어려운 점이 많아. 심지어는 아직도 조금 벅차. 어떤 행동을 하든 모든 사람을 기쁘게 할 수는 없으니까. 그건 몹시 배우기 힘든 교훈이야. 사실 아직도 배우고 있는 중이지."

신데렐라의 이 말은 알렉스에게 깊게 와 닿았다. 갑자기 동화 속 세상이 예전보다 훨씬 현실적으로 느껴졌다. 알렉스는 신데렐라를 이미 충분히 존경하고 있었지만, 신데렐라가 이런 생각을 하고 있을 거라고는 생각지 못했다.

알렉스는 손에 들고 있던 유리 구두 한 짝을 다른 짝 옆에 가져다 놓았다. 그러자 코너가 이런 눈빛을 보냈다. '뭐하는 거야? 우리는 그걸 훔쳐야 한다고!' 하지만 두 아이는 이 구두를 훔칠 수 없다는 사실을 알고 있었다. 적어도 오늘 밤에는 안 된다. 신데렐라가 이렇게 친절을

베풀어 줬는데 말이다.

"온갖 마법 같은 일을 겪고 나니, 이 구두는 가장 소중한 물건이 되었지." 신데렐라가 손을 불룩한 배에 가져다 댄 채 말했다. "배 속의 이 여자아이도 곧 이곳에 오게 될 거야."

"여자애라는 걸 어떻게 아셨어요?" 알렉스가 물었다.

"엄마의 직감이랄까." 신데렐라가 말했다. "음악을 들으면 도통 가만히 있지를 않는단다. 내 취향과 아빠의 활기를 물려받은 걸 거야."

그때 복도에 서 있던 경비병 한 명이 갑자기 전시실로 들어왔다.

"여왕 폐하, 램프턴 경, 무도회장에 가 보셔야 할 것 같습니다." 경비병은 몹시 심각한 말투였다. 뭔가 일이 잘못된 듯했다.

"무슨 일인가?" 램프턴 경이 물었다.

"북쪽 왕국에서 군인들이 왔습니다. 국왕 폐하와 여왕 폐하께 전할 말이 있다고 합니다." 경비병이 대답했다.

램프턴은 쌍둥이에게 가방을 건넸다. 아이들은 자기들도 모르는 사이에 램프턴을 따라가고 있었다. 그리고 신데렐라는 전시실 밖 경비병들과 함께 무도회상으로 갔다.

"지금 유리 구두 한 짝을 슬쩍하는 게 어때?" 코너가 알렉스에게 속삭였다.

"다른 준비물들을 모두 모은 다음에 다시 여기로 오자." 알렉스가 말했다. "다른 준비물들이 갖춰져 있으면 유리 구두가 필요한 이유에 관해 설명하기가 더 쉬울 거야. 우린 이미 이분과 신뢰를 쌓았잖아."

"난 그저 기회가 왔으니 잡아야 한다고 생각했을 뿐이야." 코너가 말했다.

이들이 무도회장에 다시 입장했을 땐 손님들은 춤추고 있지 않았고 오케스트라도 죽은 듯 조용했다. 신데렐라는 다시 남편과 함께 왕좌에 앉았다. 은색 갑옷을 똑같이 갖춰 입은 군인 수십 명이 무도회장에 들어 와 있었다. 알렉스와 코너가 이야기의 땅에 떨어진 첫날 봤던 그 군인들이었다.

"불쑥 찾아온 무례함을 용서하십시오, 폐하. 저는 그랜트 경입니다. 백설 여왕님의 근위대 대장이죠. 저희는 사악한 여왕에 대한 소식을 전해 드리고자 왔습니다." 군인 중 대장이 말했다.

"어떤 소식인가?" 차밍 왕이 물었다.

그랜트 경의 말투로 보아 좋은 소식이 아닌 건 확실했다. 날카로운 긴장감과 우려가 맴돌았다.

"어젯밤 사악한 여왕이 쓰던 방에 있던 마법 거울을 도둑맞았습니다." 그랜트 경이 말했다. "사악한 여왕의 위세는 아직도 대단하고, 마법 거울을 다시 얻었으니 우리에게 대단히 위협이 될 것입니다. 그러니 만약 사악한 여왕이 숨은 곳을 찾게 된다면, 즉시 저희에게 알려 주시기를 간곡히 부탁드리는 바입니다."

이 말만 남기고 백설 여왕의 군인들은 열을 지어 무도회장을 빠져나갔다. 차밍 왕과 신데렐라는 서로의 어깨를 감싸며 이 소식이 자기들과 왕국 전체에 어떤 영향을 끼칠지 걱정했다.

"만나서 반가웠다, 얘들아. 나는 이만 가 봐야겠구나." 램프턴이 아이들에게 말했다. 그는 두 아이의 어깨를 두드려 주고는 경비병들을 이끌고 떠났다.

손님들도 상당수가 무도회장을 떠나고 있었다. 알렉스와 코너도 이들을 따라 입구 계단을 내려가 궁전을 뒤로하고 떠났다.

"사악한 여왕 때문에 벌어진 상황이 걱정되네." 알렉스가 말했다.

"맞아. 하지만 우리가 상관할 바는 아니지." 코너가 말했다. "뭔가 큰일이 벌어지기 전에 우리는 이곳을 떠날 테니까."

"그랬으면 정말 좋겠다." 알렉스가 말했다.

"우리는 이제 어디로 가야 할까?" 코너가 물었다.

"여기서 바로 북쪽이 빨간 망토 왕국이야." 알렉스가 말했다. "그게 가장 좋은 순서인 것 같아. 빨간 망토의 바구니를 얻을 때는 좀 더 운이 따랐으면 좋겠다."

"사실 이번에 너무 겁을 집어먹은 게 아닌가 싶어." 코너가 말했다. "어휴, 거의 가져올 수 있었는데!" 코너가 주먹을 꽉 쥐었다.

"허락을 받지 않고 가져오는 게 꺼려졌을 뿐이야." 알렉스가 말했다. "그래서는 안 될 것 같은 기분이었다고."

"착한 아이로 사는 것도 참 힘들다." 코너가 말했다.

비록 유리 구두를 가져오는 데 실패하고 무도회도 급작스럽게 막을 내렸지만, 두 아이는 꽤 환상적인 밤을 보냈다. 역사적으로 유명한 여성과 그렇게 가까이에서 대화를 나누다니, 결코 매일 있는 일은 아니었다.

그리고 운 좋게도 쌍둥이는 밤 동안 근처 차밍 왕국 북쪽 마을로 배를 한가득 실어 나르는 미부 한 사람과 만났다. 두 아이는 마차 뒤에 태워 주면 금화 몇 닢을 주겠다고 했다. 북쪽 마을에서 빨간 망토 왕국까지는 얼마 안 걸렸다.

코너는 마차에 자리를 잡자마자 잠들었다. 하지만 알렉스는 잠이 오지 않았고, 일기장을 다시 훑어보기로 마음먹었다. 가방에 손을 넣은 알렉스는 그 안에서 무언가를 발견하고 소스라치게 놀랐다.

"코너!" 알렉스가 숨도 제대로 못 쉬며 외쳤다.

"왜 그래?" 코너가 깜짝 놀라 잠에서 깨어났다.

코너는 알렉스가 손에 들고 있는 반짝이는 물체를 발견했다. 잠에서 막 깬 터라 눈앞이 흐릿해서 그 물체가 무엇인지 깨닫기까지 시간이 조금 걸렸다.

"유리 구두잖아!" 코너가 깜짝 놀라서 외쳤다. 그러자 알렉스는 마부가 들을까 봐 코너에게 조용히 하라는 신호를 보냈다. "도대체 어떻게 그걸 갖고 온 거야? 훔쳤어?"

"네가 슬쩍한 거 아니고?" 알렉스의 입이 떡 벌어졌다. 배가 몇 개라도 들어갈 수 있을 것 같았다.

"아냐, 내가 그런 게 아니라고. 맹세해! 그럼 램프턴이나 신데렐라가 가방에 넣어 준 걸까?" 코너가 말했다. "우리에게 구두가 필요하다는 사실을 두 사람 중 누군가는 알고 있었던 걸까?"

"난 전혀 감이 안 와." 알렉스는 신데렐라의 유리 구두 한 짝이 자기 손에 들려 있다는 사실을 믿을 수 없었다. 두 아이는 한동안 말문이 막혔다.

"차밍 왕국 방문이 결코 시간 낭비는 아니었던 것 같네." 코너가 말했다.

10장

빨간 망토 왕국

배를 실은 마차가 삼짝 흔들리긴 했지만 알렉스와 코너는 마침내 잠에 빠져들었다. 만약 그날 낮과 밤에 있었던 여러 사건 때문에 지치지 않았다면, 유리 구두를 손에 넣었다는 놀라움 하나만으로도 밤을 꼬박 새우고도 남았을 것이다.

다음 날 아침, 두 아이는 목적지인 북쪽 마을에 도착하자마자 잠에서 깼다. 알렉스가 눈을 뜨자마자 한 일은 손에 꼭 쥐고 잠들었던 유리 구두가 아직 있는지 확인하는 것이었다. 알렉스는 구두를 손에서 놓을 수가 없었다. 계속 손에 쥐고 있지 않으면 쉽게 얻은 만큼 쉽게 사라질 것 같아 두려웠다.

구두가 가방에 어떻게 들어왔는지는 아직도 풀리지 않는 수수께끼였다.

"마법이 아닐까?" 코너가 알렉스에게 물었다. "혹시 우리에게 자기가 필요하다는 걸 알고 유리 구두가 가방으로 순간 이동한 건 아닐까?"

"내가 예전에 판타지 소설을 꽤 읽었는데, 그것도 가능한 일이긴 해." 알렉스가 말했다. "그리고 우리가 지금껏 겪은 일을 생각해 보면 구두가 순간 이동을 했다 해도 그렇게 놀랍진 않아. 중요한 사실은 우리가 지금 구두를 가지고 있다는 거야. 그러니 이제는 모든 에너지를 빨간 망토의 바구니를 찾는 데 집중하자."

알렉스는 유리 구두를 안전하게 보관하기 위해 담요에 둘둘 감아 가방에 넣었다. 구두를 손에 들고 다니다가 괜히 사람들의 시선을 끌고 싶진 않았다.

"신데렐라 램프턴이 구두가 사라진 걸 알고 군대를 보내 우리를 쫓아오면 어떡하지?" 코너가 말했다.

알렉스는 그건 생각지도 못했다. 만약 램프턴이 우리를 잡으려고 군대를 보냈으면 어쩌나?

"그러면 우리는 사실대로 말하고 그들이 어떻게 나오나 봐야지." 알렉스가 말했다. "하지만 그러기 전까지는 잘 갖고 다니자."

빨간 망토 왕국까지는 지도에 도로나 오솔길이 표시되어 있지 않기 때문에 쌍둥이는 느릅나무 숲을 헤치며 가야 했다.

알렉스는 걸으면서 일기장을 꺼내 읽었다.

알다시피 빨간 망토 왕국은 늑대가 침입하는 것을 막기 위해 높은 벽으로 둘러싸여 있다. 벽에는 왕국으로 통하는 문이 있고 그 앞을 경비병이 지키고 있다.

"그러면 일단 벽이 나타나면 입구를 찾은 다음 왕국 안으로 들어가면 되겠네." 알렉스가 말했다.

"경비병이 들여보내 주지 않으면?" 코너가 물었다.

"들여보내 줄지 않을지는 모르겠지만, 만약 들여보내 주지 않는다면 내가 사정해 볼게." 알렉스가 말했다.

한 시간쯤 걸으니 멀리 왕국을 둘러싼 벽이 보였다. 벽은 엄청나게 높았다. 높이가 9미터쯤 되는 커다란 회색 벽돌로 만든 벽이었는데 몇 걸음 걸을 때마다 똑같은 경고문이 보였다.

늑대 주의

늑자반 법과 영원히 행복한 연합의 승인에 의해
모든 늑대는 품종, 색깔을 막론하고
빨간 망토 왕국에 들어오는 것을 엄격하게 금지한다.
이곳에 침입한 늑대는 모두 죽여서
깔개나 코트, 장식품으로 만들 것이다.

경고했으니 썩 사라져라.

"우와!" 코너가 말했다. "늑대들은 절대 들어가지 않겠네."

두 아이는 벽을 따라 몇 시간 동안 걸었지만 입구를 찾을 수 없었다. 알렉스는 일기장을 다시 훑다가 놓치고 넘어간 대목을 발견했다.

입구는 북쪽, 남쪽, 동쪽, 서쪽에 하나씩 있다. 각 입구를 통과하면 길이 이어지는데, 그 길은 왕국의 한가운데로 통한다. 이곳에 마을이 있다. 빨간 망토 왕국에는 마을이 하나뿐이고 나머지 영토는 농지다.

"에고, 이런." 알렉스가 말했다. "일기장을 잘못 읽었어. 왕국으로 들어가는 입구는 네 개뿐이야."

"그럼 우리는 입구에 얼마나 가까이 와 있는 거지?" 코너가 말했다. 지도를 들여다보던 알렉스는 눈이 조금 커졌다. 코너는 그것이 좋은 소식이 아님을 직감했다.

"우리는 지금 서쪽 입구와 남쪽 입구의 딱 중간쯤에 와 있는 것 같아. 그 말은……."

"더 걸어야 한다는 거지?" 코너가 두 손을 허리에 얹고 이마를 찌푸리며 말했다.

"응……." 그리고 알렉스가 더 나쁜 소식을 전했다. "아마도 하루나 이틀은 더 걸어야 할 것 같아."

코너는 그 말이 믿기지 않아 주위를 빙글빙글 돌았다.

"아, 정말 약 오르네!" 코너가 소리 질렀다. "왜 무엇 하나 쉽게 넘어가는 게 없는 거야?"

"코너, 문제없을 거야. 단지 시간이 조금 걸릴 뿐……."

"아냐, 문제가 있어!" 코너가 소리쳤다. "우리는 지금 이 세계에 거의 일주일이나 머무르고 있어! 난 집에 가고 싶다고! 엄마랑 친구들이 보고 싶어! 심지어 피터스 선생님이 그리워질 정도야! 그래, 인정한다고!"

코너는 기분이 언짢은 나머지 나무를 발로 걷어찼고 생각보다 발이 아파 비명을 질렀다.

"으악!"

"나도 집에 가고 싶어. 하지만 지금은 어쩔 수 없잖아!" 알렉스가 말했다. "집에 갈 준비가 되면 갈 수 있을 거야. 하지만 그전까지는 쓸데없이 화낼 필요 없잖아. 열심히 헤쳐 나가면 돼!"

팔짱을 낀 코너는 어깨가 축 처졌다. 눈물이 그렁그렁해질 정도였다. 알렉스는 자기들이 남쪽 입구 쪽으로 다가가는 중이라고 추측했고 그쪽으로 방향을 잡았다. 하지만 코너는 줄곧 투덜대기만 했다.

"매끈하게 포장된 도로와 인도가 그리워." 코너가 큰 소리로 하소연했다. "낡아빠진 셋집도 그립고, 이웃 사람들도 보고 싶어. 밤새 짖던 길거리의 개도 그립고, 숙제도 그리워. 숙제를 안 해서 방과 후에 학교에 남아 있었던 시간조차 그리워."

"기운 내, 코너." 알렉스가 말했다. "조금 지나면 기분이 나아질 거야."

"이곳이 너무 싫어." 코너가 계속해서 투덜거렸다. "이 흙길도 싫고, 사람들을 잡아먹는 마녀도 싫어. 돌연변이처럼 덩치 큰 늑대도 싫고, 밖에서 노숙하는 것도 싫고, 다리를 지키는 트롤도 싫어. 이 나무들도 다 지긋지긋해……. 엇, 잠깐. 맞아, 그거야. 나무!"

코너는 주변을 누리빈지리더니 담장 옆에 있는 커다란 나무로 달려갔다.

"뭐하려는 거야?" 알렉스가 말했다.

"왕국 안으로 들어가려고! 이 나무를 기어올라 담장을 훌쩍 뛰어넘을 거야!" 코너가 소리쳤다. 코너는 의지에 차 아주 빠르게 나무를 기어올랐다.

"반대쪽 벽 높이가 적어도 9미터는 될 거야!" 알렉스가 코너에게 소리쳤다.

"너도 와, 알렉스!" 코너가 알렉스에게 따라오라고 손짓을 했다.

"나무에는 올라가기 싫어!" 알렉스가 말했다.

"라푼첼 탑도 올라갔는데 이런 나무 하나쯤 거뜬할걸?" 코너가 놀리는 투로 말했다.

"지금은 후회해! 다시는 안 그럴 거야!" 알렉스가 외쳤지만 완전히 무시당했다.

코너는 거의 나무 꼭대기에 이르렀다. 알렉스는 나무 밑동을 기어 오르다가 외쳤다.

"코너, 제발 거기서 내려와! 빠르지만 위험한 것보다는 천천히 안전하게 여행하고 싶다고!"

코너는 이제 가장 높은 가지에 서 있었다. 담장까지는 1미터 정도 떨어져 있었다.

"여기서 펄쩍 뛰어 담장 위로 올라간 다음 밑으로 내려갈 방법을 찾을 거야." 코너가 말했다.

"코너! 바보 같은 짓 하지 마! 당장 내려와! 다칠 거야!" 알렉스가 말렸다.

"행운을 빌어 줘!" 코너가 이렇게 말하고는 뛸 준비를 했다. "하나…… 둘…… 셋!" 코너는 나뭇가지에서 뛰어올라 담장으로 솟구쳤다.

"안 돼!" 알렉스가 외쳤다.

코너는 조금 세게 발돋움을 했다. 그 결과 담장을 몇 센티미터 지나쳤고, 그 아래로 머리부터 떨어지고 말았다.

"알레엑스으!" 떨어지면서 코너가 고함쳤다.

담장 반대편에서 쿵 하는 소리가 크게 들렸다. 알렉스는 코너에게 무슨 일이 일어났는지 알 수가 없었다.

"코너!" 알렉스가 겁에 질려 비명을 질렀다. "코너, 괜찮니? 살아 있는 거야?"

알렉스는 언젠가 봤던 다큐멘터리 속 동물보다 빨리 나무를 기어

올라갔다.

"코너, 대답해!" 알렉스가 애원했다. "내 말 들려? 다쳤니?"

나무 꼭대기에 거의 올라갔을 무렵 알렉스는 어디선가 나는 웃음소리를 들었다. 벽 반대편 커다란 건초 더미 위에 코너가 별 탈 없이 누워 있었다.

"안녕, 알렉스!" 코너가 활짝 미소를 지으며 말했다.

"코너! 무슨 일 일어난 줄 알고 겁나서 죽을 뻔했잖아!" 알렉스가 소리 질렀다.

"나도 알아! 그래서 더 재밌었어!" 코너가 말했다. "착지할 곳도 없는데 내가 나무에서 뛰어내렸겠어?"

"살아 있어서 다행이다. 어쨌든 잡히기만 해 봐. 가만 두지 않겠어." 알렉스가 말했다.

"뛰어내려! 폭신폭신해. 약속할게!" 코너가 말했다.

"좋아!" 알렉스는 이렇게 대답하고 먼저 가방을 조심스레 코너에게 던졌다. 그러고는 담장을 뛰어넘었다.

코너의 말이 옳았다. 알렉스는 건초 더미 위에 부드럽게 착지했고, 두 아이는 서로의 몸에서 건초를 털어 주었다.

"여기를 봐." 빨간 망토 왕국 안으로 들어오자 또다시 완전히 새로운 세상이 펼쳐졌다.

저 멀리까지 밭이 언덕을 이루며 펼쳐져 있었고, 들판을 따라 소와 양 들이 한가로이 풀을 뜯고 있었다. 구부러진 지팡이를 든 남자 양치기들과 큰 챙이 달린 보닛을 쓴 여자 양치기들은 개와 함께 가축들을 돌보고 있었다.

"여기는 모든 것이 평화로워 보이는구나!" 알렉스가 말했다. "동요 속 세상 같아."

"분명 너무 지루해 제정신이 아닐 거야." 코너가 말했다.

"이 땅이 누구 것인지 궁금해." 알렉스가 말했다.

얼마 되지 않아 알렉스는 그 답을 얻을 수 있었다. 지나다 보니 다음과 같이 적힌 커다란 나무 표지판이 보였다.

보핍 가족 농장

아름다운 풍경에 기분이 좋아졌고 시간도 굉장히 빨리 갔다. 한동안 걷다 보니 마을의 뾰족뾰족한 지붕들이 보였다. 변두리에는 집이 많지 않았지만 마을 한가운데로 오니 활기찬 모습에 생동감이 넘쳐 보였다.

"정말 사랑스럽구나!" 알렉스가 마을을 보자마자 외쳤다.

마을은 놀이 공원에 온 것처럼 앙증맞은 그림 같았고, 벽돌과 돌벽, 건초 지붕으로 된 작은 오두막집과 가게들로 가득했다. 쌍둥이가 들판에서 봤던 지팡이를 짚은 남자와 보닛을 쓴 여자들이 염소와 양을 끌고 마을로 돌아오고 있었다.

창고와 가게 중에는 '암탉 헤니 페니의 은행', '파이 좋아하는 아이잭 호너의 파이 가게', '케이크를 토닥토닥 빵집'도 있었다. 중심가에 있는 '신발 여인숙'은 엄청나게 커다란 부츠 모양을 하고 있었다.

마을 정중앙에는 여러 기념비와 비석이 놓인 잔디밭 공원이 있었는데 알렉스는 그 비석에 쓰인 글귀를 하나하나 읽어 보다 재미있어 뒤로 넘어갈 뻔했다.

벽돌로 쌓은 작은 담장에는 금색 판이 걸려 있었는데 다음과 같은 글귀가 적혀 있었다.

험프티 덤프티 경의 벽
당신은 좋은 달걀이었습니다.
왕의 모든 말과 신하들 말고도 많은 사람이 당신을 그리워할 겁니다.
편안히 쉬시길.

험프티 덤프티는 높은 담벼락 위에 앉았다가 떨어진 동화 속 달걀이다. 왕의 말과 신하들이 깨진 험프티 덤프티를 되돌려 놓으려 했지만 그럴 수 없었다. 험프티 덤프티의 벽을 지나니 작은 언덕이 나왔고 그 꼭대기에는 우물이 있었다. 언덕을 가리키는 표지판에는 이렇게 적혀 있었다.

잭과 질의 언덕

잭과 질은 동요 속에서 물을 길러 언덕에 올라갔다가 데굴데굴 굴러떨어진다. 또 공원 한가운데에는 동그란 분수가 있었다. 분수 가운데에는 양치기 소년의 동상이 있었고, 소년 밑에 있는 양의 입에서는 물이 흘러나오고 있었다. 분수 앞에는 동상의 주인공을 기리는 문구가 새겨져 있었다.

늑대가 나타났다고 소리친 소년을 기억하며…….
너는 거짓말쟁이였지만 우리는 너를 좋아했단다.

쌍둥이는 이곳에서 마주친 모든 것에 하도 흥분한 나머지 곧 마을 사람들 눈에 띄었다.
"여기는 이웃 동네에 있던 미니 골프 코스랑 비슷해." 코너가 말했다. "우리가 살던 동네 말고 부잣집 아이들이 살던 옆 동네의 제대로 된 미니 골프장 말이야."

공원이 잘 보이는 마을 가장자리에는 빨간 망토의 성이 있었다. 이 성에 있는 네 개의 높은 탑은 마을 어디서든 보였다. 성은 빨간 망토의 성답게 벽이 온통 붉은 색이었고 지붕도 짙은 붉은색이었다. 해자가 성을 둘러싸고 있었고, 그 안에는 물레방아도 있었다.

멀리서 봤을 때 성은 아주 커 보였다. 하지만 가까이 다가가 보니 그렇게 크지 않았다. 커 보이게 지어졌을 뿐이었다. 성을 에워싼 해자도 몹시 좁아서 두 아이 모두 쉽게 건널 수 있었다.

"저 성 어딘가에 빨간 망토의 바구니가 있을 거야." 코너가 말했다.

알렉스는 가방에서 일기장을 꺼내 바구니를 찾는 자세한 방법을 코너에게 읽어 주었다.

다른 성이나 궁전들과 달리, 빨간 망토의 성은 안으로 들어가기 쉬운 편이다. 늑대반 혁명 이후 급히 지어진 성이라 건축가들이 기본적으로 꼭 설치해야 할 요소 몇 가지를 빠뜨렸기 때문이다. 예컨대 성 뒤쪽 주방 창문에는 자물쇠가 없다.

빨간 망토 왕국은 모든 왕국 가운데 가장 작지만 가장 안전하다. 그래서 군인이나 경비병도 많지 않다. 성의 복도 순찰도 자정까지만 하고, 경비병들은 새벽이 될 때까지 나타나지 않는다. 그러니 자정에서 새벽 사이에 주방 창문을 통해 성에 몰래 들어갈 수 있고, 큰 복도 쪽으로만 가지 않는다면 큰 문제 없을 것이다.

빨간 망토 여왕은 자기가 그동안 얻었거나 선물 받은 바구니를 특별한 방에 모아 놓았다. 이 방만 찾으면 여왕이 제일 먼저 썼던 바구니도 찾아낼 수 있다. 여러 해 전 빨간 망토가 할머니 집에 가져갔던 그 바구니 말이다.

그 바구니를 통째로 가져올 필요는 없고, 그 바구니 테두리의 나무껍질 조각만 조금 떼어 오면 된다. 내가 마법 준비물을 모을 때 이미 나무껍질을 뜯어 왔으니, 그 바구니를 찾는 것은 더욱 쉬울 것이다.

"그냥 초인종을 눌러서 바구니의 나무껍질 좀 나눠 달라고 부탁하면 좋겠네." 코너가 말했다.

알렉스는 성의 탑과 창문을 올려다보았다. 어떤 창문이 바구니가 있는 방 창문일까? 성을 올려다보고 있자니 무언가가 알렉스의 눈길을 사로잡았다.

"저기 좀 봐!" 알렉스가 하늘을 가리키며 말했다.

코너는 알렉스가 가리키는 방향으로 고개를 돌렸다. 높이가 30미터는 될 만큼 엄청나게 큰 콩나무가 공중에 꼿꼿하게 서 있었다.

"저건 분명히 잭의 콩나무일 거야!" 알렉스가 말했다. "너도 같은 생각이지?"

"아니, 하지만 너는 분명 저 콩나무 쪽으로 가서 구경하고 싶을 게 분명해." 코너의 말이 끝나기가 무섭게 알렉스는 콩나무를 향해 출발했다.

쌍둥이는 콩나무를 가까이에서 보기 위해 마을을 가로질렀고, 시골길을 따라 걷다 보니 마을을 벗어났다. 그 과정에서 두 아이는 오두막집 몇 곳과 밭을 지나쳤다. 콩나무는 생각보다 훨씬 더 먼 곳에 있었다. 마침내 쌍둥이는 콩나무의 아랫부분에 도착했다.

콩나무는 굵고 둥그렇게 감겨 있었으며 커다란 잎들이 달려 있었다. 콩나무 바로 옆에는 다 쓰러져 가는 낡은 판잣집이 있었는데 집은 방이 하나밖에 없을 정도로 작아 보였다. 하지만 판잣집과 콩 줄기 뒤로 얼마 떨어지지 않은 곳에는 노란색 벽돌에 방이 열 개는 있을 법한 굴뚝과 창문이 많은 커다란 저택이 보였다.

"잭의 집은 어느 거지?" 코너가 콩나무에 다가가며 말했다.

알렉스는 조금 살펴보더니 이내 답을 찾아냈다.

"저 판잣집은 분명 잭이 가난했을 때 어머니와 함께 살던 집일 거야. 그리고 잭이 거인을 무찌르고 부자가 되자 옛날 집 바로 뒤에 새집을 지은 거지!" 알렉스가 기분 좋게 말했다. "그러니까 둘 다 잭의 집이야!"

코너는 어깨를 으쓱했다. 꽤 그럴듯한 추측이었다.

"콩나무가 엄청나게 높다!" 콩나무의 밑동을 보며 알렉스가 말했다. "이 위로 기어오르려면 엄청난 용기가 필요할 거야!"

그때 문이 쾅 닫히는 소리가 나더니 저택에서 한 남자가 나타났다. 그는 젊고 키가 컸으며 머리는 짧았고 어깨가 넓었다. 무척 잘생긴 외모였지만 표정은 어딘가 우울해 보였다. 손에는 도끼와 통나무를 들고 있었다.

"저기 봐, 알렉스!" 코너가 속삭였다. "저 사람이 잭일까?"

"모르겠어." 알렉스도 속삭였다. "직접 물어보자."

남자는 앞마당의 받침대에 통나무를 올려놓더니 나무를 패서 더 작은 장작으로 쪼개기 시작했다.

"안녕하세요!" 알렉스가 특별히 붙임성 있게 인사했다.

"안녕." 남자가 장작에서 눈을 떼지 않은 채 인사를 받았다.

"당신이 잭인가요?" 코너가 물었다.

"응." 남자가 대답했다. "나한테 무슨 볼일 있니?"

"아뇨, 저희는 그냥 여행 중이에요." 알렉스가 말했다. "저기 마을에서 당신의 콩나무를 발견하고 가까이에서 보고 싶어서 여기까지 온 거예요."

"많이들 보러 오지." 잭이 말했다. "콩나무가 너무 빨리 자라서 일주일에 한 번은 가지를 쳐 줘야 해."

나무를 패는 잭의 표정에는 변화가 거의 없었다. 모르는 사람들이 콩나무를 구경하겠다고 집에 찾아오는 일이 너무 많다 보니 표정이 무덤덤해진 걸까?

"집이 참 멋지네요." 알렉스가 말했다.

"저 앞에 보기 흉한 집 말고요." 코너가 판잣집을 턱짓으로 가리키며 말했다.

"코너, 예의를 갖춰야지!" 알렉스가 말했다.

"그 집은 작업장으로 쓴단다." 잭이 아이들에게 말하고는 나무를 팬 장작을 들고 판잣집으로 들어가 문을 쾅 닫았다.

"저런, 이야기하는 걸 별로 좋아하지 않네." 코너가 말했다.

"무슨 일이라도 있었던 걸까? 평소랑 달리 유별나게 행동하네."

"전에 만났던 석 있어?" 코너가 물었다. 알렉스는 가끔 이곳이 동화 속 또 다른 세계라는 사실을 잊는 듯했다.

"아니, 내 말은 동화 속에서 묘사됐던 성격과 다르다는 거야." 알렉스가 말했다. "잭은 언제나 활기 넘치고 모험심이 강했어. 뭔가 골칫거리가 생겨서 그런지도 모르지."

"어쩌면 사람들이 자기 집에 찾아오는 걸 싫어하는지도 모르지." 코너가 말했다. "내가 잭이어도 진짜 성가실 것 같아."

코너는 빈정대는 말을 덧붙이려다가 저택 안에서 나는 높은 목소리에 입을 다물었다.

"들었어?" 코너가 알렉스에게 물었다. "누가 노래를 부르는 것 같아."

저택 창문의 덧문이 열리자 두 아이는 그쪽을 쳐다보았다. 열린 창문에는 몸이 온통 황금으로 된 여자가 보였다. 이렇게 가까이에서 보지 않았다면 도저히 믿기지 않을 장면이었다.

여자는 목청껏 소리 높여 즐겁게 노래를 불렀다. 어디선가 현악기 반주도 들리는 듯했지만 음악이 어디서 나오는지는 알 수 없었다.

"오, 그날이 왔고, 나도 여기에 있네,
하늘을 나는 새를 부럽다는 듯 꿈꾸면서.
만약 나에게 다리가 있다면 온 세상을 여행할 텐데,
하지만 나는 하프일 뿐이고, 이 창문이 내가 머물 곳이지."

여자는 마지막 음을 내면서 쌍둥이를 향해 얼굴을 돌렸다. 두 아이는 여자의 등에 현이 연결되어 있는 것을 발견했다. 이 현들은 마술처럼 여자의 목소리와 어울려 연주되고 있었다. 여자는 마술 하프였다.

"안녕, 얘들아! 거기 있는 걸 이제야 봤네!" 하프가 말했다.

알렉스는 놀라서 펄쩍 뛰었다. "당신은 마술 하프인가요? 잭이 거인으로부터 구해 온 유일한 물건이죠?"

"유일하고말고!" 하프가 이렇게 말하고는 거만한 자세를 취했다. "거인들은 음악 취향이 엉망이야! 나에게 어떤 곡을 연주하라고 했는지 상상도 못 할걸! 노래 가사가 양을 잡아먹고 마을에 쳐들어가는 것뿐이었다니까? 그 노래 한번 들려줄까?"

"괜찮아요." 코너가 말했다.

하프는 코너가 거절하자 기분이 상한 듯했다.

"그게 마치 어제 일처럼 생생하게 기억나!" 하프가 말했다. "그곳에서 난 거인들의 노예가 되어 일만 했어. 그런데 어느 날 깡마른 촌 남자애가 걸어왔지. 그래서 나는 이렇게 말했어. '얘! 여기 와서 나 좀 구해 줘! 그럼 네가 탈출할 수 있도록 도와줄게.' 그리고 우리는 곧장 콩나무 아래로 붕 하고 내려갔어. 거인이 쫓아오는 가운데 말이야! 땅에 도착하자 잭은 콩나무를 베었고 거인은 떨어져서 죽었지. 철퍼덕! 바로 이 보핍 농장으로 말야. 대단한 날이었어."

"정말 무섭네요!" 알렉스가 말했다.

"백 년 동안 살아오면서 가장 흥분되는 날이었어! 모든 것이 잘되었지. 잭과 잭의 어머니는 부자가 되었고 난 노예 신세를 면했으며 보핍 가족은 농장에 떨어진 거인의 시체 덕분에 최고로 좋은 비료를 얻을 수 있었으니 말이야."

"그것참 대단하네요." 코너가 중얼거렸다.

"너희는 여기서 뭘 하는 거니?" 하프가 함박웃음을 지으며 물었다.

알렉스와 코너는 서로를 바라보기만 할 뿐 둘 다 대답하기를 망설였다.

"우리는 그냥 한번 들렀어요." 알렉스가 말했다. "빨간 망토 왕국은 처음이거든요."

"마을에 있다가 콩나무가 보이기에 가까이서 보려고 왔어요." 코너가 말했다.

"그럼 환영한다!" 하프가 말했다. "여기 정말 좋지 않니? 나는 그렇단다! 세상을 많이 돌아다녀 보았지만 여기만큼 편안한 곳은 없었어! 여기는 안전한 데다 사람들 모두 친절하지. 그리고 가장 좋은 점은 늑대들이 못 들어온다는 거야! 너희 여기로 이사 올 생각이니? 그게 좋지 않겠어? 이사 와서 나와 같이 매일 놀자꾸나!"

하프는 굉장한 수다쟁이였고, 쌍둥이의 주의를 끌려고 안달이 난 것 같았다. 매일 집 안에 처박혀 있다 보니 지겨운 듯했다.

"우리는 집으로 돌아가는 길이에요." 코너가 말했다. "가는 길에 빨간 망토의 성에 잠깐 들른 것뿐이죠. 하지만 성에 한 번도 가 본 적이 없어서……."

"잭에게 데려다 달라고 하면 돼!" 하프가 말했다. "오늘 오후에 빨간 망토 여왕을 만나러 갈 거니까."

"정말요?" 알렉스가 되물었다.

"그렇단다." 하프가 대답했다. "잭은 매주 주말 여왕을 방문해서 손으로 만든 바구니를 선물한단다."

하프는 자기 말을 누가 들을까 봐 두리번거렸지만 주위에는 아무도 없었다.

"지금 하는 얘기 나한테 들었다고 하면 안 돼. 빨간 망토 여왕은 매주 잭을 성으로 불러들여 청혼한대! 불쌍하게도 어렸을 때부터 잭에게 푹 빠져 있었거든." 하프는 눈을 반짝 빛내면서 소문에 관해 이야기했다.

"정말요?" 알렉스가 말했다. "그럼 곧 결혼하겠네요?"

"아이고, 그렇지 않아." 하프가 대답했다. "잭이 빨간 망토를 견딜 수 없어 하거든! 매번 청혼을 거절한대."

"왜요? 왕이 되고 싶지 않은가 보죠?" 코너가 물었다.

"좋아하는 사람이 따로 있거든." 하프가 슬픈 목소리로 말하자 등에 있는 하프 줄이 슬픈 곡조를 울렸다.

"잭이 좋아하는 사람이 누군데요?" 알렉스가 물었다.

"제가 맞혀 보죠." 코너가 말했다. "거미를 보고 놀라는 머페트 양인가요?"

"당연히 아니지." 하프가 말했다. "머페트 양은 조지 포지와 결혼했어. 하지만 포지는 어렸을 때부터 여자애들한테 입맞춤을 해서 울린

다든가 해서 유명했지. 옆길로 샜네…….”

"잭 얘기로 돌아가요." 알렉스가 말했다.

"오, 그래. 잭이 누굴 좋아하는지는 나도 잘 모르겠어. 상대 아가씨를 본 적이 한 번도 없거든." 하프가 말했다. "내가 아는 건, 그 아가씨가 떠나고 잭은 완전히 딴사람이 됐다는 거야."

알렉스와 코너는 미심쩍은 표정으로 서로를 쳐다보았다. 그녀는 과연 누구일까? 그래서 그렇게 우울해 보였던 걸까?

그때 판잣집 문이 열리더니 잭이 나무로 만든 바구니를 들고 나타났다.

"안녕, 잭. 나 멋진 생각 하나 떠올랐어!" 하프가 외쳤다. "이 두 아이를 성에 데려다 주지그래? 성 안에 들어가 본 적이 없대!"

하지만 잭은 주저하는 기색이었다.

"부탁해요, 잭!" 알렉스가 애원했다. "아무 문제도 일으키지 않을게요!"

"한 번만 데리고 가 줘, 잭! 나를 봐서라도!" 하프도 애원했다.

"좋아요." 잭이 말했다.

잭은 몸을 돌려 마을을 향해 걷기 시작했고 쌍둥이는 급히 잭을 뒤쫓았다.

"정말 감사합니다." 알렉스가 하프 쪽을 향해 외쳤다.

"천만에!" 하프가 말했다. "돌아오면 제발 나를 만나러 와 줘!"

잭은 걸음이 아주 빨랐다. 잭의 다리가 훨씬 길었기 때문에 두 아이는 잭을 쫓아가는 게 힘들었다.

"저희를 데리고 가 주셔서 정말 감사해요." 알렉스가 잭에게 말했지만 그는 땅만 쳐다보며 걸을 뿐이었다.

"말수가 적으시네요, 그렇죠?" 코너가 말했다.

"할 말이 별로 없구나." 잭이 대답했다.

코너는 잭을 향해 고개를 끄덕였다. 그의 마음을 이해할 수 있었다. 어느덧 마을이 가까워져 오자 알렉스가 코너를 옆으로 끌어당겼다.

"정말 운이 좋았어." 알렉스가 말했다. "만약 우리가 성에 들어가서 바구니를 가져왔다면 바구니를 얻자마자 왕국에서 당장 도망쳐야 했을 거야!"

그들은 마을로 들어갔고 성에 도착했다. 나무로 만든 커다란 성문 앞에서 잭은 문을 두드렸고, 조금 지나자 문 중간에 있는 작은 창문이 열리며 누군가의 눈이 나타났다.

"누구인가요?" 문 반대편에서 목소리가 들렸다.

"잭입니다. 또 왔네요." 잭이 대답했다.

"당신 뒤에 있는 애들은 누군가요?" 문 반대편 사람이 이렇게 묻고는 잭 어깨너머의 알렉스와 코너를 바라보았다. 두 아이는 어색하게 손을 흔들었다.

"음…… 너희 이름은 뭐지?" 잭이 물었다.

"알렉스와 코너예요." 알렉스가 엄지를 척 치켜세우며 대답했다.

"이 애들은 제 친구 알렉스와 코너입니다. 오늘 저를 따라 성에 같이 왔죠." 잭이 말했다.

그러자 성문이 열렸고 쌍둥이는 잭을 따라 성 안으로 들어갔다.

이 성은 신데렐라의 성을 작게 만들어 놓은 듯한 느낌이었다. 하지만 복도도 그리 길지 않았고 가구도 썩 고급스럽지 않았다. 벽을 따라 초상화들이 죽 걸려 있었지만 모두 빨간 망토 여왕의 것들뿐이었다. 다양한 연령대에 자세도 각기 다른 초상화들은 뒤로 갈수록 점점 커졌다.

복도를 지나 쌍둥이는 잭과 함께 어떤 문 앞에 다다랐다. 잭은 문을 두드리더니 곧장 뒤쪽 의자에 가서 앉았다.

"시간이 좀 걸리거든." 잭이 말했다.

문 반대편에서 서두르는 발소리가 들렸다.

"잠깐! 문 열지 마라. 아직 준비가 안 되었다." 누군가가 속삭였다. "나한테 망토 좀 건네줘! 아니 그것 말고 모자가 달린 그것! 어서!"

잭은 기다리면서 휘파람을 불기 시작했다.

"내가 어때 보여? 드레스가 나에게 잘 어울리나?" 휘파람 소리가 계속되었다. "좋아, 준비됐어. 들어오라고 해! 어서!"

잭이 일어서자 얼굴이 발그레해지고 숨이 목까지 찬 하녀 한 명이 문을 열었다. 하녀는 잭을 안으로 안내했고, 쌍둥이도 그 뒤를 따라 들어갔다.

이들은 양면에 높은 창문이 나 있는 길쭉한 방을 지났다. 방 벽에는 여왕의 초상화가 더 많이 걸려 있었다. 바닥에는 눈이 붉고 이빨이 날카로운 커다란 늑대 한 마리가 위를 올려다보고 있었다. 쌍둥이가 난쟁이의 숲에서 만났던 늑대들과 생김새가 똑같았다. 쌍둥이는 처음에 바닥에 깔린 것이 그냥 평범한 늑대 가죽이라고 생각했지만, 어느 순간 늑대 악당 페기리의 가죽이라는 사실을 알아차렸다.

방 맨 끝에는 빨간 망토 여왕이 우아하게 왕좌에 앉아 있었다. 하지만 지나치다 싶을 정도로 우아했다.

"안녕, 잭!" 빨간 망토가 인사했다.

빨간 망토는 아주 젊고 예쁜 여성으로 나이는 잭과 비슷했다. 눈동자는 파란색이었고, 왕관 뒤로 금발을 단단히 고정시킨 모습이 매력적이었다. 빨간 망토는 빨간색 긴 드레스에 드레스와 어울리는 모자 달린 망토와 분홍색 코르셋을 입고 있었다. 목걸이에는 큼직한 다이아몬드가 달렸고, 어깨가 완전히 드러난 채였으며, 긴 장갑을 낀 손가락에는 열 개의 반지가 반짝였다.

빨간 망토는 몸을 지나치게 많이 드러내고 있었고, 화장도 지나치게 진했으며, 평상시 낮인 것을 고려하면 옷도 지나치게 화려했다.

"안녕, 빨간 망토." 잭이 말했다.

"깜짝이야! 당신이 올 줄은 꿈에도 몰랐어요!" 빨간 망토가 말했다.

"음, 그랬군요." 잭이 말했다.

"그런데 손님이랑 같이 왔나 봐요……?" 빨간 망토는 잭과 둘이서만 만날 수 없게 된 것이 불만인 듯했다.

"그래요, 이 아이들은 알렉스와 코너예요." 잭이 말했다.

"안녕하세요!" 알렉스가 수줍게 말했다.

"요즘은 어떤가요, 빨간 망토?" 코너가 이렇게 말하자 알렉스가 팔꿈치로 쿡 찔렀다.

"안녕." 빨간 망토가 이를 꽉 다물고 억지웃음을 보였다. "성에 온 것을 환영한다. 자리에 앉으렴."

빨간 망토가 손뼉을 치자 하인 두 명이 잭이 앉을 수 있도록 왕좌 바로 옆에 푹신하고 커다란 의자를 가져다 놓았다. 그리고 알렉스와 코너에게도 빨간 망토와 잭에게서 멀찌감치 떨어진 곳에 작은 의자를 하나씩 갖다 주었다.

잭은 의자를 왕좌에서 한참 떨어뜨려 놓은 다음 자리에 앉았다. 그러고는 빨간 망토에게 자기가 만든 바구니를 건넸다.

"저를 위해 만든 건가요?" 빨간 망토가 물었다. "정말 사려 깊군요! 말로 다할 수 없을 정도로 다정해요! 소중하게 간직할게요!"

"언제나 그랬잖아요." 잭이 말했다.

"그래요, 어쨌든. 새로운 소식 있어요?" 빨간 망토가 잭에게 물었다. 빨간 망토는 잭에게 너무 가까이 다가간 나머지 왕관이 떨어질락 말락 했다.

"그리 대단한 일은 없어요." 잭이 대답했다. "별다를 바 없는 일상의 연속이죠." 잭은 앉은 지 얼마 되지 않았는데 가시방석에 앉은 듯 떠나고 싶은 것처럼 보였다. "왕국 다스리는 일은 어때요?"

"오, 경제나 안보, 농민들에게 필요한 것 어쩌고저쩌고 온갖 이야기가 있지만 그렇게 성가시지는 않아요." 빨간 망토가 말했다. "할머니가 모든 걸 대신해 주시거든요. 나보다 훨씬 나으시죠."

빨간 망토는 바구니를 들고 있느라 지친 듯했다. 빨간 망토가 손가락을 튕기자 하녀들이 바구니를 가져갔다.

"다른 것들과 함께 보관해 둬." 빨간 망토가 명령했다.

하녀는 바구니를 받아서 방을 빠져나갔다. 쌍둥이는 지금이 기회라고 생각했다.

"혹시 저희가 다른 것들을 둘러 봐도 괜찮을까요?" 알렉스가 물었다.

"다른 것들이라니?" 빨간 망토가 물었다.

"다른 바구니들이요." 알렉스가 말했다. 그러자 빨간 망토는 이상하다는 듯 알렉스를 쳐다보았다. "저희가 바구니를 정말 좋아하거든요."

코너가 동의한다는 듯 고개를 끄덕였다.

"정말이에요. 제가 제일 좋아하는 것이 바구니거든요!" 코너가 말했다. "여왕님도 아시겠지만 바구니가 있으면 인생이 훨씬 행복해지죠!"

빨간 망토는 이렇게 이상한 아이들은 처음 본다는 듯이 쌍둥이를 쳐다보았다.

"굳이 원한다면 뭐, 그렇게 해라." 빨간 망토는 쌍둥이를 내쫓듯 손을 휘이 저었다.

알렉스와 코너는 좋아서 펄쩍 뛰어올랐고 하녀를 따라 방을 빠져나가 복도를 따라 걸었다.

"빨간 망토 여왕님은 바구니를 어디에 보관하나요?" 알렉스는 하녀에게 이렇게 물은 다음 코너에게 눈을 찡긋했다. 신나서 가만히 있지 못하겠는 모양이었다.

"바구니를 보관하는 특별한 방이 있단다." 하녀가 대답했다.

"바구니만 보관하는 방이 따로 있다는 거네요?" 코너가 물었다.

"그렇지. 그렇게 많은 바구니를 받으니 따로 방이 필요할 지경이야." 하녀가 말했다.

"바구니가 얼마나 많은데요?" 코너가 물었다.

"지금 가 보면 알 거다." 하녀가 대답했다.

하녀가 문 하나를 열었고, 세 사람은 방으로 걸어 들어갔다. 이 방은 아까 있었던 곳보다 두 배나 넓었고, 바닥에서 천장에 이르기까지 수천 개의 바구니가 있었다.

몇몇은 선반에 올려져 있었고 몇몇은 깔끔하게 포개져 있었으며, 방 여기저기에 쌓아 올린 것들도 있었다. 하녀는 잭에게 받은 바구니를 방 한구석에 툭 던져 놓았다.

"여왕님은 생일, 휴가, 특별한 행사 때마다 바구니를 받으셔." 하녀가 말했다. "마을 사람들이나 친구들뿐만 아니라 이웃 왕국의 왕실에서도 바구니를 보내지."

알렉스와 코너는 입을 떡 벌리고 방 안을 둘러보았다. 이 중에서 우리가 원하는 그 바구니를 찾을 수 있을까?

"잠깐 둘러봐도 될까요?" 알렉스가 놀라움을 애써 감추며 말했다.

"그러려무나." 하녀가 말했다. 하녀는 두 아이를 호기심 어린 눈으로 바라보다가 아이들만 방 안에 남겨 두고 떠났다.

쌍둥이는 거의 숨을 쉴 수 없을 정도로 막막했다. 아령이 갑자기 가슴을 짓누르는 듯한 기분이 들었다.

"지금껏 살면서 이렇게 막막했던 적은 없었던 것 같아." 코너가 말했다. "개학 바로 전날 밀린 여름방학 숙제를 몰아서 하는 기분의 천 배쯤 돼. 이 많은 바구니를 어떻게 다 살펴보지?"

"그렇게 최악의 상황은 아닐 거야……." 코너를 안심시키긴 했지만 사실 알렉스도 자기가 한 말을 확신하지 못했다. "일단 시작이 반이야. 너는 이쪽 모서리를 맡고, 나는 저쪽 모서리를 맡자. 이제 시작하자."

두 아이는 한 명씩 흩어져서 재빨리 바구니 더미를 뒤지며 나무껍질로 테두리를 만든 바구니를 찾았다. 시간이 많지 않았기 때문에 일분일초가 아까웠다.

바구니 크기나 생김새가 이렇게 다양할 줄은 미처 몰랐다. 마치 눈송이처럼 바구니도 제각기 다 달랐다.

알렉스는 살피지 못하고 지나치는 바구니가 생기자 스스로 다그쳤다. 그리고 코너는 바구니를 하나하나 뒤지면서 "으악!" 하고 비명을 질러 댔다.

두 아이는 거의 한 시간 동안이나 뒤졌지만 아직 방 전체의 4분의 1도 끝내지 못했다. 방은 뒤죽박죽 엉망이 되었다. 쌍둥이가 처음 이 방에 들어왔을 때보다 두 배는 어질러진 듯했다. 알렉스조차도 주저하는 기색 없이 이미 살핀 바구니를 이리저리 내던졌다.

"이렇게 해선 불가능해!" 코너가 바구니 더미를 걷어차며 말했다.

그러자마자 방 문이 열리더니 하녀가 돌아왔다. 알렉스와 코너는 그 자리에 얼어붙었다. 하녀는 두 아이가 저지른 현장을 목격하고는 깜짝 놀랐다.

"도대체 뭘 하는 건지 모르겠지만 이제 나가 줘야겠다." 하녀가 말했다.

하녀는 두 아이를 여왕의 방으로 다시 데리고 갔다. 이번에는 쌍둥이가 의자에 앉을 때까지 매의 눈으로 지켜보았다.

빨간 망토 여왕은 잭의 의자를 부여잡고 이야기를 하느라 왕좌에 거의 매달린 채였다. 쌍둥이의 눈에 잭은 엄청나게 지루해하고 활기 없어 보였다. 두 사람 모두 쌍둥이가 돌아왔다는 사실을 눈치채지 못하고 있었다.

"당신도 알다시피, 잭." 빨간 망토가 손가락으로 잭의 팔뚝 위에 동그랗게 원을 그리며 말했다. "빨간 망토 왕국에는 왕이 필요해요······ 왕국이니까요."

"그러면 나라 이름을 빨간 망토 여왕국으로 바꾸면 되겠네요." 잭이 대꾸했다.

그러자 빨간 망토는 필요 이상으로 크게 웃었다. "어쩜, 재미있기도 하지! 하지만 제 말은 그게 아니에요. 제가 말하고 싶은 건, 전 결혼할 준비가 끝났다는 거죠. 누군가 오늘 당장에라도 제 손을 부여잡고 청혼하면 당장 결혼할 거예요. 저랑 결혼하고 싶은 누군가가 누구일까요? 왕이 될 사람 말이에요."

바깥쪽 창문에서 갑자기 하얀 비둘기가 푸드덕 날아올라 창틀에 앉았다. 잭은 그것을 보자마자 얼굴이 환해졌다. 눈을 크게 뜨고 미소를 짓는 잭은 처음으로 행복해 보였다.

그리고 잭은 빨간 망토를 향해 몸을 틀었다. 잭이 빨간 망토를 이런 식으로 바라본 적은 거의 처음인 듯했다. 빨간 망토의 심장이 쿵쾅거려 몸 전체가 흥분된 것이 쌍둥이에게도 전해질 정도였다. 잭이 청혼하려는 것일까? 빨간 망토가 그토록 오랫동안 기다리던 순간이 바로 지금일까?

"빨간 망토." 잭이 입을 뗐다.

"왜 그래요, 잭?" 빨간 망토가 대답했다.

"이제 가 봐야겠어요." 잭이 이렇게 말하고는 의자를 박차고 일어나 방을 뛰쳐나갔다. 빨간 망토는 왕좌에서 거의 굴러떨어질 뻔했다.

"간다고요?" 빨간 망토가 말했다. "어디로 간다는 거예요?"

"집으로요." 잭은 이렇게 말하고는 뒤도 돌아보지 않고 떠났다. "다음 주에 또 올게요."

빨간 망토는 팔짱을 끼고는 뾰로통한 표정을 지었다. 모든 것을 다 가졌지만 정작 가장 중요한 것이 빠진 듯했다.

쌍둥이는 잭과 함께 떠나는 것이 좋겠다는 생각이 들어 잭을 따라 성을 빠져나왔다.

"만나서 반가웠다. 알렉스, 코너." 잭이 악수하며 말했다.

"저희도요." 알렉스가 대답했다. "성에 데려다주셔서 다시 한번 감사드려요."

"천만에! 언젠가 다시 만나면 그때 다시 인사하자." 잭은 이렇게 말하고는 자기 집을 향해 힘차게 발을 내디뎠다.

굉장히 이상한 장면이었다. 잭은 갑자기 알렉스가 그동안 상상했던 동화 속 유쾌한 잭저럼 행동하고 있었다.

"저 남자 왜 저러는 거야? 왜 별안간 좀비에서 어린이 캠프 지노원처럼 구는 거지?" 코너가 말했다.

"나도 모르지." 잭이 걸어가는 뒷모습을 보며 알렉스가 말했다. "꽤 별난 사람이네."

"결국 성으로 다시 몰래 들어가야 할 것 같네." 코너가 이렇게 말하고는 땅에 주저앉았다.

"적어도 오늘 밤에 뭘 해야 할지는 알게 된 셈이지. 이미 꽤 많은 바구니를 확인했고 말이야." 알렉스가 말했다. "밤이 깊을 때까지 기다리기만 하면 돼."

"그럼 그때까지 나는 한숨 자야겠다." 코너가 말했다.

쌍둥이는 거리로 나가 신발 여인숙에 방을 잡았다. 이 방에서는 빨간 망토의 성이 아주 잘 보였다. 신발 끈이 벽을 이리저리 꿰고 있어 신발에서 혓바닥같이 늘어진 부분 너머로 밖이 내다보였다. 방에는 욕조도 갖춰져 있어서 쌍둥이는 번갈아가며 목욕도 했다. 목욕은 정말 오랜만이었다.

"지금까지 살아오면서 최고로 기분 좋은 목욕이었어." 코너가 말했다.

두 아이는 조금 쉬기로 했고, 몸이 침대에 닿자마자 깊은 잠에 빠져 들었다. 두 아이는 몇 시간 내리 자다 자정이 되기 직전에 깼다.

"오늘 밤 어떤 작전을 쓸까?" 코너가 물었다. "어딘가에 몰래 들어가는 건 처음이라 엄청나게 긴장돼."

"지금 가진 건 다 활용해야지." 알렉스가 이렇게 말하고는 가방 속에 든 것들을 모조리 침대 위에 쏟았다.

"담요 두 장, 금화가 든 주머니, 단검, 라푼첼의 머리채, 유리 구두, 지도, 일기장, 그리고 식량이 든 꾸러미가 있어." 알렉스가 하나하나 열거했다. "단검을 사용해 바구니의 나무 조각을 자를 수 있을 거야. 하지만 깜깜하니 앞을 밝힐 것도 필요해."

"이 등을 가져가자." 코너가 침대 옆에 놓인 등을 주섬주섬 챙겼다.

"좋아." 알렉스가 말했다. "바구니를 찾으면 즉시 왕국을 떠나야 해. 골칫거리에 휘말릴 수도 있으니 곧바로 왕국의 동쪽 입구로 향하자. 그쪽이 요정 왕국 국경과 가까워."

코너는 머리를 수그렸다. "이 침대로 돌아와 좀 더 자고 싶은데."

11시 45분쯤 알렉스와 코너는 소지품을 모두 챙겨서는 등을 밝히며 신발 여인숙을 떠났다. 두 아이는 마을을 가로질러 성으로 갔다. 밤이라 쥐죽은 듯 조용했고 농장의 가축들도 이렇게 늦은 시간에는 잠을 자는지 조용했다.

쌍둥이는 험프티 덤프티의 벽 뒤에 숨어 성의 창문을 바라보았다. 경비병들이 복도를 순찰하고 있었다.

"이제 몇 분만 더 있으면 경비병들도 사라질 거야." 알렉스가 말했다.

정말 몇 분이 지나자 창문 사이로 지나다니는 경비병 숫자가 점차 줄어들었다.

"다 가 버린 걸까?" 코너가 물었다.

"그런 것 같아!" 알렉스가 말했다. "가자."

두 아이는 서둘러 성 뒤편으로 뛰어가 해자를 훌쩍 뛰어넘어-뛰어넘을 만했다!-창문을 통해 커다란 부엌 안을 들여다봤다. 그러고는 창문을 잡아당겼다. 일기장에 적혀 있던 것처럼 부엌 창문은 자물쇠로 잠겨 있지 않아 쉽게 열렸다.

알렉스가 먼저 부엌 안으로 기어들어 갔다. 알렉스는 가능한 한 아무 소리도 내지 않았다. 알렉스가 내는 소리라고는 점점 커지는 심장 박동뿐이었다. 코너가 뒤를 이어 기어들어 왔는데 냄비와 프라이팬 너머에 걸려 우당탕 넘어졌다.

알렉스는 기겁했다. "조심 좀 하라고!" 알렉스가 입 모양으로 말했다.

"미안해!" 코너가 역시 입 모양으로 말했다.

쌍둥이는 이 우당탕 소리를 누가 듣지나 않았을까 잠깐 귀를 기울이고 기다렸다. 다행히 아무도 듣지 못한 것 같았다.

쌍둥이는 부엌에서 나와 복도로 갔다. 낮에도 봤지만 빨간 망토의 초상화가 많이 걸려 있었다.

"빨간 망토는 초상화 그리는 걸 좋아하나 봐." 코너가 말했다.

"이 왕국의 첫 번째 통치자니 더욱더 그렇지 않을까. 차밍 왕국처럼 역사가 깊지 않으니까 말이야." 알렉스가 말했다.

"아니면 그저 자기를 너무 사랑하는 멍청이일 수도 있지." 코너가 말했다.

두 아이는 복도를 따라 걸어갔고, 또 다른 복도를 지나 계단을 몇 개 올라간 다음 다시 다른 복도를 따라 걸었다.

"지금 어디로 가는지 아는 거야?" 코너가 물었다.

"나는 그냥 널 따라가고 있는데?" 알렉스가 말했다.

"뭐라고? 언제부터 날 따라온 거야?" 코너가 말했다.

그때 복도에서 두 아이를 향해 슬금슬금 다가오는 그림자가 있었다. 가까이서 보니 그 그림자는 경비병의 것이었다.

"경비병이야!" 알렉스가 그림자를 가리키며 속삭였다. 두 아이는 복도를 따라 도망친 다음 첫 번째로 나타난 방으로 들어갔다. 방 안은 칠흑같이 어두웠다.

"여기가 어디지?" 코너가 물었다.

"내가 대답 못 할 걸 알면서 왜 그런 질문을 하는 거야?" 알렉스가 말했다.

알렉스는 문 옆에 서서 경비병들이 지나가는 소리를 들었다. 코너는 어딘가에 부딪히지 않도록 어둠 속에서 팔을 뻗어 더듬거리며 방 안을 돌아다녔다.

두 아이는 조금씩 어둠에 익숙해져 갔다.

"알렉스, 뭔가 보이는 것 같아." 코너가 출입구라고 생각되는 곳까지 걸어갔는데 갑자기 창백한 얼굴 하나가 보였다. 코너는 너무 두려워 바닥에 주저앉아 가능한 한 조용히 비명을 질렀다.

"알렉스! 저기 문 옆에 누군가가 서 있어! 못생기고 소름 끼치는 남자야!" 코너가 그쪽을 가리키며 말했다.

알렉스는 코너 옆으로 다가가서 눈을 가늘게 뜨고 코너가 누구를 말하는지 바라보았다.

"저기는 문 옆이 아니라 거울이야. 이 바보야!" 알렉스가 말했다.

"아." 코너가 이렇게 말하자 알렉스는 코너를 일으켜 주었다.

그때 알렉스와 코너 뒤편에서 목소리가 들려왔다. "오 이런, 손톱이 대단히 크시군요." 두 아이는 너무 놀라서 풀쩍 뛰어올랐다.

소리가 나는 곳을 돌아보자 큼직한 지붕에 빨간 비단 시트와 흰색 레이스 커튼이 달린 커다란 침대가 보였다. 침대에서 잠꼬대하는 사람은 다름 아닌 빨간 망토 여왕이었다.

"여기는 여왕의 침실이야!" 코너가 알렉스에게 속삭였다.

"아이고, 코도 무척 크네요, 할머니." 빨간 망토가 말했다. 여전히 깊이 잠든 채였다.

"악몽을 꾸는 건가?" 코너가 물었다.

"이런, 이빨도 크고 날카롭네요…… 늑대다!" 빨간 망토는 비명을 지르며 침대에서 곧장 일어나 앉았다. 알렉스와 코너는 얼른 고개를 수그려 여왕의 눈을 피했다.

여왕은 숨을 헐떡였고 이마에는 땀방울이 송골송골 맺혔다. "또 이 꿈이야." 빨간 망토는 이렇게 말하고는 시무룩해하다가 이내 다시 잠들었다.

알렉스와 코너는 놀라서 아직 발이 떨어지지가 않았다.

"다시 잠든 걸까?" 코너가 물었다.

"어떻게 확인할 수 있지?" 알렉스가 말했다.

"오, 정말 크고 튼튼한 팔이군요, 잭." 빨간 망토가 말했다.

"다시 잠든 것 같아." 코너가 이렇게 말하고는 자신 있게 일어섰다.

"오, 입술도 무척 부드러워요, 잭." 빨간 망토가 계속해서 잠꼬대를 해댔다.

"뭐라고 더 잠꼬대하기 전에 여기를 빠져나가자!" 코너가 말했다.

두 아이는 복도로 돌아가 한동안 성 안을 이리저리 헤맸다. 복도가 비슷비슷해서 바구니 방을 찾기가 꽤 어려웠다. 바구니 방이라고 생각해 열어 보면 응접실이나 식당, 무도회장으로 통하는 문이었다.

"일단 성에서 나갔다가 왕좌가 있는 방에서부터 다시 길을 더듬어 오자." 알렉스가 이렇게 말했지만 코너가 말렸다.

"아냐, 그럴 필요 없어. 바구니 방은 바로 저기야." 코너는 이렇게 말하고는 자기들 옆에 있는 문을 가리켰다.

"그걸 어떻게 알아?" 알렉스가 물었다.

"빨간 망토 여왕의 초상이 바구니 방 바로 옆에 있었으니까." 코너가 이렇게 말하며 빨간 망토가 옷을 입지 않은 채 늑대 가죽 코트만 걸치고 있는 초상화를 가리켰다.

알렉스는 얼굴을 구기며 코너를 바라보았다.

"왜, 어때서." 코너는 쿡쿡 웃으며 말했다. "기억에 남는 초상화잖아."

두 아이는 문을 열었다. 아까 오후에 오랜 시간 바구니를 찾았던 바로 그 방이었다.

"아까 살피다가 남은 곳부터 시작하자." 알렉스가 말했다. 두 아이는 아까 찾았던 곳부터 다시 뒤지기 시작했다.

낮에도 힘든 작업이었지만 밤이 되자 더 힘들었다. 등에서 나오는 불빛에만 의지해야 했기 때문이다. 몇 시간을 이렇게 바구니만 뒤지다 보니 두 아이의 긴장 상태는 잭의 콩나무처럼 치솟았다.

그때 갑자기 어디선가 커다랗게 절그럭 소리가 났다.

"무슨 소리야?" 알렉스가 말했다.

"알렉스, 위를 올려다봐!" 코너가 창문을 가리키며 말했다. 창틀에는 X자 모양의 물체가 빛나고 있었다.

"저게 뭐지?" 알렉스가 말했다.

"갈고리가 달린 닻이야!" 닻은 일정한 속도로 조금씩 꿈틀거렸다. "누군가 올라오는 것 같아! 숨어!"

쌍둥이는 등을 바닥에 둔 채 바구니 더미 뒤로 뛰어들었다.

조금 시간이 지나자 창틀에 누군가의 형상이 모습을 드러냈다. 그 형상은 날카로운 칼을 꺼내더니 커다랗게 원을 그려 창문 유리를 잘라내고 조용히 실내로 숨어들었다. 두 아이가 한 번도 본 적 없는 여자였다. 식물의 잎을 얼기설기 꿰맨 옷을 입고 있었고, 머리카락은 짙은 붉은색이라 거의 보라색처럼 보였다.

여자는 실내를 훑어 보더니 바닥에 있는 두 개의 등을 유심히 살폈다. 쌍둥이가 여기 있다는 것을 알아챈 걸까? 여자는 방 안을 동물처럼 킁킁대기 시작했다. 여자는 쿵쿵대며 바구니들을 살피더니 몇 개는 등 뒤로 던져 버렸다.

여자는 코를 앞으로 쭉 빼고 방을 돌아다니더니 마침내 방향을 잡았다. 그리고 선반 꼭대기에 올라가려고 바구니 더미 위를 타고 올랐다. 선반에 손이 닿자 여자는 바구니 하나를 꺼냈다. 그 바구니 테두리는 나무껍질로 만들어져 있었다.

알렉스와 코너는 서로를 쳐다보았다. 바로 저거구나!

여자는 바구니에서 나무껍질을 커다랗게 잘라 내더니 허리끈 안에 안전하게 꽂았다. 그리고 바구니를 선반에 다시 올려놓은 다음 바구니 더미에서 내려와 창문으로 나갔다.

여자가 창문 밖으로 기어오르려는데 방 한구석에서 "앗!" 소리가 났다. 바구니 뒤에 숨어 있던 코너가 발을 삐끗한 것이었다.

"코너!" 알렉스가 입 모양으로 말했다.

"미안해!" 코너가 입 모양으로 대답했다.

여자는 쌍둥이가 숨은 곳을 향해 다가왔다. 그리고 두 아이가 있는 방향을 향해 잠시 눈을 가늘게 뜨고 쳐다보았다. 알렉스와 코너는 긴장한 나머지 숨도 쉴 수 없었다. 여자가 두 아이의 존재를 아는 게 확실했다. 이 여자는 우리에게 무슨 짓을 하려는 걸까?

여자는 바닥에 있는 등 하나를 쳐다보더니 알 수 없는 미소를 지었다. 그러고는 등을 바구니 더미로 걷어찬 다음 창문을 통해 모습을 감췄다. 갈고리 달린 닻에 연결된 밧줄을 타고 내려간 것이다.

"아슬아슬했어!" 코너가 말했다. "저 여자가 우릴 찾지 못해 정말 다행이야. 발견했다면 아마……."

"코너! 저길 봐!" 알렉스가 말했다. 여자가 걷어찬 등 때문에 바구니 더미에 불이 옮겨붙었다.

"아이고." 코너가 말했다. "여기서 나가야겠다."

"그 전에 저 바구니에서 나무껍질 조각을 떼 내야 해." 알렉스가 말했다. 알렉스는 가방에서 단검을 꺼냈다. 그리고 아까 여자가 했던 것처럼 바구니 더미에 올라가 선반 꼭대기로 손을 뻗었다. 하지만 여자만큼 키가 크지 않았기 때문에 한참 뛰어올라야 했다.

"알렉스, 서둘러!" 코너가 말했다. 불길이 거세졌고 방 안의 다른 바구니 더미까지 불이 번졌다. 코너는 불을 끄려고 시도해 봤지만 소용없었다. 생일 케이크에 꽂힌 촛불보다 훨씬 큰 화염이었다.

알렉스는 바구니를 꺼내기 위해 선반으로 올라갔고 마침내 손에 바구니가 잡혔다.

"잡았다!" 알렉스는 바구니를 꺼냈다. 바구니 주변 나무껍질 중 큰 조각 두 개가 사라졌는데 하나는 일기장을 쓴 사람이, 다른 하나는 아까 봤던 여자가 가져갔을 터였다. 알렉스는 바구니에 단검을 푹 찔러 넣어 일부를 베어냈다.

"알렉스! 바삭바삭하게 구워지고 싶지 않으면 서둘러야 해!" 코너가 외쳤다. 방의 절반이 붉게 타올랐고 참을 수 없을 정도로 뜨거워지기 시작했다.

"알겠어." 알렉스가 대답하고는 코너 쪽으로 돌아가기 위해 조심조심 내려갔다.

불꽃이 두 아이가 들어왔던 문을 덮쳐 입구가 보이지 않았다.

"여기서 어떻게 나가지?" 알렉스가 외쳤다.

그때 문밖 복도에서 사람들이 달려오는 소리가 들렸다. 불꽃 사이로 겁먹은 경비병 몇 명의 얼굴이 보였다.

"불이야! 성에 불이 났다!" 한 경비병이 외쳤다. "여왕님을 안전한 곳으로 모셔라! 물을 끌어와라!"

그리고 또 다른 경비병이 쌍둥이를 콕 집어 가리켰다. "너희 둘! 그 자리에 꼼짝 말고 있어!"

"어림없지!" 코너가 외쳤다. 코너는 무거운 바구니 하나를 골라 창문으로 던졌다. 그러고는 알렉스의 손을 붙잡아 자기 쪽으로 잡아당겼다. 두 아이는 신선한 바깥 공기를 들이마셨다.

"저것 봐, 바로 아래에 물레방아가 있어!" 코너가 이렇게 말하고는 창문 밖으로 기어 내려가기 시작했다. 그리고 잠깐 멈추고는 알렉스가 창문 밖으로 빠져나갈 수 있도록 도운 다음 같이 물레방아를 향해 내려갔다. 반쯤 내려갔을 때 창문에서 폭발하듯이 불꽃이 터져 나왔다. 바구니 방 안은 지옥 같을 게 분명했다.

쌍둥이가 체중을 싣자 물레방아가 돌아가기 시작했다. 그리고 쌍둥이는 곧장 해자 속으로 떨어졌다. 해자에 물이 1미터쯤 차 있어 떨어졌지만 그렇게 충격이 심하지는 않았다.

쌍둥이는 물 밖으로 기어오른 다음 열심히 뛰어 성을 벗어났다. 두 아이를 쫓아오는 경비병이나 군인은 없었다. 모두들 성 안에서 불을 끄느라 분주한 듯했다.

알렉스와 코너는 마을을 벗어나 빨간 망토 왕국의 동쪽 문을 향해 달렸다. 몇 분이 채 걸리지 않았다. 딱 한 번 뒤를 돌아다보니 빨간 망토의 성이 절반 가까이 불길에 휩싸여 있었다. 짙은 연기가 하늘을 가득 채웠다.

"간당간당하게 목숨을 건진 게 이번 주만 벌써 네 번째, 아니면 다섯 번째 아냐?" 코너가 말했다.

"그런데 아까 그 여자는 누구지?" 알렉스가 물었다. "왜 우리랑 똑같이 바구니를 찾았던 걸까?"

"그래도 그 사람이 찾아 줘서 다행이야. 안 그랬다면 우린 바구니를 절대 찾지 못했을걸." 코너가 말했다.

그때 알렉스의 머릿속에 걱정스러운 생각이 떠올랐다.

"혹시 소원을 들어주는 마법의 준비물을 누군가 다른 사람도 모으고 있는 게 아닐까?"

코너는 잠깐 생각에 빠졌다. 알렉스는 코너 역시 자기와 똑같은 생각을 하고 있다는 걸 알 수 있었다.

"별로 그럴 것 같지는 않아." 코너가 말했다. "일기장을 쓴 남자가 얼마나 고생하면서 그 준비물을 알아냈는지 생각해 봐. 과연 그 과정을 그대로 따라할 사람이 있을까?"

알렉스는 고개를 끄덕였다. 아무래도 그럴 법하지 않은 일이었지만, 그래도 설마 하는 생각은 쌍둥이의 머릿속에 남은 채였다.

몇 시간 지나자 멀리 왕국의 동쪽 문과 담장이 보였다. 경비병들이 불을 다 껐는지 성에는 더 이상 연기가 피어오르지 않았다.

밤하늘은 동이 트기 바로 직전이라 아주 어두웠다. 두 아이가 문에 다다랐는데 가까이에서 뭔가 움직이는 것이 느껴졌다. 조금 전 일로 겁을 먹기도 해서 알렉스와 코너는 덤불 뒤에 숨어 무슨 일인지 지켜봤다.

문 근처에 키가 크고 젊은 남자가 서성대고 있었다. 묘하게 어디에선가 본 듯한 느낌이었다.

"저 사람 잭 아냐?" 알렉스가 말했다.

코너가 자세히 살펴보더니 말했다. "맞아! 그런데 저기서 뭐 하고 있는 거지?"

갑자기 문 반대편에서 두건을 뒤집어쓴 형체가 모습을 드러냈다.

"누구지?" 코너가 물었다.

잭은 조심스레 문 쪽으로 다가갔다. 문 반대편에 있는 사람과 잭 사이에 흐르는 긴장감이 쌍둥이에게까지 전해졌다. 잭은 밤새 그 사람을 기다린 눈치였다.

"안녕, 잭." 두건 쓴 사람이 인사를 건넸다.

"안녕, 골디." 잭이 대답했다.

이 말을 듣고 쌍둥이는 두건 쓴 사람의 정체를 알았다. 골디락스였다. 쌍둥이가 난쟁이의 숲에서 만났을 때 입고 있던 옷인 어두운 밤색 코트를 입고 있었다.

"저 두 사람이 서로 어떻게 아는 거야?" 알렉스가 물었다.

코너는 고개를 흔들었다. "모르겠어."

"비둘기 봤어요." 잭이 말했다. "당신이 보낸 줄 바로 알았죠."

"맞아요." 골디락스가 말했다. "당신이 알아볼 줄 알았어요. 요즘에는 비둘기를 훈련시키기가 쉽지 않으니까."

서로 가까이 있는 것으로 봐서는 할 말이 많아 보였지만, 정작 골디락스와 잭은 별로 말이 없었다. 그 대신 이들은 서로의 눈을 바라보며 두 사람 사이를 가로막는 가로대에 몸을 기댔다.

"이 가로대 정말 마음에 안 드네요." 잭이 말했다.

"감옥 창살이든, 여기 문의 가로대든 싫은 건 마찬가지예요." 골디락스가 말했다.

"전 계속 당신 걱정뿐이었어요." 잭이 말했다.

"전 어른이에요. 이제 제 몸은 스스로 챙길 수 있어요." 골디락스가 말했다.

"당신과 같이 다닐 수 있었으면 좋겠어요." 잭이 말했다. "당신이 허락만 한다면 당장에라도 짐을 챙겨서 함께 떠날 거예요."

"두 사람 목숨이 다 위험해지게 할 수는 없어요." 골디락스가 말했다. "언젠가 저 말고 좋은 사람이 생길 거예요."

"떠날 때도 그렇게 말했지만, 제 마음은 아직 변하지 않았어요. 그렇게 많은 시간이 흘렀지만 이렇게 당신을 만나려고 어둠 속에서 기다리고 있잖아요." 잭이 말했다.

"잭이 사랑하는 사람은 바로 골디락스였어!" 알렉스가 말했다. 마침내 퍼즐 조각이 맞춰진 기분이었다. "잭이 빨간 망토와 결혼하지 않으려는 건 골디락스 때문이야. 전에 하프가 말했던 여자가 바로 골디락스라고."

"아이고, 주말 드라마가 따로 없네!" 코너가 투덜거렸다.

잭은 자기 손을 골디락스의 손에 포갰다.

"당신에게 그 편지를 보낸 인간을 찾기만 한다면 죽여 버리겠어요." 잭이 말했다. "그 인간 때문에 모든 게 이렇게 엉망진창이 되었다고요."

"이미 엎질러진 물인데 이제 와 어쩌겠어요." 골디락스가 말했다. 골디락스와 잭은 성문의 가로대를 사이에 두고 이마를 맞댔다.

"언젠가 제가 당신의 누명을 벗겨 줄게요." 잭이 말했다. "약속해요. 그러면 우리는 함께할 수 있을 거예요."

"누명을 벗겨 준다고요?" 골디락스가 뒷걸음질 치며 말했다. "전 도망자예요, 잭! 전 물건을 훔쳐 도망쳤어요! 필요할 때는 누군가를 죽이기도 한다고요! 이에 대해서는 변명할 거리가 없어요. 이게 바로 저예요. 이렇게 되어 버렸다고요."

"하지만 당신이 처음부터 잘못한 게 아니잖아요. 당신도 그걸 잘 알고요." 잭이 말했다.

골디락스는 조용해졌다.

"사랑해요." 잭이 말했다. "그리고 당신도 저를 사랑한다는 걸 알아요. 그러니 저에게 대답할 필요 없어요. 이미 알고 있으니까요."

"저는 범죄자고, 당신은 영웅이에요." 골디락스가 울먹거렸다. "불꽃이 눈송이를 사랑할 수는 있지만, 둘이 함께하다가는 서로 해만 입을 뿐이에요."

"그러면 제가 녹아서 없어질게요." 잭이 말했다. 그는 문으로 다가가서 골디락스를 가까이 끌어당긴 다음 입맞춤했다. 열정적이면서 순수하고 긴 입맞춤이었다.

알렉스는 눈물 때문에 앞이 흐릿했다. 하지만 코너는 고약한 냄새를 맡기라도 한 듯 얼굴을 구겼다.

"둘 사이에 성문이 있어서 다행이네." 코너가 말했다.

"조용히 해, 코너." 알렉스가 말했다.

그때 골디락스가 잭을 밀치며 떨어졌다.

"이제 가야 해요." 골디락스가 말했다. "해가 뜨기 전까지 가능한 한 여기서 멀리 떠나야 해요."

"따라가게 해 줘요." 잭이 애원했다.

"안 돼요." 골디락스가 대답했다.

"언제 또 만날 수 있을까요? 일주일? 한 달? 일 년 뒤?" 잭이 물었다.

골디락스의 말 포리지가 주인 뒤로 다가왔다. 골디락스는 말 등에 올라타 고삐를 잡았다.

"비둘기 신호를 기다려 줘요." 골디락스는 이렇게 말하고는 크림색 말을 타고 어둠 속으로 사라졌다.

잭은 골디락스가 보이지 않을 때까지 하염없이 바라봤다. 갑자기 잭에게서 활기가 사라지고, 쌍둥이가 처음에 봤던 슬픈 남자로 변했다. 잭은 몸을 돌려 천천히 자기 집을 향해 걸었다.

"동화 속 주인공들이 다 영원히 행복하진 않은가 봐." 알렉스가 말했다.

알렉스와 코너는 성문으로 뛰어갔다. 문이 잠겨 있어서 두 아이는 위로 기어올라 담을 넘었고, 마침내 동이 틀 무렵 빨간 망토 왕국을 벗어날 수 있었다.

《랜드 오브 스토리 1 - 소원을 들어주는 마법·하》에서 계속됩니다.

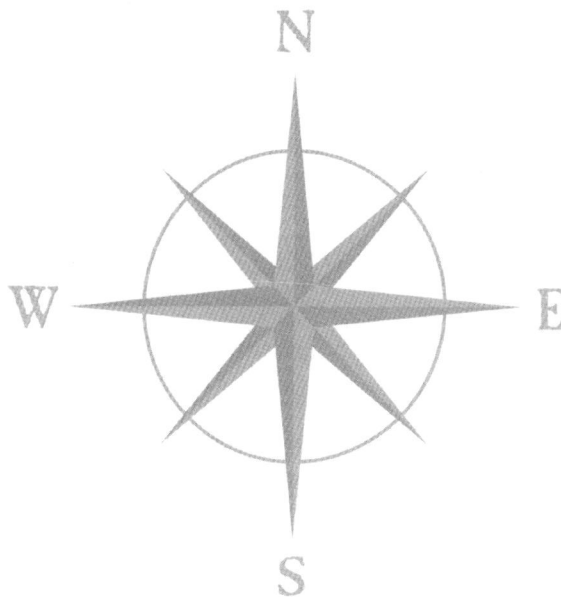